이 나라에 國魂국혼은 있는가

박세일의 삶과 세상 이야기

이 나라에
國魂은 있는가

박세일 지음

종이거울

이 나라에 國魂국혼은 있는가

초판 1쇄 발행_ 2011년 12월 18일

지은이 | 박세일
펴낸이 | 김인현
펴낸곳 | 종이거울
편 집 | 김해양

등 록 | 2002년 9월 23일(제19-61호)
주 소 | 경기도 안성시 죽산면 용설리 1178-1
서울사무소 | 서울시 종로구 삼일대로 30길 21(낙원동 58-1) 종로오피스텔 1015

전 화 | 02-419-8704 **팩 스** | 02-336-8701
홈페이지 | www.dopiansa.com
E-mail | dopiansa@hanmail.net
인 쇄 | (주)금강인쇄

ⓒ 박세일, 2011

ISBN 978-89-905623-64 03810

以天下 觀天下
백성의 마음으로 천하의 일을 관하라

우리 시대의 '이율곡'

　박세일 교수와의 인연은, 필자가 '한국대학생 불교연합회' 구도부의
일원으로 서울 봉은사의 '대학생 수도원'에서 생활한 1967년 9월부터
시작되었다. 대학생 수도원의 기본이념은 '보현행원'의 실천을 심신으
로 익히는 것이었다. 수도원생의 정신적 지주는 고故 청담·성철 대종
사였고, 상임지도법사는 봉은사 주지였던 광덕 스님, 지도교수는 서
돈각 서울법대 교수와 동국대의 서경수, 박성배 교수였다. 우리는 자
성불自性佛을 믿고, 부처님의 눈佛眼으로 세상을 보면서 매순간 부처님
의 행佛行을 실천하라는 가르침을 받았다.

　박세일 교수를 생각할 때 가장 먼저 떠오르는 것은, 항상 거경궁리
居敬窮理의 자세로 이 시대의 문제 해결 방안을 보살도의 입장에서 찾

으려고 고뇌하는 모습이다. 다시 말하면 박 교수의 삶은《보현행원품》의 가르침인 '이론과 실천'의 결합, '성聖과 속俗'의 결합을 일상생활에서 실천하려는 노력의 궤적이었다.

이런 사고의 실천은 후대에 확장되어, 80년대에는 서울대 법대 교수로서 경실련을 창립·주도하여 '경제정의 실천운동'을 전개했고, 90년대에는 '세계화 개혁'을 주창했다. 그리고 2011년 6월6일에는, 21세기 동북아의 주역으로 우뚝 서는 '선진한국'을 건설하자는 원행願行으로 '선진통일연합'을 창립하기에 이르렀다. 선진통일연합은 대한민국을 선진화시켜 세계 일등국가로 만들고, 분단을 극복해 통일된 한반도를 만드는 일에 매진하고 있다. 이런 노력들은 이 시대에 절실히 요구되는 역사적 문제를 해결하려는 의지와 열정, 즉《법화경》의 '일대사인연一大事因緣'의 자각에서 비롯된 것이다.

박 교수의 삶을 옆에서 지켜보면, 조선시대 탁월한 정치가였던 율곡 이이(栗谷 李珥, 1536~1584)의 후신이 아닌가 싶을 정도로 우국충정으로 넘쳐나는 모습을 발견하게 된다. 이렇게 정진불퇴精進不退의 일념으로 보살도의 삶을 살아온 박교수의 인생철학은, 이 책의 대담에서 밝힌 (다음의) '꼭 이루고 싶은 일 세 가지'에도 잘 드러나 있다.

"첫째가 대한민국의 선진화이고, 둘째는 한반도의 통일, 셋째가 번영과 평화의 신新동북아 시대의 건설입니다. 그리고 넷째는 지극히 개인적인 것이지만 부처님의 깨달음을 이루는 견성성불見性成佛이지요."

이처럼 나라를 사랑하는 박 교수의 지극한 마음은, 인도 근·현대의 성자로 추앙받는 마하트마 간디(1869~1948)와 비교해도 손색이 없을 것이다. 간디는 인도 독립운동을 하면서 "나는 신神을 실현하고자 하는 구도자다. 신을 발견하는 유일한 길은 신을 그의 피조물 속에서 보고, 그것과 하나로 되는 데 있다. 이는 오직 온 인류에 대한 봉사에 의해서만이 이루어질 수 있다. 그러나 나는 온 인류 중에서도 우선 인도국민에 대해 봉사하기로 했다"고 조국에 대한 지극한 사랑을 표현했다.

이 책을 통해, 간디의 신념 못지않은 박 교수의 지극한 나라사랑을 엿볼 수 있다. 그가 무엇을 생각하며 어떻게 행동할 것인지, 그리고 그가 꿈꾸는 대한민국의 미래는 어떤 것인지를 이 책을 통해 간파할 수 있다. 그래서 21세기의 영광된 대한민국 건설을 위한 기대와 희망을 발견하게 된다.

또한 이 책은 사회과학 연구자로서의 박 교수의 존재를 널리 알린 책, 《대한민국 선진화 전략(2006)》과도 잇닿아 있다. 정책결정자나 미래를 이끌어갈 젊은 세대들이 이 책을 통해 대한민국의 원대한 미래와 희망을 발견하고 그런 꿈을 품게 되리라 믿으며, 꼭 한번 읽어보기를 권한다.

김선근(동국대 명예교수)

'나라를 위한 헌신'이 내 삶의 유일한 꿈

인간은 꿈을 먹으며 사는 동물인 것 같다. 인생은 꿈을 찾고 이를 좇아 뛰는 긴 여정인 듯하다. 그렇게 꿈을 찾고 좇다보면 자기도 모르는 사이에 높은 산에 오른 것을 알게 된다. 물론 인생에는 허다한 우여곡절이 많다. 앞으로만 가는 것이 아니다. 지그재그도 있고 때로는 추락도 있다. 그러나 세월이 흐르고 어느 날 문득 돌아보면 자신이 꿈꾸었던 방향으로 많이 올라와 있는 걸 느낄 때가 있다.

나는 무슨 꿈을 꾸면서 지난 60여 년을 살아 왔는가? 돌이켜 생각하면 사실 나의 꿈이 무엇이었는지 잘 잡히지 않는다. 그러나 한 가지 확실히 느껴지는 건, 끊임없이 대한민국의 꿈을 찾아왔다는 것이다. 그러면서 대한민국의 꿈을 실현하는 데 작으나마 의미 있는 기여를 하기 위해 열심히 살아왔던 것 같다. 대단히 건방진 이야기이다. 그러나 솔직한 심정이다. 내 개인의 꿈은 별로 뚜렷했던 것 같지 않다. 비록 가난했지만 부자가 되는 것도, 지극히 평범한 집안이었지만 권력을 얻는 것도, 그렇다고 위대한 학자가 되는 것도, 그 어느 것도 그 자체로는 크게 매력적으로 여겨지지 않았던 것 같다.

한용운 선생께선, '님만이 님이 아니요, 그리운 것은 모두 나의 님이다'라고 하셨다. 마찬가지로, 내가 꼭 나의 꿈만을 꾸라는 법이 어디 있는가? 내가 대한민국의 꿈을 꾸어서는 안 된다는 법도 없지 않는가? 장자莊子가 나비의 꿈을 꾸듯, 나비가 장자의 꿈을 꿀 수도 있지 않은가?

내가 꿔왔던 최초의 '대한민국 꿈'은 '경제발전과 민주화'였다. 주로 60년대 대학시절부터 70년대 유학시절 그리고 80년대 귀국 후의 국내 활동시기까지의 꿈이었다. 우선 가난과 보릿고개로부터 벗어나는 것이 가장 절박한 꿈이었다. 청소년 시절에 가난한 이웃들과 접하면서, 가난이 인간 본래의 선한 심성을 좀먹는 경우들을 적지 않게 보았기 때문이다. 그 무엇보다도 우선 우리나라가 가난과 실업과 질병에서 벗어나야 한다고 생각되었다.
그와 더불어 우리나라도 민주주의 좀 해보자는 꿈이 있었다. 인간을 비롯해 생명의 본성이 자유인데 독재는 안 된다고 생각했다. 그러나 이때의 내 꿈은, 즉 경제발전과 민주화의 꿈은 대학시절 데모할 때를 빼고는, 정치적 실천보다는 학문적 연구를 통한 실현에 기울어져 있었다.

그러다 90년대 그리고 2000년대에 들어와 내가 지금 꾸고 있는 두 번째 대한민국 꿈은 '선진화와 통일'이다. 선진화란 모든 면에서 성숙한 '세계 일등국가'가 되는 것이다. 통일은 한반도 분단의 종식이고 독립의 완성이다. 그리고 선진통일국가가 되는 것은, 우리 한반도가 지난 1200~300여 년 간 중국의 변방국가로서 눌려 살아온 역사에서 벗어나 이웃 강대국들과 어깨를 나란히 하는 자주독립의 '세계 중심국가'가 되는 것을 의미한다.

이 두 번째 꿈을 이루기 위해, 90년대에는 '경실련'에 참여해서 경제정의의 확립을 위해 매진했고, 1995년에는 청와대에 들어가 3년 간 세계화 개혁을 주도하며 선진과 통일의 시대를 열어보려 노력했다. 이후, 2000년대 들어와서는 선진화와 통일을 위한 정책들을 연구하는 '한반도 선진화재단'과, 그 정책들을 실천하기 위한 국민운동을 이끄는 '선진통일연합'을 조직해 선진과 통일을 향해 뛰고 있다.

사람이 꿈을 품고 살면 그 꿈이 어떤 것이든 힘이 들 때가 적지 않다. 꿈 때문에 때로는 무리를 하게 되기 때문이다. 자기 능력과 여건을 돌아보지 않고 좋은 일이고 올바른 일이라면 무조건 시작하고 보기 때문인데, 그러나 일이란 좋은 뜻만으로 되는 것이 아니다. 여러 여건이 함께 성숙되어야 일이 되는 법이다. 그래서 나도 꿈만 좇아 열심히 살다보면 힘이 들 때가 적지 않다. 이렇게 힘들고 지칠 때, 나에게 한없는 위로와 평안을 주는 것이 하나 있다. 바로 '불교'이다.

과거 20~30대 때의 불교는 나에게 진리를 찾기 위한 구도의 길, 진리를 실천하기 위한 투쟁의 길이었다. 그러나 50~60대가 되면서는 사뭇 다른 의미로 다가옴을 느끼게 된다. 한마디로, 내게 한없는 평화와 위안을 주는 도반道伴이 되어주고 있는 것이다. 그래서 이제는 더 이상 불교를 통해 우주와 인간 삶의 진리를 찾으려 들지는 않는 것 같다. 진리가 무엇이든 우리는 하루하루 살아가야만 하고, 또한 꿈의 실현을 위해 움직여야 한다. 그러다 지쳐 돌아오는 길이면 자주 불교에 기대 쉬게 된다.

여하튼 돌이켜보면 내 인생에서 불교는 정말 좋은 동반자였던 것 같다. 길고 긴 인생길을 함께 걸어 온. 가끔 서로 마주보며 이야기하고, 서로 웃고 서로 말없이 침묵을 나누며 함께 먼 길을 걸어 온 듯싶다. 아마 앞으로도 그렇게 걸어갈 것이다.

내가 좋아 하는 게 하나 더 있다. 바로 '책읽기'이다. 해외에 나가면 2~3일은 반드시 일정에서 빼내 책방들을 찾아가 하루 종일 책들을 돌아본다. 주로 읽지만 사는 것도 좋아한다. 그래서 귀국할 때는 가방이 무거워 늘 고생한다. 그렇게 책방들을 돌아보면 그 나라가 요즘 무슨 생각을 하고 있는지, 무엇을 고민하고 있는지 대충 알아차리게 된다. 그래서 세상의 변화를 읽는 데 큰 공부가 된다. 주로 읽는 것은 인문·사회과학 계열 책들이지만 여러 분야의 책들을 남독하는 경향이 있다.

책을 읽는 큰 즐거움 중 하나는 그 책을 쓴 저자와의 정신적 만남이다. 책을 통해 다양한 인격들을 만나게 되기 때문이다. 현재 생존해 있는 분들도 있고, 이미 수백 년 아니 수천 년 전의 역사적 인물도 많지만, 여하튼 다양한 인격들과의 만남 자체가 큰 즐거움이다. 다양한 생각, 다양한 인품들과의 만남이 큰 격려와 위로도 되고 힘이 되어주기도 한다. 특히 책을 통해 (크건 작건 간에) 자기 나름의 꿈을 지니고 이웃을 위해 애쓴 많은 분들을 만나게 되면, 수많은 '보현보살'들을 보는 것 같고 진정 '세계일화世界一花'라는 생각이 든다.

내가 좋아하는 게 또 하나 있다. '등산'이다. 나는 어쩌다 테니스도 골프도 배우지 못했다. 그 대신 1985년부터 줄기차게 해온 운동 겸 취미생활이 주말 등산이다. 주로 관악산, 도봉산, 북악산을 오르다가, 최근에는 주로 과천 쪽에서 청계산을 오른다. 산에 같이 가는 친지나 선후배들은 고정되어 있지는 않다. 시간이 되는 친구들이 온다. 불특정 다수의 사람들이 함께 모여 산행을 하는 것이다. 해외나 지방 여행을 가거나, 몸이 아픈 경우를 제외하곤 반드시 산에 오른다.

산행은 우선 건강에도 좋지만, 산에 오르면 사시사철 자연의 변화를 보다 잘 느낄 수 있다. 단풍이 한없이 눈부시게 붉더니, 그 다음 주에 가니 갑자기 빛을 잃은 낙엽으로 떨어져 있는 모습을 볼 때가 있고, 추운 겨울 눈 속에 꽁꽁 얼어 있던 산에 가보니 아직 메마른 나뭇가지에서 파란 새싹이 움트는 걸 볼 때도 있다. 세월과 계절의 변화를 피부로 느끼게 되는 것이다. 그처럼 끊임없이 변화하는 우주의 무한한 시간 속에서, 그리고 대자연이라는 공간 속에서, 새삼 인간의 '작은 모습'을 절감할 때가 많다. 그러면 헛된 마음이 잦아지고, 더욱 겸허해지고 맑아진다.

산을 오르다 보면 몇몇 산봉우리들을 넘어 마지막 산봉우리를 향해 나아가게 된다. 나는 지금 마지막 산봉우리를 앞에 둔 채, 그 아래 산봉우리에 서 있는 듯싶다. 그리고 지금 우리 대한민국의 상황도 마찬가지가 아닌가 생각된다. 나와 대한민국은 같은 해에 태어났다. 둘 다 1948년생이다. 이제 60대 초반에 들어서 있다.

지난 60여 년간 대한민국은 정부수립, 산업화, 민주화를 거쳐 소위 '한강의 기적'을 이루며 열심히 뛰어왔다. 이제 21세기 대한민국의 꿈은 명실 공히 '세계 상등국가'의 일원이 되는 '선진화'와, 60여 년의 분단 시대에 종지부를 찍는 '한반도의 통일'이다. 한마디로 선진화와 통일인 것이다. 그래서 21세기 동북아에 우뚝 선, 세계 중심국가, 세계 일등국가가 되는 것이다.

나의 인생도, 지난 60여 년간 많은 방황과 시행착오를 겪어왔다. 수시로 후퇴와 좌절을 되풀이했다. 그러나 한 가지 꿈만은 변함없이 지켜왔다. 바로, '어떻게 대한민국의 발전에 기여할 것인가'였다. 최근에는 대한민국의 선진화와 통일을 위한 '역사주체' 내지 '정치주체'를 만드는 문제, 즉 새로운 정당의 '창당'을 고민하고 있다.

대한민국에는 지난 60여 년간, 정부수립, 산업화, 민주화를 성공적으로 이루어 오면서 각 발전단계에 맞게 이끌어 온 역사의 주체, 정치의 중심세력이 있었다. 그런데 지금 21세기 대한민국은 선진화와 통일로 나아가야 할 시점이건만, 이를 이끌어나갈 역사의 주체세력, 정치의 중심세력이 (내 눈에는) 보이지 않는다. 기존의 정치세력은 여야를 막론하고 기득권에 안주해 있고, '가치정치'보다는 '이익정치'에, 국가비전과 전략보다는 당리당략과 선거 전략에, 그리고 국민과의 대화보다는 자신들만의 잔치에 몰두하고 있다. 그러면서 지역패권과 이념패권에 의지해 기득권을 지닌 양당구조를 유지하면서 국민통합보다는 국론분열에 앞장서고 있는 것이다.

과연 이런 상황에서 21세기 대한민국의 꿈인 선진화와 통일이 가능할 것인가? 누가 이 꿈을 이루어낼 것인가? 그래서 나는 요즈음 새로운 차세대 정치지도자가 될 인재들을 모아 새로운 정치주체를, 선진과 통일의 시대를 열 새로운 역사주체를 창출하는 문제를 고민하고 있다.

평생 주로 학자의 길을 걸어온 사람으로서, '한반도 선진화재단' 같은 '싱크 탱크Think Tank' 운동이나 '선진통일연합' 같은 국민운동은 비교적 쉬울 수 있으나, 새로운 정치주체를 만드는 정치운동, 즉 '신新정당운동'은 결코 쉬운 일이 아니다. 대단히 어려운 일이다. 불구덩이나 진흙탕 속에 몸을 던지는 일이다. 그러나 이제 5년~10년 안에 선진이냐 후진이냐, 통일이냐 신분단이냐가 판가름날 역사적 갈림길에 놓여있는 대한민국을 이대로 두고 볼 수만은 없지 않은가.

새로운 정당운동이 일어난다면, 그 정당은 '대大중도 통합 정당'이 될 것이다. 보수와 진보를 모두 아우르는 '국민통합 정당', 영호남의 지역패권을 넘어서는 '동서화해 정당', 노·장·청년 간의 소통을 중시하는 '세대협력 정당'이 될 것이다. 그리고 선진과 통일을 향한 국가 비전과 전략을 갖춘 정책 정당이 될 것이다.

역시 인간은 끊임없이 새로운 꿈과 이상을 추구하는 동물이다. 익숙하지 않은 정치의 장에 몸을 던지는 건 물론 쉬운 일은 아니다. 그러나 그보다 더 어려운 건 그 일을 성공시키는 일이다. 흔히 살신성인殺身成仁이라고들 하지만, '살신'보다도 '성인'이 훨씬 더 어려운 일이다. 살신은 열정과 용기만으로도 가능하지만, 성인은 그것만으로는 되지 않는다. 더 좋은 많은 인연들이 모여야 성공할 수 있다. 그래서 역사에는 성인을 이루지 못한 살신도 많았던 것 같다.

분명한 것은 역사는 이상주의자의 좌절을 통해 발전한다는 사실이다. 결코 현실주의자들의 승리를 통해 발전하지 않는 법이다.

배가 출항을 기다리고 있다. 이번 항해가 과연 성공할지, 실패할지는 아무도 모른다. 출항을 기다리는 내 마음속에 이율곡 선생께서 선조 임금에게 올린 상소문 한 구절이 맴돈다.

"이제 조선朝鮮은 다 낡은 집과도 같습니다. 기와는 깨지고 기둥은 기울어지고 비는 줄줄 새고 바람이 사방에서 들어오고 있습니다. 이대로 두면 분명 망합니다. 그러니 한번 혼신의 노력으로 개혁을 해봅시다. 개혁한다고 분명 성공한다는 보장은 없습니다. 그러나 이대로 앉아 망하길 기다리고만 있을 수는 없지 않습니까? 죽든 살든 모두가 힘을 모아 한번 개혁을 일으켜 조선을 살려봅시다."

이제 나는 한반도 '역사의 신'에게 기도한다. 대한민국이 21세기 아시아에서 통일된 선진일류국가로 우뚝 서는 꿈, 한반도에 선진통일혁명이 완성되는 꿈, 이 같은 21세기 대한민국의 꿈이 반드시 이뤄지도록 도와주소서! 지혜와 용기와 힘을 주소서!

2011. 12. 3
박세일

대담 1 | 살아온 이야기

백성의 마음으로 세상을 이롭게 하라

내가 좋아하는 '손문'의 글

백성의 마음으로
세상을 이롭게 하라

삶의 전환점은
불교, 유학, 청와대시절

김재영 이하 문 ✒️ 　　박세일 교수님과 세상 사는 이야기를 나눠보려 합니다. 딱딱하고 틀에 박힌 이론적 이야기보다는, 개인적 이야기를 중심으로 말입니다. 더불어 현재 주력하고 있는 선진화와 통일 문제, 보수·진보 대립 등 우리 사회의 당면 문제들에 대한 견해, 그리고 불자佛子로서 우리 불교계에 대한 생각 등을 두루 들어보려 합니다.

　　요즘 건강은 어떠십니까? 일들이 상당히 많으실 텐데 주로 어떤 일에 주력하고 계신지요?

박세일 이하 답 ✒️ 　　건강합니다. 금년 6월 6일에 '선진통일연합(약칭: 선통연)'이라는 국민운동 단체를 창립했는데, 한반도의 선진화와 통일을 위한 모임입니다. 사무실을 열고 본격적으로 추진하는 일에 제 시간의 3분의 2정도를 쓰고, 지금은 방학이지만 학교 강의를 하며 틈틈이 글도 쓰면서 보냅니다.

문 지금까지 살아오면서 숱한 고비들을 넘기셨을 텐데요. 교수님의 인생에서 가장 의미 있는 고비 내지는 삶의 전환점에 대해 말씀해주시겠습니까?

답 되돌아보니 세 부분으로 요약될 수 있을 것 같군요.

제 삶에서 첫 번째 전환점은 불교佛敎와의 만남입니다. 1960년대 초, 중학교 2학년 때 처음 불교를 만났습니다. 어머니를 따라갔던 청계산 청계사에서 '자비慈悲'에 관한 법문法門을 듣게 되었는데, '자비는 인간뿐 아니라 살아 있는 모든 생명체를 사랑하는 마음'이란 말씀에 왠지 큰 '환희심歡喜心'을 느껴, 불교 관련 서적들을 찾아 읽기 시작했어요.

그 이후로, 개개인의 존엄성과 자유의 중요성을 인정하되, 타자와 서로 의존하며 돕는 '상의상생相依相生'을 강조하는 불교의 가르침들은 제 삶의 토대가 되어 깊은 영향을 주었다고 생각합니다.

두 번째 전환점은 해외유학입니다. 서울에서 대학을 졸업한 뒤인 1970년대였어요. 일본 도쿄대와 미국 코넬대에서 유학생활을 하며 새로운 세상을 보게 된 것이지요. 한국이라는 좁은 틀을 벗어나 아시아와 세계의 넓은 시야를 통해 한국을 객관적으로 살펴볼 수 있는 소중한 기회였습니다. 일본에서 공부하면서 아시아를 볼 수 있었고, 미국에서 공부하면서 세계를 볼 수 있었지요.

어린 시절, 제 꿈은 법조인이었습니다. 초등학교 때 어려운 사람들을 돕는 어느 판사에 관한 글을 읽고는, 힘없는 약자弱者를 위해 정의를 실현하는 법조인을 꿈꾸게 되었고, 법대에 들어갔지요.

하지만 대학 시절인 1960년대의 한국 현실은 '법과 제도보다는 가난 때문에 정의가 무너지고 인간성이 파괴되는' 참담한 상황이었습니다. 고민 끝에 대학 2학년 때 사법시험을 포기하고, 그 대신 경제발전론에 관심을 갖고 경제학 강의를 들으면서 노동문제를 연구하는 동아리인 '사회법학회'에 참여했어요. 그 모임에서 조영래 변호사, 장기표 사민당 대표 등과 함께 사회 · 노동문제에 관심을 기울였지만, 1970년 대 들어와 이른바 '불온 서클'로 낙인찍혀 동아리가 해체되고 말았지요.

그 당시 저는 경제발전의 목적은 그 사회의 가장 어려운 사람들, 즉 노동자들의 물질적 풍요의 수준을 향상시키는 데 있다고 믿었습니다. 그래서 학문적 관심도 자연스레 '노동경제학'으로 이어져, 1975년 동경대에서 노동경제와 사회정책을 공부했고, 1980년에는 코넬대에서 경제발전론과 노동경제학 연구로 석사와 박사학위를 받고 귀국했습니다.

세 번째 전환점은 미국유학에서 돌아와 KDI(한국개발연구원) 연구위원, 서울대 법대 교수를 거쳐, 1994년에 김영삼 대통령 정책수석비서관을 맡아 관료의 길로 들어섰을 때입니다. 이후 3년 가량의 청와대 복무를 통해, 그 동안 공부했던 경제학과 법학을 세상을 바꾸는 데 직접 활용해보는 기회를 가졌습니다.

1972년, 어머님께서 서울시로부터 '훌륭한 어머니상'을 수
상하신 뒤, 어머님 친구분들과 함께 기념촬영을 했다. 일찍
이 홀몸이 되어 세 명이나 되는 자식들을 잘 키웠다고 동네
이웃들이 추천해 상을 받게 되었다고 들었다. 일에 쫓겨 어
머님을 자주 뵙지 못하는 불효가 늘 마음에 걸린다.

　　그 당시의 국가적 화두는 다가오는 '세계화 · 정보화' 시대에 대처
하는 '국가개조'였지요. 따라서 '세계화 개혁'을 주도하면서 교육 · 사
법 · 노동 · 복지 분야의 개혁에 많은 노력을 기울였습니다. 그 과정에
서 이론과 현실, 학문과 정책을 실제로 접목시키면서, 세상을 보는 식
견이 크게 넓어졌다고 생각합니다.

실천이 따르지 않는
진리 추구는 맹목

문 🖋 　대중들은 이 시대 대표적 '경세가經世家'로서의 박 교수님의
행적에 대해 궁금해 합니다. 저명한 학자, 고위관료, 국회의원, 시민
운동가 등 다채로운 삶을 살아 오셨으니까요.

답 🖋 　제가 학문學問의 길을 택했던 것도 '세상을 바꾸고 싶었기' 때
문입니다.

　학문을 왜 하는가? 사회적 실천을 위해서라고 생각합니다. 종교적
깨달음에는 도덕적 실천이 반드시 따라야 하듯이, 학문을 통한 진리
의 추구에도 반드시 사회적 실천이 뒤따라야 합니다. 도덕적 실천이
따르지 않는 종교적 깨달음이 공허空虛하듯이, 사회적 실천이 따르지
않는 진리 추구는 맹목盲目이기 때문이지요.

　따라서 학문을 통해 사회적 병病을 진단해 그 원인을 밝혀 처방을

마련한 후에는, 반드시 사회적 실천을 통해 병을 고쳐나가야 합니다. 그것이 학문하는 사람의 권리이자 책무이니까요. 이 땅에 태어나 살아 온 밥값을 내는 것이지요. 농민들이 땀을 흘릴 때 책을 읽고 있었다면, 자신이 배우고 익힌 바를 사회적 실천을 통해 사회에 회향回向해야 함은 당연한 이치입니다.

학문의 목적은 사회적 병의 치유와 악惡의 억제, 그리고 선善의 고양에 있다고 생각합니다. 그래서 특히 학문하는 사람들은 지행합일知行合— 혹은 학행일치學行—致를 항상 좌우명으로 유념해야 한다고 믿습니다. 그런데 왜 많은 경우에 지행합일(학행일치)이 안 될까요? 두 가지 이유가 있다고 여겨집니다.

하나는, 아직 확실히 알지 못하기 때문입니다. 자신의 학문이 아직 지적知的 확신으로 성숙하지 못했기 때문이지요. 자신이 옳다고 믿는 바에 아직 확신이 없으면 사회적 실천으로 이어질 수 없는 법입니다. 그러나 자신이 공부한 바에 사회적 병의 원인과 치유법에 대한 확고한 지적 확신이 든다면, 사회적 실천도 자연히 뒤따르게 마련이지요. 확실히 아는 길이라면 안 갈 수 없는 법이니까요. 아직은 확실히 모르기 때문에, 즉 공부가 부족하기 때문에 못 가는 것입니다. 따라서 지행합일이 되기 위해서는 무엇보다도 먼저 '확실히 알아야' 합니다. 공부를 더 해야 하지요.

두 번째 이유는 마음속에 사욕私慾, 사심邪心이 있기 때문입니다. 학문을 깊이 해 사회적 병을 치유할 방법을 터득했는데도 그 실천을 피

서울 법대 교수 시절, 봄꽃이 흐드러지게 핀 교정에서

하는 건, 아마도 실천하게 되면 손해를 입는다고 여기기 때문일 겁니다. 한 마디로 선사후공先私後公하는 사심이지요. 그렇지 않고는, 분명 많은 사람들에게 이익이 됨을 알면서도 그 일을 하지 않을 이유가 없으니까요.

요컨대 무지無知와 사욕私慾이 지행합일이 안 되는 주된 이유라 하겠지요. 따라서 학문에 더욱 정진해 얻은 바가 단순한 지식·정보가 아니라 자신의 신념이 될 때까지 '글공부'를 하고, 동시에 사심을 없애 '내 마음이 아닌 천하의 마음으로 천하의 일을 대할 수 있을 때以天下 觀天下'까지 '마음공부'를 한다면, 지행합일은 저절로 이루어질 겁니다. 학문의 완성과 더불어 사회 완성의 길도 함께 열리는 셈이지요.

그런데 학문적으로도 크게 미숙하고 수양 면에서도 크게 부족해 사심도 아직 많이 남아 있던 제가, 오로지 단심丹心 하나로 10년간 재직하던 서울법대를 떠나 청와대 정책수석비서관으로 자리를 옮긴 게 1994년 12월입니다. 1년 후 다시 사회복지수석비서관으로 자기를 옮겨, 1998년 2월까지 약 3년 남짓 청와대에서 나름대로 사회적 실천에 전념했었지요.

사회적 실천에 뛰어든 주 이유는, 세상이 크게 변화하고 있는데, 특히 세계화世界化, Globalization라는 문명사적 대변화가 진행되고 있는데 이에 걸맞은 시스템 개혁, 즉 정치 · 경제 · 사회 · 교육 · 문화 등 모든 부분의 총체적 제도개혁과 의식개혁이 반드시 이루어져야, 21세기에 우리나라가 번영과 발전의 부민안국富民安國이 될 수 있다고 믿었기 때문입니다.

백여 년 선인 1894년에 갑오경장甲午更張이 있었지요. 당시의 갑오개혁은 근대화 · 산업화라는 시대적 변화요구에 대한 우리 나름의 대응노력이었어요. 그러나 많은 노력에도 불구하고 갑오개혁은 실패했고 우리나라는 결국 일본에 주권을 잃게 되었던 것이죠. 오늘날에는 세계화와 정보화라는 새로운 시대적 도전이 몰려오고 있으니, 이에 대한 대응을 올바로 철저히 해서 다시는 과거와 같은 실패의 역사가 되풀이되지 않도록 해야 한다는 것이 당시의 문제의식이었습니다.

제가 세계화라는 변화에 관심을 갖게 된 결정적 계기는, 1991년에 로버트 라이시Robert Reich 교수의 《국가의 임무(The Work of Nations)》란 책을 접하게 되면서였어요. 라이시 교수는 당시 하버드대 교수였는데 클린턴 대통령 집권 후엔 초대 노동부장관을 역임했지요. 여하튼 이 책이 계기가 되어, 세계화라는 변화를 어떻게 이해해야 할 것인가? 세계화 시대의 국가발전 원리는 어떻게 달라지는가? 세계화 시대에 걸맞은 경제발전 전략은 무엇인가? 그리고 세계화는 과연 국민생활에, 특히 노동자들의 생활에 어떤 영향을 미치는가? 만일 그 영향이 바람직하지 않을 때, 국가는 어떤 노동정책, 사회정책을 준비해야 하는가? 세계화를 소수가 아닌 다수를 위한 세계화로 만들 수는 없는가? 등에 학문적 · 실천적 관심이 집중되기 시작했던 겁니다.

그래서 1992년부터 1993년까지 컬럼비아 법과대학 초빙연구원으로 있는 동안에는, 법경제학 교과서 집필 외에는 대부분의 시간을 세계화에 대한 연구에만 집중했습니다. 그 후 서울대로 돌아와 뜻이 통하는 몇몇 교수들(권태환, 하영선, 이각범, 김인준 교수 등)과 함께 '세계화 연구회'를 만들어 1년간(1993~1994) 공동연구를 진행했었지요. 그러다가 1994년 말, 곧바로 정부에 들어가 일하게 된 겁니다.

세계화를
위기가 아니라 기회로

문  대통령 정책수석비서관에 이어 사회복지수석비서관으로서 당시 국가개혁을 이끌어가셨는데, 구체적으로 어떤 개혁들이었나요?

답  정부에 들어간 직후인 1995년 1월, 민관합동民官合同의 '세계화 추진위원회'를 만들어 세계화에 대응하기 위한 각종 제도개혁에 착수했지요. 한동안 많은 논란을 일으킨 '사법개혁司法改革'도 이때 추진했던 개혁과제였어요.

그 이외에도 규제개혁規制改革, 공정거래公正去來, 여성의 사회참여, 고급공무원 임용·육성의 제도화, 동북아 국제물류 중심화 전략, 공공부분의 정보화 전략, 민원행정과 치안 서비스의 선진화 등 50여 개의 정책과제를 세계화개혁의 대상으로 삼았지요.

그러다, 세계화가 너무 '효율과 경쟁' 중심으로 추진되는 것을 경계해, 1995년 3월에 '삶의 질質의 세계화'를 제창하고 '국민복지 기획단'을 만들어 사회복지 수준을 높이기 위한 제도개선, 법령개폐, 예산지원 등을 추진했습니다.

그러나 역시 세계화 · 정보화 시대의 국가발전 전략으로는 '교육개혁'이 중심이 될 수밖에 없었어요. 그래서 1995년 5월, 이른바 '5 · 31 교육개혁안'을 발표했지요. 지금까지 '공급자 중심'이었던 교육체계를 '수요자 중심'으로 개편하는 게 핵심이었어요.

그 같은 평생교육 시대에는 학교교육만으로는 불충분하므로 직장에서의 직업훈련이 중요한데, '노사 대립형' 노사관계를 그대로 두고는 기술축적도 평생교육도 불가능했지요. 그래서 노사관계를 '노사 대립형'에서 '참여와 협력형'으로 바꾸기 위한 '노사개혁勞使改革'을 1996년 4월부터 추진했어요.

여러 우여곡절은 있었지만 1954년에 만든 구舊노동법이 1997년 3월에 노사합의와 여야합의로, 21세기형 신新노동법으로 완전히 환골탈태하게 되었지요. 뿐만 아니라 1996년 3월에는 '21세기 환경비전'을 제시해, 환경문제에 대한 종합대응도 모색하기 시작했습니다.

이제 돌이켜 보면 한마디로 만감萬感이 교차합니다. 학문과 수양이 둘 다 크게 부족해서인지, 지행합일을 위해 나름대로 혼신의 노력을 쏟았지만 그 결과에는 크게 부끄러워집니다. 물론 그중에는 상당히 큰 성과를 거둔 개혁들도 있었고, 어떤 개혁은 현재도 진행 중이어서 아직 그 평가가 이른 경우도 있습니다. 반면, 도중에 미완未完으로 끝나버린 개혁들도 적지 않고요.

원래 계획했던 세계화개혁들 중, 교육·노동·복지 등 사회개혁은 어느 정도 진전되었지만, 금융·재벌·공공 부문 등 경제개혁들은 당초 계획대로 제대로 진행되지 못했습니다. 만일 그때 경제개혁이 제대로 추진되었더라면 IMF 외환위기도 피할 수 있지 않았을까 싶어, 뼈저린 안타까움으로 남아 있어요. 당시 공직을 맡았던 한 사람으로서 국민에 대해 그저 죄송스러울 따름입니다.

제가 이렇게 지난 행적을 진부하게 이야기하는 이유는 두 가지입니다.

하나는, 정부에 들어가 새로운 정책을 구상하고 추진하는 데 법경제학이 크게 도움이 되었다는 점입니다. 현장에서 절실히 느낀 체험에서 우러난 얘기이지요. 대부분의 사회문제는 '제도와 가치관'의 문제에서 비롯됩니다. 그중에서도 특히 제도의 잘못을 바로잡는 데 법경제학적 사고와 접근방법이 크게 도움이 됩니다.

'보이는 질서'인 법규범과 '보이지 않는 질서'인 경제질서를 어떻게 조합하여 사회·경제 제도를 바로 세움으로써 사회·경제적 병을 고쳐 나갈 것인가? 이런 문제에 대한 연구가 바로 법경제학의 주요 관심사 중 하나이기 때문이지요.

사회구성원의 가치관 문제는 물론 교육·가정·종교의 대상이지만, 제도도 바로 세우면 사회구성원의 가치관을 정립하는 데 크게 기여하게 됩니다.

둘째 이유는, 앞으로 학자들이 풀어야 할 문제는 사회의 병을 고치는 제도개혁의 청사진을 제시하는 것만으로는 불충분하다는 점이라는 걸 지적하기 위해서입니다. 물론 사회적 병의 원인이 어디에 있고, 그 걸 고치기 위해서는 어떤 제도개혁이 필요한가를 연구해내는 작업도 결코 쉬운 일은 아니지요. 그러나 그것만으로는 학자의 사명의 반半도 이루지 못하는 셈입니다. 진정으로 지행합일의 학문을 하려면 어떤 개혁을 할 것인가를 제시하는 것만으로 끝낼 수는 없기 때문입니다.

어떻게 그 개혁을 추진해 성공시킬 것인가? 개혁이 안 되는 이유는 과연 무엇인가? 어떻게 개혁의 장애를 극복할 수 있는가? 등등에도 답할 수 있어야 합니다. '무엇을 할 것인가'보다 더 어려운 문제가 실은 '어떻게 할 것인가'이지요. 다시 강조하지만 사회문제에 대한 제도적 대안을 제시하는 것만으로는 부족하며, 그 제도적 대안을 실천하기 위한 개혁절차와 과정까지를 반드시 제시해야 할 것입니다.

이 문제가 풀리지 않고는, 학자들이 제시하는 수많은 정책대안과 제도개혁안들은 대부분 공허한 이야기로 끝날 위험이 큽니다. 실제로 국민생활 개선에는 아무 도움도 되지 않는, 이율곡 선생께서 지적하신 '실공實功없는 개혁'으로 끝나고 말테니까요.

실공 없는 개혁이 반복될 때 국민들은 이른바 '개혁피로'를 느끼게 되지요. 개혁피로는 개혁을 많이 해서가 아니라, 제대로 하지 못해 생기는 현상입니다. 구호만 있고 실공이 없을 때 발생하는 사회현상이지요.

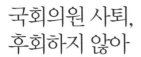

국회의원 사퇴,
후회하지 않아

문 지나온 얘기들을 들어봐도, 박 교수님은 남들이 볼 때 아주 성공적인 삶을 살아오셨고 지금도 많은 이들이 우러러 보는 삶을 살고 계시지만, 인간이라면 살아오는 과정에서 어찌 보면 실수나 회한 같은 것도 있게 마련인데요. 지나온 삶에서 사무치게 반성하고 후회하는 일들, 몇 가지만 진솔하게 말씀해주셨으면요.

답 앞서도 말씀드렸듯이, 제가 공부하는 학자의 길을 택한 이유는 세상을 바꾸려는 데 있었습니다. 좋은 세상을, 만인萬人이 풍요롭고 행복하게 사는 정의로운 세상을 만들어 보고자 공부에 매진했었지요. 그러나 지금 돌이켜보면, 실제로 좋은 세상을 만들려면 그런 세상을 만들기 위한 보다 구체적인 작업에 뛰어들어야 한다고 생각됩니다.

이런 맥락에서, 1998년 청와대에서 퇴임한 후에 다시 학교로 돌아

38

가지 말고 정계로 바로 들어갔어야 하지 않았나 하는 자기반성을 할 때가 있습니다. 그때도 제 자신을 공부하는 학자로 규정했기에, 열심히 연구해 좋은 정책들을 많이 제시하면 정치가들이 이를 참고해 좋은 세상을 만들어 가리라 여겼었지요. 하지만 너무 순진한 생각이었어요.

지나고 보니 그건 아니었지요. 학자들이 아무리 열심히 연구해 좋은 정책안들을 제시해도 정작 국가정책을 만드는 정치는 엉뚱한 방향으로, 아니 정반대의 방향으로 갈 수 있다는 걸, 그 이후로 줄곧 뼈저리게 느꼈기 때문입니다. 그런 세상을 보면서 많이 좌절했습니다. 좀더 적극적으로 세상을 바꾸려면 30·40대까지는 공부 하고 그 이후에는 직접 정치를 했어야 하지 않았나, 뒤늦게 반성합니다.

물론, 제가 정치에 몸담았다면 우리나라가 더 잘 됐을 거라고는 100% 보장할 수 없겠지요. 그러나 스스로 자신을 학자로 규정해 다시 학교로 돌아가 공부했지만, 그런 과정을 돌아보면 반성하게 되는 대목이 있다는 것이지요.

솔직히, 학교로 돌아간 이후로 국정운영과 사회흐름이 잘못된 방향으로 가는 경우들이 너무 많은 걸 목도하면서 학자로서 엄청난 좌절감을 느꼈습니다. '내가 지금까지 삶을 바쳐 추구해 온 학문의 길이 세상을 바르게 바꾸는 데 기여하지 못한다면 도대체 무슨 의미가 있을까? 그동안 무엇을 위해 학문을 해 온 것인가? 정말 허망하구나!' 하는 자기부정이나 회의가 많았습니다.

세상이 이쪽 길로 가야 한다고 책도 쓰고 강연도 하고 다녔는데, 정

17대 국회의원 시절, 박근혜 한나라당 대표와 전방부대를 시찰하고 돌아오며 찍은 사진. 당시 한나라당 국회의원 몇 분도 함께했다.

작 세상은 정반대의 다른 길로 가고 있는 걸 수차례 지켜보면서 내 인생은 대실패가 아닌가 여겨졌기 때문입니다. 후회라기보다는 반성입니다. 역사적 변천과 발전에 큰 기여를 할 수 없었다는 반성이지요. 우리 후배들은 저와 같은 반성을 되풀이하지 않기를 바랍니다.

문 🖋   구체적 실천을 위해 적극적으로 참여했더라면 좋았으리라는 생각이시죠?

답 🖋   현실정치에 좀 더 일찍 참여했더라면, 다소의 우여곡절은 있었겠지만 역사를 바꾸는 대작업에 좀 더 큰 역할을 할 수 있지 않았겠나 생각해 봅니다. 그래서 요즘엔 제자들에게 30·40대까지는 공부

열심히 하고, 역사를 바꾸고 싶으면 50대부터는 정치에 들어가라고 얘기하지요.

문 요즘 세인世人들 대부분은 '박세일' 하면, 공부를 많이 한 학자, 이론에 밝은 정책연구자 등을 먼저 떠올린다고 봅니다. 이 점은 장점이자 한계일 수 있지 않겠습니까? 아마 교수님께서 고백하신대로 적극적인 참여의 삶을 살았더라면 이미지도 많이 달라졌을 겁니다. 지난 17대 국회에 한나라당 소속 국회의원으로 진출했다가 중도에 (2005년) 사퇴하지 않았습니까? '참여'의 측면에서, 그 사퇴 건에 대해 지금은 어떻게 평가하십니까?

답 그때 의원직에서 사퇴한 것은 정치적으로 바보 같은 짓이었다고, 많은 분들이 이야기들 합니다. 물론 그렇게 생각할 수도 있겠지요. 그러나 저는 반드시 그렇게 보지는 않습니다. 수백 년 이어오던 한 나라의 수도 이전 문제를 당략이나 정략적 차원에서 다뤄선 안 되기 때문입니다. 더구나 대통령 선거에서 표를 얻기 위해 수도를 분할해서 이전한다는 건 도저히 있을 수 없는 일이지요. 우리 후손들에게는 물론, 세계적으로도 부끄럽기 짝이 없는 일이니까요. 이런 점에서, 제 생각은 지금도 변함이 없습니다.

세계 여러 나라를 둘러봐도 수도를 이전해서 균형발전을 이룬 나라는 없습니다. 아무리 정치가 천박해졌다고 해도 수도를 옮기면서까지 표를 얻으려는 건 있을 수 없는 일이라고 봅니다. 후진국들도 그렇게는 안 할 겁니다. 특히 수도분할은 국가적으로도 크게 해롭고, 해당지역인 충청의 공주, 연기의 발전에도 결코 도움이 되지 않습니다. 여하튼 전 그 당시, '이건 아니다'라고 판단했고, 따라서 누군가는 분명히 나서야 하지 않겠는가를 깊이 고민했었습니다.

수도이전 내지 수도분할은 해방 이후 최대의 인기영합 포퓰리즘 정책입니다. '대한민국 국회가, 국가이익을 해치는 이렇게 잘못된 포퓰리즘 정책을 여당은 물론이고 야당인 한나라당까지 찬성해 통과시킨다면, 먼 훗날 역사가 뭐라고 기록하겠는가? 이 시대의 대한민국 정치를 어떻게 평가하겠는가?' 하는 생각이 줄곧 떠나지 않았습니다. 분명 이건 아니라고 얘기할 수밖에 없다고 결단을 내렸고, 결국 제 스스로 국회를 나왔던 거죠.

중국 남북조 시대에 양나라 무제가 자신과 뜻이 맞지 않아 떠나간 달마 대사를 다시 청해오라고 하니, 곁에 있던 지공 스님이 "천하 사람이 다 가서 청해도 그는 돌아오지 않을 겁니다" 라고 했듯이, 그런 심정이었지요.

아무튼 헌법 제 46조에 의하면, 국회의원은 국가 이익을 위해 일해야 하는데 국가 이익을 지키지 못했다면 국민들에게 의원직을 돌려드리는 것이 도리라고 생각했습니다. '만약 그때 국회를 떠나지 않고 타협했더라면 지금 정치적으로 더 성공해서 더 큰일을 할 수 있지 않았겠나' 하는 견해도 있습니다만, 저는 아무리 정치적으로 이익이 된다 해도 정략적 수도이전이나 수도분할 같은 건 있을 수 없는 일이고, 있어서는 안 될 일이라 생각했고, 지금도 그 생각은 변함이 없습니다.

청와대 퇴임 후,
《율곡전서》를 품고 입산入山

문 자신의 신념에는 변함이 없다는 거죠. 제가 보기에도 후회할 일은 아닌 것 같고, 오히려 앞으로 박 교수님이 하시는 일에 큰 보탬이 될 듯싶습니다. 국내외의 역사적 인물들 중에서 닮고 싶은 인물은 어떤 분들인지요?

답 존경하는 분으로는, 우선 미국의 마틴 루터 킹Martin Luther King 목사를 꼽게 되는데요. 그분의 도덕적 용기를 높이 평가합니다.

정작 어려운 건, 옳은 것을 몰라서가 아니라 그걸 행동으로 옮기는 실천이지요. 그런 맥락에서, 미국 내의 흑백차별 문제에 온몸으로 항거해 온갖 폭력을 이겨내면서, 그 와중에도 상대를 포용했던 큰 인물인 킹 목사를 높이 평가하며 존경합니다.

그리고 학자로서, 정치가로서는 율곡栗谷 이이李珥 선생을 존경하지요, 그분의 경세가經世家로서의 경륜과 백성에 대한 사랑을 높이 평가합니다. 선생은 또한 출중한 개혁가이자 이론가이고 실천가였어요. 참된 학자의 길, 즉 공리공담空理空談을 벗어나 몸으로 실천하는 학자의 길을 보여주신 분입니다.

1998년 김영삼 대통령의 퇴임과 함께 청와대에서 물러난 뒤, 속세를 떠날 생각으로 선생의 《율곡전서》와 정약용의 《목민심서》를 챙겨 산으로 들어갔었지요. 국정운영을 경험한 뒤여서인지, 선생의 글이 절절이 가슴에 울리더군요.

임금에게 개혁정책을 건의해도 수용되지 않자 좌절감에 낙향했지만, 백성들이 고생하는 걸 보고는 다시 조정으로 돌아가 개혁 실현을 위해 고군분투하다 49세에 세상을 뜬 선생의 삶에 깊은 감명을 받았습니다. 선생의 식견과 애국심에 비하면 제 자신이 너무도 부족함을 절감했어요.

그 후 하산下山해, 그간의 실무경험을 정리해서 학문과 결합시키기 위해 미국 브루킹스 연구소로 떠났었지요.

정치지도자들 중에서 존경하는 분은 단연 우리 세종대왕입니다. 제가 보기엔, 긴 인류역사 속에서 어느 시대에 그분을 내놓아도 세계적으로 최고의 귀감이 될 지도자입니다. 문文·무武와 성聖·속俗을 겸하고, 미래의 비전과 현재의 실공實功을 겸한, 조화와 균형감을 갖춘, 진정 탁월한 지도자이지요.

만해萬海 한용운 선생도, 만나보고 싶고 좋아하는 분입니다. 일제 강

한용운

이율곡

아버님, 어머님이 젊으실 때, 덕수궁 나들이에서의 모처럼 오붓한 시간

점기의 만해 스님이야말로 우리 시대에 진정 우러러야 할 민족의 큰 지도자이자, 우리 불교계의 큰 스승이 아닌가 싶습니다.

저는 한 인간, 한 사나이로서, 그분의 '정신세계의 크기'에 무한한 인간적 매력을 느낍니다.

문 ✎ 이제까지의 삶에서, 학문탐구나 사회적 활동이나 개인적 인 생사에서 가장 영향을 받은 스승이나 지인은 어떤 분들인지요? 잊을 수 없는 분, 세 분만 든다면요? 역사적 인물이 아니라, 직접 교분을 나 눈 분들 중에서요.

답 ✎ 제 인생에 커다란 영향을 미친 분, 세 분을 들라면, 가장 먼 저 봉은사 주지로 계셨던 광덕 스님이 떠오릅니다. 저는 광덕 스님을 통해 대승불교 '보살의 길'을 보고 배웠습니다. 스님의 설법과 일상적 삶속에서 '교행일치敎行一致'를 실천하시는 모습을 듣고 보면서 보살의 길, 삶의 길을 배워나갔던 거지요.

두 번째는, 서울 법대에서 경제학을 가르치신 은사, 임원택 교수님 인데, 그분으로부터 "공부를 하되 애국심, 즉 나라를 사랑하는 마음으 로 공부하라"는 가르침을 받았습니다. 공부는 자기만을 위한 것이 아 니라, 나라를 위해 하는 것임을 깨우치게 된 거지요.

또 한 분은, 일본 동경대학의 스미야 미끼오 교수님입니다. 크리스 천으로 무無교회주의자이신 그분에게 배운 것은 "학문을 하되 가장 어 려운 사람들의 입장에 서서, 그 사회에서 경제적·사회적으로 가장 어

서울 법대 은사이신 임원택 선생님(가운데)과 법대 선배인 유정호 박사와 함께했다. 경제학 교수였던 선생님의 "나라를 사랑하는 마음으로 공부하라"는 가르침은 삶의 소중한 이정표로 간직되었다.

려운 사람들의 처지를 늘 유념하면서 학문에 임하라"는 가르침이었습니다.

이들 세 분이 제 삶에 가장 큰 영향을 미치신 분들입니다.

문 오랜 세월을 학자로서 이런저런 활동을 해오셨기에, 비록 학교를 떠나 다른 곳에 몸담고 계셨다 해도 박 교수님을 보면 학자라는 생각부터 듭니다. 학자로 살아오면서 많은 책을 접하셨을 텐데 자신의 삶과 학문에 영향을 미친 책, 세 권만 뽑아주시겠습니까?

답 우선 프리드리히 하이에크Friedrich Hayek의 《법, 입법 그리고 자유(*Law, Legislation, and Liberty*, 1982)》라는 책부터 떠오르는군요.

하이에크가 심리학·정치학·법학·경제학을 넘나들면서 자신의 자유주의적 세계관을 체계적으로 잘 전개한 저서이지요. 특히 시장경제와 민주주의, 그리고 법치주의를 올바로 이해하는 데 아주 중요한 책이라고 봅니다.

하이에크는 앞서 언급했던 아담 스미스의 방법론을 20세기에 재현하려 했습니다. 20세기 초에 빈부격차 등 자본주의의 문제점들이 드러나면서 대부분의 지식인들이 국가사회주의나 사회민주주의를 지향할 때, 그는 집단주의의 위험성을 지적하면서 개인의 자유·창의의 중요성과 사회주의 몰락의 필연성을 외롭게 역설했지요.

둘째는, 이율곡 선생께서 쓰신 책들로 제게 큰 영향을 주었습니다. 《동호문답》, 《만언봉사》, 《격몽요결》, 《성학집요》 등등, 선생께서 쓰신 책과 글은 모두 좋아하지요. 우리나라에 이런 대大석학이자 대大경세가經世家가 있었다는 것이 대단히 자랑스럽습니다. 그분의 학문적 깊이도 존경스럽지만 특히 애민愛民의 마음에 머리가 숙여집니다.

셋째는 역시 《보현행원품普賢行願品》이겠지요. 불교 화엄경에 나오는 이 책을 매우 좋아합니다. 저는 이론과 실천, 성聖과 속俗의 결합을 좋아해서, 특히 광덕스님께서 해설하신 《보현행원품》을 자주 읽습니다. 그리고 《육조단경》도 아주 좋아합니다. 군더더기 없이 부처님의 안목을 정확하고 간명하게 전해주고 있는 최고의 책이지요. 이 책도 광덕스님이 해설하신 걸 좋아합니다.

'정의로운 풍요'를 위해
'경실련'을 창립

문 🍃 '경실련(경제정의실천 시민연합)'도 처음 만드셨지요?

답 🍃 중·고교 때 친구인 서경석 목사와 함께 만들었어요. 1989년, 당시 관악구 남현동 집에서 마주앉아 세상 돌아가는 이런 저런 얘기들을 하다 새로운 개념의 사회운동을 해보자고 의견일치를 보았던 거지요.

미국유학을 마치고 귀국해 KDI에서 수석연구원으로 일하면서 깨달은 건, 국가 주도로 경제개발 위주 정책을 펴온 박정희 전 대통령의 국가운영 패러다임에 일대 전환이 필요하다는 거였어요. 후진국에서 중진국으로 진입하기 전까지는 경제발전 위주로 국가를 운영해야겠지만, 중진국에서 선진국으로 갈 때는 법과 제도가 함께 성장되도록 사회구조가 바뀌어야 한다고 판단했거든요.

KDI 재임 시, 탄광노동자 근로조건 연구를 위해 태백탄광을 방문, 갱내에서

　따라서 '선진국으로 진입하기 위해서는 법과 제도가 공정하고 투명하고 효율적이어야 한다'는 인식에, 다시 법학에 관심을 갖게 되었고 학문적 관심이 '노동경제학'에서 '법경제학'으로 이동하게 되었습니다.

　법경제학의 모태는 18세기의 학자, 애덤 스미스의 '도덕철학'입니다. 법경제학은 법학과 경제학의 결합이지만, 더 나아가 윤리학과도 결합되어야 한다는 학설로, 법·경제·도덕질서라는 세 가지 사회발전 원리를 인간 본성에서 찾으려 했지요. 1985년 서울법대 교수로 부임하면서 법경제학을 가르치던 중, 우연히 실질적인 정책대안을 찾는 시민운동을 구상하게 된 겁니다.

문 경실련은 우리나라 시민운동의 시발점으로서의 역할을 충실히 수행하지 않았습니까? 지금도 그렇고요. 올해 창립한 '선진통일연합'과는 어떤 관계에 있는지요?

답 특별히 연관되는 건 없습니다. 돌이켜보면 시대변화의 요구에 따라 그때그때 필요한 운동들을 해왔던 것 같아요. 경실련을 처음 만들 때가 1980년대 후반인데, 당시는 재야운동이 아주 성할 때였고 기본적으로 반체제 운동이었습니다.

그러다 1987년에 일단 민주화가 되자, 이제부터는 무조건 정부를 공격하는 것이 정의가 아니라 정부정책을 비판하면서도 대안을 제시해야 한다는 생각에, 기존의 반체제 재야운동과는 다른, 새로운 시민운동을 시작하게 됐던 겁니다. 반체제 재야운동 시대는 막을 내렸으니 이젠 건강한 시민운동이 등장해야 한다는 생각이었지요.

정부를 견제하고 비판하되 대안을 제시하는 건강한 시민운동을 위해 경실련을 만들면서 저는 주로 학자들을 모아 정책대안을 모색했어요. 이각범, 김근식, 강철규, 양건, 이영희, 최광, 나성린 등등 훌륭한 교수님들이 많이 참여했지요. 저는 학자들과 함께 '경제정의를 위한 정책적 대안'을 연구하고, 서경석 목사는 시민운동가들을 불러 모으는 활동을 했어요. 그렇게, 시민운동가들과 학자들의 결합을 통해 경실련이 탄생한 겁니다.

우리나라에서 이런 유형의 시민운동은 경실련이 처음이었지요. 돌이켜보면 그 당시 사회상황에서는 경실련이 꼭 필요했던 것 같습니다.

당시엔 가장 큰 문제가 '부동산 가격폭등'으로, '소득분배 개선'이라는 경제정의의 과제를 부동산 가격의 안정에서부터 풀어나가야 하는 상황이었지요. 그래서 부동산 가격폭등을 막기 위한 정책대안을 연구해 제시하면서, 그 입법화 내지 정책화를 위해 시민운동을 전개해나갔어요. 우리사회가 경제발전을 통해 풍요로워지는 것은 좋으나, 좀 더 '정의롭게' 풍요로워져야 한다는 것이, 당시 경실련의 목표였지요.

그러나 이제는 21세기입니다. 우리도 산업화와 민주화를 성공적으로 이루었으니 이제는 선진화와 통일이라는 새로운 국가과제를 맞이하게 된 겁니다. 따라서 '선진과 통일'이라는 새로운 국가과제에 온 국민이 좀 더 적극적으로 대처해야 한다는 취지에서, 지난 6월에 '선진통일연합'이라는 국민운동 단체를 만들게 되었습니다.

하루 3개 아르바이트 뛰며
생계를 보태

문 박 교수님의 말씀이나 살아오신 행적을 살펴보면, 정치가나 현실주의자라기보다는 사상가나 이상주의자 같은 느낌을 받게 됩니다. 어찌 보면 종교적 선지자先知者 같기도 하고요. 경실련만 해도 지난 얘기이니 쉽게 해서 그렇지, 당시 상황에서 그런 시민단체를 만들었다는 자체가 정말 선구적인 발상 아닙니까?

답 지난날을 돌이켜보면 우리 국민 모두가 각자의 영역에서 열심히 살아왔다고 생각됩니다. 저만 그런 게 아니라 국민 모두가 각자의 영역에서 나름대로 열심히 살았기에, 산업화와 민주화를 성취한 오늘의 대한민국으로 자리매김했다고 믿습니다. 아마도 우리 모두는 대한민국의 역사와 함께 투쟁하며 살아왔다고도 볼 수 있지요. 우리나라는 대단히 가난한 나라였기 때문입니다.

1950년대 말, 1960년대 초의 대한민국은 세계 최빈국들 중의 하나였어요. 당시만 해도 아프리카의 가나Ghana와 우리나라의 경제수준이 비슷했거든요. 그래서 저도 어린 시절에는 경제적으로 몹시 어려웠지요. 물론 가난은 불편한 것이지 부끄러운 건 아니지만요.

저는 개인과 국가는 공동운명체라고 봅니다. 제 경우를 돌이켜봐도 나라가 어려울 땐 저도 같이 어려웠고, 나라가 조금 나아지자 저도 좀 나아졌거든요. 지금 일인당 국민소득이 2만 불이니, 저도 이제는 그 정도에 맞는 수준으로 삽니다. 저를 잘 모르는 친구들은 '저 친구는 아주 좋은 집안에서 태어나 모든 게 순조롭게 풀려 유학도 가고 좋은 대학 교수도 된 게 아닌가?' 할지도 모릅니다.

그러나 사실 저도 나라가 가난할 때는 몹시 가난했고 심지어는 끼니를 굶기도 하며 살았어요. 대학생 때도 입학금만 집에서 받았지, 4년 내내 고학苦學을 했지요. 주로 학생들을 가르치는 아르바이트였습니다. 방학 때는 하루에 세 개의 아르바이트를 뛰기도 했어요. 학비와 생활비를 버는 것만이 문제가 아니라, 때때로 집안 생계비도 보태야 했으니까요.

대학 때는 주로 집에서 나와 살았어요. 일반 사설 도서관에서 기도를 보면서 학교에 다닌 적도 있지요. 구멍가게도 해보고 여름에는 과일도 받아다 길거리에 놓고 팔았어요. 솔직히 말해 대학 시절을 떠올리면 데모하고 아르바이트 한 기억 밖에 나지 않을 정도입니다. 도서관에서 공부한 기억이 거의 없어요.

동경 대학 유학 시, 지도교수였던 스미야 미끼오 교수(왼쪽 두 번째)께서 안식년을 맞아 1978년경 위스컨신 대학에 오셨을 때, 시카고 대학에 유학중이던 최장집 교수(왼쪽 세 번째)를 소개하려 함께 찾아가 인사드렸다. 스미야 교수님은 "어려운 사람들의 처지를 늘 유념하며 학문에 임하라"고 가르치셨다.

해외에서 유학할 때도 학비와 생활비는 학교 장학금으로 꾸려갔지만, 방학 때는 야채가게나 식당, 그리고 가발가게 등에서 일하며 돈을 모아 서울의 어머니와 동생들에게 생활비로 보내야 했어요.

일본유학 시절에는 일용공, 날품팔이를 했습니다. 주말마다 공원에서는 인력시장에 가서 일을 찾았어요. 한국교포가 하는 음식점에서 철판을 닦기도 했지요. 그 때 일하던 음식점 여주인이 자기 손을 보여줬는데 손금이 없었어요. 일을 많이 하면 손금도 달아 없어진다는 사실을 처음 알았지요.

미국유학 시절에는 여름방학 때마다 뉴욕에 가서 일했어요. 가발가게에서 흑인들 상대로 가발을 팔기도 하고, 야채가게에서 야채를 다듬기도 했지요. 사실 박사학위를 받고 나서도 집사람과 함께 일본 음식점에서 음식을 나른 적도 있습니다. 학비와 생활비는 학교 장학금으로 충당했지만, 한국의 가족들 생활비를 보태려면 방학 때 아르바이트로 돈을 모아야 했기 때문입니다. 그처럼 우리 모두가 어려운 시대를 열심히 살아냈던 거지요.

하지만 제게는 아무리 어려워도 항상 미래에 대한 희망과 꿈이 있었어요. 그래서 어릴 적에 동네 부잣집 앞을 지날 때면 항상 기분이 좋았지요. 언젠가는 나도 저런 집에서 살 수 있으리라는 희망과 꿈을 그 집을 보며 키워갔기 때문이지요. 부러워하거나 주눅 들지도, 질시하지도 않았어요.

그런 면에서 전 좀 낙천적인 성격이라 할 수 있겠지요. 몹시 가난할 때도 부자를 보면 '왜 저 사람은 부자인데 나는 가난한가?' 하는 비관적 생각이나 어떤 분노·적개심보다는, '이건 다만 시간문제일 뿐이다'라고 늘 생각했어요. 그리고 어떻게 하면 나라 전체의 경제를 발전시킬 것인가를 궁리하며 열심히 공부했지요. 나라가 잘되면 나도 잘된다는 확신이 있었기 때문입니다.

개인교습으로
대통령과 인연 맺어

문   '세계화'란 용어는 박 교수님이 처음 쓰신 건가요?

답   예, 1994년 말에 청와대에서 일하게 되었는데 그때 '정책기획수석'이라는 자리가 처음 만들어졌지요. 정책기획수석이란 나라의 장래를 멀리 내다보면서 국가정책을 기획하는 자리였어요. 멀리, 깊게 보면서 현재의 시점에서 우리나라가 해나가야 할 일들이 뭔지를 관장하고 챙기는 역할이었습니다.

당시 김영삼 대통령이 그 자리를 마련하면서 같이 일하자고 권유했습니다. 당신은 매일매일 일어나는 국사를 처리하고 있지만, 그보다는 나라의 미래를 멀리 내다보며 정책을 펴나가고 싶다고요. 20, 30년 앞을 내다보자는 거였지요. 그 작업을 맡아 챙기고 앞장서서 미래에 대비해달라 해서, 제가 정책기획수석을 맡게 된 겁니다.

그 당시, 즉 1990년대 중반에 우리가 시급히 풀어야 할 국가과제는, 제 생각엔 '세계화Globalization'와 '정보화Information'라는 문명사적 변화에 대한 대비였어요. 머뭇거리다가는 나라가 낙오될 게 뻔했지요. 세계화·정보화에 발맞추면서 미래를 선도해 나가기 위해서는 '국가시스템'과 '국가경영원리', '국민의식'이 크게 달라져야 한다고 보았어요.

그런 큰 틀에서 각 분야의 제도도 바꿔야 하고 국민의식도 바뀌어야 하는데, 저는 그것을 '세계화개혁'이라고 칭했지요. 이어서 본격적으로 '세계화 추진위원회'를 결성해 사법·교육·노동·복지 등 각 분야의 개혁을 추진해나갔던 겁니다.

문 국가발전에 있어서, '세계화개혁'을 도입하고 추진한 것은 상당히 중요한 의미를 지닌다고 봅니다. 그런 큰일을 할 수 있었던 계기가 김영삼 대통령과의 만남인데, 그분과는 이전에도 안면이 있었습니까?

답 1985년에 서울법대 교수로 부임하기 전에는, KDI(한국개발연구원)에서 1980년부터 근무했습니다. 그곳은 정부 산하의 연구원이기에 전두환 대통령에게 정책자문도 가끔 했었지요. 그 후 서울대 교수로 옮겨 학생들을 가르치고 있었는데, 어느 날 서울법대 후배인 박종웅 의원이 찾아와 "우리당 총재께서 경제학을 공부하고 싶어 하시는데 개인적으로 교습을 해줄 수 있느냐?"고 묻더군요. 당신 총재가 누구냐고 물었더니 김영삼 총재라는 거예요. 그 당시만 해도 저는 김

청와대에서 김영삼 대통령과

영삼 총재와 안면이 없었어요. 그래서 다른 훌륭한 경제학자들도 많은데 왜 하필 내게 왔느냐고 물었지요.

그때가 1986, 87년쯤이라고 기억되는데, 그 당시 대학교수들, 특히 국립대학교수들은 야당총재와 만나는 것 자체를 큰 부담으로 여기는 분위기였어요. 잘못하면 정치적 탄압을 받을지도 모른다고 꺼려했던 거지요. 그래서 대학교수들 중, 선뜻 나서는 사람이 없다더군요. 하여튼 그때 분위기는 좀 그랬어요. 그러니 박 선배가 좀 해주면 좋겠다고 부탁했어요.

가만히 생각해보니 이건 불공평하다는 생각이 들었지요. 왜냐하면 제가 국책 연구원인 KDI에서 일할 때는 대통령에게 보고도 하곤 했는데, 그렇다면 국가지도자 중의 한 사람인 야당총재에게도 당연히 학자들이 조언도 하고 의견도 나눠야 하는 게 아닌가 싶었기 때문입니다. 그래서 "아무도 하려들지 않는다면 내가 하겠다"고 수락했고, 그렇게 김영삼 총재와의 첫 만남이 이루어진 겁니다.

그런데 그때만 해도 방이 있는 음식점 같은 곳에서 만나 이야기를 하려 해도, 야당총재가 앞문으로 들어가면 저는 뒷문으로 들어가는 식이었어요. 여하튼 당시는 공개적으로는 만날 수 없던 상황이었습니다. 그게 그분과의 인연의 시작이라 할 수 있겠지요.

세계화와 불교의
연기緣起는 일맥상통

문 '세계화'라는 용어를 박 교수님이 정책적으로 처음 제시하면서 문민정부의 슬로건으로 떠올랐는데요. 당시만 해도 국민들은 미처 생각지도 못했던 세계화라는 발상에, 너무 앞서 가는 게 아닌가 싶은 의구심이 들 정도였어요. 미처 받아들일 마음의 준비가 안 돼 있었기에 감당하기 어려웠던 겁니다. 그런데 그때 주도하시던 '세계화'와 근자에 주장하시는 '선진화'는 어떤 연관성이 있는지요?

답 아주 깊은 연관성이 있습니다. 국가의 '선진화'란, 정치·경제·사회 등등 모든 면에서 '성숙한 나라', 즉 세계 일류국가를 지향하는 것이지요. 이 선진화를 위해서는 철저한 '세계화 개혁'이 필요합니다. 세계화·정보화라는 21세기 문명사적 변화의 와중에서 성숙한 선진 일류국가를 만들려면, 국가제도 개조와 국민의식 개혁을 보다 철저히 추진해나가야 합니다.

하지만 1995, 96년에 추진했던 문민정부의 세계화개혁은 대부분 '부분 성공', '미완의 개혁'으로 끝나고 말았어요. 그렇다면 그걸 토대로 본격적인 '제2차 세계화개혁'을 이어나가야 비로소 선진국에 진입할 수 있다고 봅니다.

그러나 이번에는 선진국의 제도와 관행을 단순히 따라만 가는 형태의 '모방형 세계화개혁'이 아니라, '창조적 세계화개혁'이 되어야 합니다. 우리의 문화와 전통에 맞으면서도 세계의 과학기술과 세계표준 Global Standards과도 조화를 이루는 창조적 세계화개혁이 되어야 하지요. 바로 이런 과제에 관해 2010년에 쓴 책이 《대한민국의 세계화전략; 창조적 세계화론》입니다.

문✍   '세계화'가 새로운 문명사적 변화라면, 그 밑바닥에는 어떤 정신이 있지 않겠습니까? 박 교수님이 주도하시는 '세계화'의 사상이랄까, 그 근본정신과 철학은 어떤 건지요? 혹시 불교적 세계관과도 연관이 있습니까? 아니면 우리 민족도 좀 더 개방적으로 세계 구성원의 일원으로서 진취적으로 살아가야 한다는 현실적 측면만 있는 건지요?

답✍   불교적 세계관이 세계화에 집중하게 된 직접적 계기가 된 건 아니지만, 적어도 세계화에 관심과 자신감을 갖게 된 이유들 중 하나이긴 합니다. 불교에서 설하는 연기緣起의 세계, 중중무진重重無盡의 '인드라망'의 세계에 깊이 공감하기 때문입니다. 세상 모든 사물들은 상호의존하고 상호작용한다는 불교적 세계관과, 제가 사회과학적으로 인지하는 '지구촌의 세계화'라는 변화가 거의 일치한다고 느껴졌으니까요.

저는 제 자신을 '공동체적 자유주의자'로 보는데요, '공동체 자유주의'란 개인의 자유와 창의를 중시하되 공동체적 질서와 연대 속에서 발휘되도록 해야 한다는 개념이지요. 개개인의 존엄과 자유의 소중함을 설하면서도 타자와의 상호관계성을 강조하는 불교의 연기적 세계관과 일맥상통하지요.

그래서 세계화라는 변화가 어떤 면에선 불교적 세계관이 옳음을 입증하는 계기가 되리라는 생각도 들었습니다.

세계화 시대에는 불교적 세계관을 지닌 사람·정치·국가가 되어야 성공하고 발전할 수 있다고 봅니다. 불교의 연기설은, '나'라는 존재는 독자적으로 존재하는 것이 아니라 관계 속에서 존재하고, 상호작용, 상호의존, 상의상생相依相生한다는 사실에 대한 이해를 기반으로 하고 있기 때문입니다. 이 '상의상생'이라는 진실의 모습을 국민들이 잘 받아들이고 이해할수록 세계화는 성공하고, 그 나라는 세계화 시대의 선도국가가 될 수 있을 것입니다.

즉, 세계화 시대에는 개인이든 국가든 남과 더불어 소통과 이해와 협력을 잘해나가야만 발전할 수 있다는 겁니다. 그러려면 외국어도 잘해야 하고, 외국의 역사·문화 등도 잘 이해해야 합니다. 당연히 자국自國의 역사와 전통도 깊이 이해해야 하겠고요. 나와 남의 장점을 잘 조

조계사에서 열린 청불회(청와대 불자 모임) 창립식 때, 회장으로 취임 인사를 하며

화시켜 새로운 역사를 만들어 나가야 하기 때문입니다. 말하자면 새로운 역사창조이지요. 그 열매는 인류사회의 발전과 평화일 겁니다.

이처럼, 마음을 열어 남과 소통하고 협력하는 능력의 배양이야말로 세계화 시대에 성공의 지름길이라면, 그 원리는 바로 불교의 연기설과도 일맥상통하지 않겠습니까? 그래서 저는 세계화를 공부하고 세계화 시대의 올바른 정책을 제시하는 것이 제가 이해하는 불교적 세계관과도 일치한다는 생각에, 더욱 확신을 갖고 여러 연구와 사회활동을 열심히 해나가고 있습니다.

문 ✒ 이 세계화를 통해 바로 불교의 연기에 토대를 둔 새로운 삶의 패러다임이 전개될 것이라는 논지에 주목하게 되는군요.

답 ✎　　세계화 시대에는 부처님이 설하신 불교적 진리가 좀 더 잘 드러나게 될 게 자명합니다. 따라서 진리를 따르는 사람들이 더 발전하고 성공할 수 있는 시대가 세계화 시대가 아닐까 여겨집니다.

이 시대의 '이율곡', 한국 최고의 '마당발'

문 ✎   박 교수님을 보면 조선시대 대학자이자 정치가인 율곡栗谷 이이李珥의 후신後身이 아닌가 싶을 정도로 닮은 점이 많다고 느껴집니다. 그런데 율곡의 십만 양병설養兵說에 비추어, 한반도가 통일이 되어도 백만 대군을 양성해야 한다는 주장도 있더군요. 그런 주장에 대해서는 어떻게 생각하시는지요?

답 ✎   통일이 되면 중국과 국경을 마주하게 됩니다. 통일 이후의 적정한 군 규모에 대해 물론 숙고해봐야겠지요. 우리나라는 대국大國들 사이에 있기 때문에 복합적인 대비를 해야 한다고 봅니다.

첫째는 자강自强입니다. 이웃이 아무리 큰 나라들이라고 해도 함부로 할 수 없는 수준의 군 규모는 반드시 유지해야 합니다. 소위 '고슴도치' 이론이지요.

둘째는 동맹同盟입니다. 가급적, 멀리 있는 대국과 동맹을 맺어 가까운 대국을 견제하는 것이 바람직합니다. 소위 모든 안보외교에 기본이 되는 '원교근공遠交近攻'의 책략이지요. 그런 점에서 한미동맹의 이점을 적극 활용해야 한다고 봅니다.

셋째는 균세均勢입니다. 가급적, 한반도 주변의 이웃 강대국들 사이에 세력균형이 유지되도록 해야 합니다. 힘의 균형이 유지되어야 전쟁과 분쟁의 가능성이 줄어드니까요.

넷째는 다자간多者間 집단안보 체제의 구축입니다. 예컨대 통일한반도, 중국, 일본, 미국, 러시아 등이 함께 동북아에 집단적 안보공동체를 구축하는 노력을 해야 합니다. 전쟁과 분쟁의 가능성을 제도로써 줄여 나가자는 것이지요.

이러한 복합적인 측면들을 고려해, 통일 이후 우리 군의 수준과 규모도 예측되어야 할 것입니다

문 ✎ 군 얘길 하다 생각나서 묻습니다만, 박 교수님의 군 경력은 어떻습니까?

답 ✎ 마침 좋은 질문입니다. 요즈음 신문을 보면 사회지도층에 군대를 안 간 분들이 많다는 비판이 많습니다. 그런 기사를 볼 때마다 솔직히 조금 당황스럽습니다.

대학 4년인 1969년에 신체검사를 받았는데 병종이 나왔어요. 그래서 입대하지 못했습니다. '고도근시' 때문이지요. 초등학교 때 자주 촛

불을 켜고 공부해서인지 중학교 1학년 때부터 안경을 썼어요. 계속 눈이 나빠져 결국 입대도 못한 건데, 솔직히 병종을 받고 나오면서 기분이 꽤나 찜찜했습니다. 평소엔 눈이 나쁜 걸 큰 문제로 생각하지 않았는데, 군대를 못 간다니 몸에 큰 결함이라도 생긴 것처럼 느껴져서요.

하지만 먹고 사는 데 너무 쫓겨서인지 군대 못가는 문제는 곧 잊어버렸지요. 당시 집안 형편이 극도로 어려워, 대학을 다니면서 어머니하고 아주 조그만 구멍가게를 열어 '센베이' 과자 장사를 했었거든요.

요즈음은 권력 있고 돈 있는 사람 자제들의 입대 기피현상이 자주 거론되지만, 당시만 해도 제 주변에선 엄두도 못 낼 일이었어요. 지금도 국방의무를 의도적으로 기피하려는 사람은 극히 소수에 불과할 겁니다. 절대 다수는 당연한 의무이자 권리라 여길 테니까요.

여하튼 군에 못 간 것이 자랑은 아닙니다만, 그렇다고 그런 사람들을 무조건 부도덕하다고 매도하는 일부 극단적 시각은 크게 잘못됐다고 봅니다. 병역면제 문제는 철저하게 조사했으면 합니다. 병역을 면제해 주는 제도가 있는 건 다 그만한 이유가 있기 때문이지요. 합리적인 이유로 병역을 면제받은 이들까지 잠재적인 범죄자로 모는 건 잘못입니다. 물론 군에 가야 하는 조건인데도 안 간 것은 있을 수 없는 일이지요. 시시비비를 가려줘야 합니다.

병역면제를 포함해 탈세, 불법 정치자금, 친일 행위 등을 기한을 두고 고백하게 하고 사면시키는 방법도 생각해볼 필요가 있어요. 군대를 의도적으로 기피한 사람이 나이 때문에 입대할 수 없다면, 그에 상

서울 고교 18회 동기들과 연말 망년회에서 오랜만에 반갑게 어울렸다. 가수 이장희의 콧수염이 눈에 띈다.

응하는 기부를 하게 하는 방법도 생각해 볼 수 있겠지요. 어떤 방식으로든, 이런 문제들을 확실하게 정리하지 않으면 똑같은 일들이 계속 반복될 테니까요.

물론 군 생활을 경험해보지 못한 건 제 인생에 큰 마이너스라고 생각됩니다. 나라의 국토방위에도 기여하고 개인적으로도 많은 새로운 것들을 경험하고 배울 수 있는 기회를 놓쳐버렸기 때문이지요.

문 ✎   저는 개인적으로, 박 교수님이 무無결점의 완벽한 인간이기보다는 간혹 약점도 보이는 '보통사람'이었으면 합니다. 스스로 자인하는 약점이랄까 단점 같은 것이 있다면, 세 가지만 드러내주시겠습니까?

답 부족한 점들이 많지요. 흔히들 제 주위에서도 얘기하고 저도 공감하는 것들 중 하나가, 사람을 무턱대고 좋아하고 믿는다는 겁니다. 사람의 행위를 무조건 믿어서는 안 되거든요. 사람의 본성에는 무조건적인 믿음을 가져야 하겠지만, 겉으로 드러나는 행위는 늘 변한다고 하지 않습니까.

하지만 제게는 그런 구분 없이, 사람을 무조건 좋게 보거나 좋게 보려 하거나, 아니면 일방적으로 좋아하는 경향이 있어요. 사람의 본성은 변하지 않지만 行은 수시로 바뀌기 때문에 행위를 냉철하고 객관적으로 관찰할 수 있는 안목이 있어야 하는데, 그냥 사람을 좋아하다 보니 후회하는 경우도 있습니다.

두 번째는, 제 스스로도 인정하고 주위에서도 똑같은 지적을 합니다만, 제게 강력한 권력욕 내지 권력의지가 없다는 점입니다. 이건 역사적·사회적으로 큰일을 해야 할 때 결정적 취약점이 되지요. 뜻이 있으면 그 뜻을 실현하기 위한 강력한 권력욕과 투쟁욕이 있어야 합니다. 역사를 바꾸려면 늑대와도 같은 야성을 가져야 하거든요.

그런데 저는 기본적으로 남과의 싸움을 싫어합니다. 특히 사익私益을 위해 싸우는 경우에 더욱 그렇지요. 물론 국익이나 공익이 침해받는 걸 보면 크게 공분公憤을 느껴 참지 못하고 행동하는 기질은 있습니다. 그러나 전반적인 성향은 '평화주의자'에 가깝고, 그래서 학자의 길을 택하게 된 건지도 모릅니다.

문   대인관계는 무난하십니까?

답   제가 볼 땐 큰 문제는 없는 것 같은데요. 제가 사람을 좋아하니까 두루 잘 사귀는 편인데, 사람들 중에는 의義를 추구하는 사람도 있고 이利를 추구하는 사람도 있어요. 이를 추구하는 사람은 제게 왔다가 얻을 이익이 없다고 느끼면 스스로 물러가지요. 그러나 이 나라에는 분명 이보다는 의를 추구하는 사람들이 많다고 봅니다.

문   일전에 어떤 신문을 보니, 한국사회에서 가장 폭넓은 인맥을 구축한 인물이 박세일 교수라고 썼더군요.

답   제가 비교적 다양한 분야의 여러 사람들과 알고 지내게 된 건, 그 동안 학교 외에도 시민운동단체, 정부에서도 일했고, 짧지만 정치권에도 몸담았던 경력 때문이라고 봐요. 덕분에 여러 분야에서 활동하는 좋은 친지·동지들과 소중한 인연을 이어가고 있습니다.

문   서로 허심탄회하게 마음을 열 수 있는 가장 가까운 친구는 어떤 분들인지요?

답   친한 친구들 이름까지 밝힐 순 없지만, 역시 중·고등학교나 대학교 때 사귀었던 친구들이 제일 오래 가고 좋은 것 같습니다. 어린 시절의 꿈을 함께 나누며 자랐기 때문이겠지요. 누구에게나 오랜 친구가 좋지 않습니까?

그 다음으로는, 함께 뜻을 세워 동고동락한 동지로서의 친구들이 좋습니다. 대학 시절의 학생운동이나 사회활동 할 때의 시민운동, 그리고 정부 재직 시의 세계화개혁 추진 등을 함께 했던, 동지 같은 친구들이 아주 좋지요. 불교에도 도반道伴이 있지 않습니까? 그처럼 세속에서의 삶의 길을 함께 가는 친구들이라 하겠지요.

선진통일, 신新동북아 시대,
견성성불見性成佛을!

문 ✎   지금까지의 삶을 통해 꼭 한번 다시 만나보고 싶은 사람은
요? 어릴 적 옛 친구든, 젊은 시절의 여자 친구든 통틀어서요.

답 ✎   사실, 제가 가장 보고 싶은 분은 아버지입니다. 아버지께서
는 제가 대학생 때 돌아가셨어요. 중·고등학교나 대학 시절에 저는
공부하고 데모하고 아르바이트한다고 바빴고, 아버지께서도 어려운
사업을 일으키시느라 바쁘셨어요. 그래서 부자지간에 따뜻한 정을 나
눌 시간과 기회가 없었지요.

아버지는 황해도 해주 출신이십니다. 해방될 때엔 싱가포르에 계셨
는데, 해방 후 해주로 돌아가 보니 이미 공산화가 진행되고 있어 자신
에겐 맞지 않는다는 판단에 서울로 내려 오셨다고 들었습니다. 그 이
후 서울에서 어머니를 만나 결혼하셨고, 서울역 뒤 만리동에서 저를

낳으셨지요.

아버지는 성품이 온화하고 너그러운 분이셨습니다. 한마디로 선한 분이셨지요. 1950년대 말, 우리사회가 몹시 어려울 때 찾아온 가난한 친구에게 자신의 내복을 벗어 주던 분이셨어요. 아버지는 저를 사랑해주셨고 저도 아버지를 존경하고 따랐지요. 그렇게 서로 좋아했는데도 앉아서 제대로 이야기를 나눌 시간이 거의 없었어요. 그래서 부자지간의 정을 제대로 나누지 못한 안타까움이 한으로 남아 있습니다.

때문에, 제가 누군가를 다시 만날 수 있다면 제일 먼저 아버지를 뵙고, 아버지께서 살아오신 이야기를 듣고 가르침을 받고 싶어요. 그 동안 제가 살아온 이야기도 해드리면서 말입니다. 아들로서 아버지와 여러 이야기를 나누고 싶은 생각이 간절합니다. 아버지께선 아주 어렵던 사업이 좀 일어나려 하는 시점에 그만 갑자기 별세하셨어요.

문 ✒ 한 가정의 가장家長으로서는, 스스로 백 점 만점에 몇 점 정도를 주시겠습니까?

답 ✒ 아마 한 40점쯤 될까요. 과락이나, 간신히 과락을 면한 수준이 아닐까 여겨지네요. 저는 늘 가족에 대해 미안해합니다. 우선, 제가 어머니를 제대로 모시지 못하고 있습니다. 어른을 모시는 일 중에서 같이 있는 시간을 많이 갖는 것이 제일 중요한데 그걸 지금 못하고 있거든요. 어머닌 바로 이웃 아파트에 계시는데도 일주일에 겨우 한 번 찾아뵐 정도입니다. 예전에는 단독주택에서 한 2, 30년 동안 모시

서울 고교 입학 기념으로, 아버님, 외할머님과 함께 찍은 사진. 아버님은 너그러운 대인 성품으로, 부자 간 사랑이 깊었기에 더욱 그립다.

둘째 돌잔치 때 가족이 함께했다.

고 살았는데, 아파트로 이사 간 후로 불편하시다고 해서 바로 옆 아파트에 거처를 마련해 따로 살게 되신 거죠. 자주 못 찾아뵙는 것이 가장 큰 불효이지요.

그리고 제 집사람은 권력이나 돈에 대해 큰 욕심이 없는 사람입니다. 조용하고 평범한 삶을 좋아하지요. 그러니 제가 일상의 삶에서 작은 즐거움이라도 같이 나누어야 하는데 그것마저 거의 못하니 항상 미안하죠. 저는 하루의 대부분을 밖에서 보내니까요.

집사람과는 뉴욕에서 일할 때 만났습니다. 처음에는 서로 배경과 관심이 달라서 결혼까지 갈 줄은 몰랐어요. 집사람은 중학교 1학년 때 미국으로 이민을 와 성장했고, 전공도 디자인이었습니다. 나이 차이도 9년이나 나고요. 그런데 인연이란 묘한 것이어서, 만날수록 느낌이 좋아져 결국 결혼까지 하게 되었어요. 처갓집에는 미안하지요. 미국에 이민 와 고생하다 겨우 살만해졌는데, 딸이 한국으로 돌아간다니 섭섭하셨겠지요.

제 아이들과도 자라는 동안 함께 보낸 시간이 거의 없어서 부모로서 따뜻한 마음을 제대로 전해주지 못했어요. 아이들의 초등학교나 중·고교 시절에 함께 나눈 시간이 거의 없거든요. 그래서 항상 가족에 대해서는 미안할 뿐이지요. 본의 아닌 죄를 많이 지었고, 짓고 있습니다.

문 ✎ 그래도 부인이나 자녀들과 대화하는 시간은 가끔 갖겠지요?

답 마음으론 원하지만 거의 실행하지 못하고 있습니다. 솔직히 그 동안 대학에서의 교육과 연구는 물론, 그 외의 사회활동들도 너무 많았어요. 경실련, 안민정책포럼, 한반도 선진화재단 등을 발족하는 등, 항상 바깥 활동에 쫓겨 살았거든요. 최근에는 선진통일연합을 만들어 국민운동을 한다고 바쁘고요.

그러다보니 가정에 대해 거의 신경을 쓰지 못했어요. 지금도 거의 못하고 있어서, 집사람이나 아이들은 저를 식구로 쳐주지도 않을 정도지요. 아마도 이런 문제는 저뿐만 아니라 과거 산업화·민주화 시대를 살아온 기성세대 대다수가 공유하는 고민일지도 모르겠습니다만, 아무튼 변명이 아니라 가족에겐 항상 미안할 따름입니다.

문 금년에 연세가 어떻게 되시죠?

답 1948년생이니까 예순 셋이지요.

문 물론 요즘은 장수長壽하고 백수도 누리는 세상이지만, 이 나이쯤이면 '죽음'에 대해서도 한번쯤 생각해 볼 때인 듯싶습니다. 만일 지금 죽음 앞에 있다면 어떻게 대처하실는지요? 죽음에 대해 생각해 보셨습니까? 또 죽음을 피할 수 없는 상황이라면 마지막으로 꼭 하고 싶으신 건요?

답 죽음에 대해서는 두세 차례 깊이 생각할 계기가 있었는데 뾰족한 답이 없었습니다. 요즘도 몸이 심하게 아플 때면 죽음을 생각해

보는데 마찬가지로 별 답이 떠오르질 않더군요.

만약 머지않아 죽음을 피할 수 없는 상황이라면, 저는 책 한 권을 쓰고 싶습니다. 대한민국의 선진화와 한반도 통일을 위한 책을요. 물론 그 동안 같은 주제로 쓴 책이 있지만, 일반 국민들이 보다 이해하기 쉬운 책을 하나 더 쓰고 싶어서입니다.

얼마 전에 칼럼집, 《위대한 선진, 행복한 통일(2011)》을 냈는데 생각보다 호응이 좋다는 얘길 들었습니다. 책이 비교적 이해하기 쉽고 재미있어서 일반 직장인들이 토론회도 만들었다더군요. 이 책보다 더 쉽게 '지금 우리나라가 어디쯤 왔고 어디로 가야 하는가?', '대한민국의 꿈과 희망은 무엇이어야 하는가?'를 주제로, 책을 하나 꼭 쓰고 싶어요. 대한민국의 선진화와 한반도 통일에 대한 아주 쉬운 책을요.

문✎   죽음 자체를 담담하게 받아들일 준비는 되어 있으십니까?

답✎   담담하기는 어렵지 않겠어요. 죽는 순간에는 누구나 만감이 교차하지 않겠습니까? 그러나 '내일 지구의 종말이 와도 오늘 사과나무를 심겠다'는 말처럼, 결국은 지금까지 걸어왔던 걸음으로, 가던 길을 성실하게 걸어가는 것이 죽음을 맞이하는 최선의 길이 아니겠나 싶습니다.

문✎   이제까지 누구보다 열심히 살아오시며 많은 일들을 하셨는데, 연세로 보더라도 한번 정리를 하고 넘어갈 시점인 듯합니다. 그런

1979년, 결혼식 사진. 청춘 시절의 모습들에 애틋해진다. 디자인을 전공한 집사람은 미국유학 시절에 만났는데, 권력이나 돈에 욕심이 없어 조용하고 평범한 삶을 좋아한다. 그러니 일상의 작은 즐거움이라도 함께 해야 하는데 일에 쫓겨 항상 미안한 마음뿐이다.

맥락에서 앞으로 꼭 이루고 싶은 일은 어떤 것들인지요?

답 ✎   앞으로 남은 인생에서 가장 하고 싶은 일, 네 가지를 들어보지요.

첫째가 대한민국의 선진화이고, 둘째는 한반도의 통일, 셋째는 번영과 평화의 신新동북아 시대의 건설입니다. 그리고 넷째는 지극히 개인적인 것이지만, 부처님의 깨달음을 이루는 견성성불見性成佛이지요.

이 네 가지 중, 아무래도 이번 생에서 네 번째는 어려울 것 같고, 나머지 세 가지만이라도 어느 정도까지 이룰 수 있다면 큰 보람이고 영광이 아니겠는가 생각합니다.

백두산 천지에서

주인은 줄고
객이 넘치는 세상

'북한을 중국에 맡기자'는
美정책연구서

문 🖊 　지난 6월 6일에 국민운동 단체인 '선진통일연합'을 창립하셨
는데, 발족 자체는 성공적으로 평가하시는지요?

답 🖊 　그렇습니다. 그 제한된 공간에 무려 4, 5천 명이나 모였으니
까요. 그런 경우는 거의 없다더군요. 선진통일연합이라는 국민운동에
그렇게 많은 사람들이 모였다는 사실 자체는 매우 성공적이라고 볼 수
있을 겁니다. 저도 예상치 못했던 일이지요.

　지방 다니면서 사람들을 만나보니 나라 걱정을 하며 불안해하는 분
들이 생각보다 훨씬 많더군요. 중국은 무섭게 성장하고 북한은 급속히
추락하고 있는데, 미국의 힘은 중장기적으로 약화되는 것 같은 상황
에서 우리는 어떻게 대처해야 하는지, 그 대책을 갈구하는 안타까움을
실감했어요. 이젠 혼자서만 잘살 수 없는 세상임을 다들 잘 알기에, 나

라가 어떻게 될 것인지에 각별한 관심들을 기울일 수밖에 없지요.

문 지금 이 시점에 국민운동인 '선진통일연합'을 내세우게 되신 동기가 궁금하군요.

답 우리 민족은 지금 천재일우의 기회를 맞고 있습니다. 선진국 진입이 코앞이거든요. 국가가 치밀한 전략을 세워 국민들이 단합해 한 번만 더 뛰면 선진국에 진입할 수 있어요. 우리나라는 이제 곧 인구 감소가 시작됩니다. 인구가 감소하면 경제 성장률이 최소 2% 떨어진 답니다. 이번 기회에 선진국 진입을 이루지 못하면 앞으로는 더욱 요원해질 수밖에 없는 상황이지요.

때문에 중국의 힘이 너무 커지기 전에, 아시아에서 미국의 영향력이 더 약해지기 전에 선진국에 진입해야 합니다. 선진국 진입은 시간이 흐르면 저절로 이뤄지는 게 아닙니다. 지난 백 년 동안 선진국에 진입한 나라는 일본 하나뿐이에요. 아일랜드, 아르헨티나 등은 선진국 문턱에서 추락했고요.

문 선진화와 통일을 함께 추구하고 있는데요?

답 통일의 기회도 선진국 진입처럼 눈앞에 다가오고 있기 때문이지요. 동서 냉전도 이미 끝났고 남북한 체제 경쟁도 끝난 상태거든요. 한반도가 분단 상태로 남아 있을 이유가 없어요. 느닷없이 통일이 들이닥칠 수도 있는 판인데, 정작 우리에겐 통일에 대한 준비도 열정도 없는 듯해 안타깝지요. 이러다간 통일 기회를 놓치고 맙니다. 그렇게 되면 북한에 친親중국·반反통일세력이 등장해 자칫 '제2의 티베트'가 되어버릴 수도 있어요. 분단이 고착화되어 동북아에 신新냉전을 야기하게 되는 거죠.

동북아의 갈등 구조가 심화되면 한반도의 발전도, 동북 3성 만주 지역의 발전도 기대할 수 없게 됩니다. 따라서 선진국 진입이 요원해지면서 대한민국은 삼류국가로 전락해버릴 겁니다. 반면, 통일이 이루어지면 북한과 만주 지역이 '시장경제화'되면서 획기적으로 발전하게 되지요. 2억 인구의 동북아가 가장 역동적인 지역으로 떠오르게 되고, 다자 간 안보체제에 의해 번영과 평화의 시대가 도래하게 될 겁니다. 한국인들은 한반도와 만주 지역을 21세기 번영과 평화의 지대로 만들 수 있다는 부푼 꿈을 키워가게 될 거고요.

이런 국운이 걸린 문제에 정치권의 문제의식이 부족하니, 직접 국민과 대화할 수밖에 없어 국민운동의 길을 선택하게 된 겁니다. 21세기 '신민新民운동'인 셈이지요.

문 　 국운이 걸린 이런 큰일을 국민운동만으로 제대로 감당할 수 있다고 보시는지요?

답 　 우리 정치권에는 국민통합을 통해 정권을 재창출하려는 세력이 없어요. 모두들 단지 분열과 갈등을 동원해 정권을 잡으려 들거든요. 하지만 진정한 우파라면 국민통합을 통해 정권을 세워야 합니

'선진통일연합' 창립대회. 5천여 명이나 모여 성공적으로 치러졌다.

다. 우리나라에는 정치적 우파는 있지만 '철학적 우파'는 존재하지 않아요. 좌파는 원래 분열을 통해 정권을 잡으려는 속성이 있으니 언급할 필요도 없겠고요.

문 🖋 창립대회 날 저녁 TV와 다음날 신문을 보니 대부분 '정치적 행보行步'로 평가했더군요. 내년 총선과 대선을 염두에 둔 정치적 행보일 거라고요. 그런 평가들에 대해서는 어떻게 생각하십니까?

답 🖋 제가 왜 선진통일연합을 창립하기로 결심했는지, 그 배경부터 설명 드리는 게 낫겠네요. 결정적 계기는 3년 전, 안식년安息年을 맞아 미국 모某 대학에 6개월 정도 가 있을 때 찾아왔습니다.

워싱턴의 한 정책연구소에서 작성한 보고서를 보게 되었는데, 그 요지가 '북한을 중국에 맡기자'는 것이었어요. 북한의 핵 문제나 개혁·개방 문제를 중국에 위임하는 게 좋겠다는 정책보고서가 미국에서 나왔던 겁니다. 가슴이 덜컹해, 그 내용을 주제로 제가 머물던 대학에서 한반도 전문가들과 비공개 토론회를 열었지요.

그 자리에서 제가 "이건 있을 수 없는 일이다. 우리에겐 지난 60년간의 분단도 가슴 저미는 아픔인데, 이제 김정일 사후에는 당연히 통일을 이뤄야지 북한을 중국에 넘기자니, 도저히 있을 수 없는 망발이다!"라고 맹렬히 반발했어요.

이어서, 통일신라 때 당唐나라가 설치했던 '안동 도호부安東都護府'를 우리 선조들이 몰아낸 이야기까지 했습니다. 안동 도호부는 당나라가 멸망한 고구려의 영토를 식민지로 통치하기 위해 평양에 설치했던 관청인데, 우리 선조들이 들고 일어나 설치한 지 8년 만에 기어이 몰아냈다고요. 그때는 신라사람만 싸운 게 아니라, 고구려·백제 유민들까지 힘을 합쳐 싸웠다고 강조했지요.

설령, 이런 잘못된 보고서대로 중국이 북한을 접수한다 해도, 이제는 8년은커녕 8개월도 못 버틸 거라고 호통을 쳤습니다. 하여튼 제가 몹시 격하게 반발했지요. 그런데 그 자리의 한반도 전문가들이 제게 질문이 있다는 거예요. 뭐냐고 물으니, "대한민국과 그 국민들은 진정 통일을 원하느냐?"고 묻더군요. 그 질문에 저는 너무도 큰 충격을 받았습니다.

1997년, 제가 정부 요직에 있을 때 실시했던 여론조사에서는 국민의 93%가 통일을 원했었는데, 근래에는 그 수치가 55% 정도로 떨어졌답니다. 26%는 아예 통일 안 하는 게 좋다 하고, 젊은 층들에선 부정적이거나 소극적 견해가 더 높다는 겁니다. 이런 여론조사 결과를 우리뿐만 아니라 미국이나 중국도 다 알고 있어요. 그러니 그런 질문도 나오는 거지요.

앞으로 북한체제의 유지는 여러 가지 이유로 더욱 더 어려워질 겁니다. 북한은 핵을 개발하고 개혁개방을 거부하면서 3대 세습까지 하려들고 있어요. 이처럼 북한체제는 점점 더 어려워져 실패 국면으로 가고 있는데, 남한은 북한에 관심이 없거나 통일문제를 외면한다면, 결국 북한의 미래는 중국과 미국이 상호양해 할 수 있는 방향으로 끌려가게 될 겁니다.

그렇게 되면 한반도는 분단의 고착화 내지 영구분단으로 갈 가능성이 크게 높아집니다. 바꿔 말하면 북한의 '중국화' 내지는 '제2의 티베트화'이지요. 천추의 한이 될 겁니다. 지금 우리가 수천 년 전의 고구려 멸망을 얼마나 안타까워하고 있습니까.

문 ✎   그 '보고서 사건'의 충격이 '선진통일연합'을 만든 계기가 되신 거군요?

답 ✎   그 사건으로 엄청난 충격을 받고는, '이거 큰일 나겠구나' 싶어 서둘러 한국으로 돌아왔어요. 그래서 바로 작년 봄에 제가 관계하는 '한반도선진화재단'이 조선일보, 미국 국제전략연구소CSIS와 공동으로 국제회의를 개최했지요. 미국·중국·일본·러시아의 일류학자들을 불러 모아 두 가지를 천명했어요.

"첫째, 우리는 반드시 통일하겠다. 둘째, 우리의 통일이 당신들 나라, 중국이나 미국, 일본, 러시아에도 두루 이롭다"고요. 즉, 우리의 통일의지와 열정을 밝히고, 주변국들에도 한반도 분단은 해롭고 통일이 이롭다는 사실을 설득하는 국제회의였던 거죠. 그때 참석했던 〈워싱턴 포스트〉지 기자가 돌아가 신문사설에 처음으로 "통일된 한반도에 대한 미국정책이 있어야 한다"는 글을 올렸어요. 중국에서 온 학자들도 "한국에서 통일하겠다는 이처럼 큰 목소리를 듣긴 처음이다"라며 매우 놀라워했지요. 지금까지 대한민국에서 이 정도로 강력하게 통일의지를 표명하는 걸 들은 적이 없었다는 겁니다.

'바로 이게 통일의 길이구나' 하는 생각에 중국으로 갔지요. 그런데 중국정부 인사 중 한 사람에게서 또 같은 얘기를 듣게 된 겁니다. "한 달 전에 일본의 안보전문가가 중국에 와서, '북한이 매우 어려운 지경인데 차라리 중국이 북한을 접수하는 게 바람직하지 않겠는가? 북한이 혼란에 빠지게 되면 그들의 핵과 화학무기, 미사일 같은 대량 살상무기 등의 관리가 허술해지지 않을지, 안보전문가로서의 깊은 우려 때문이다'라고 하더라"는 거예요.

"중국이 빨리 북한으로 들어가 대량 살상무기를 안전하게 관리하고, 사회 안정화에 나서야 하지 않겠는가? 중국 아니면 어느 나라가

이 일을 감당하겠느냐? 남한은 통일 의지가 전혀 안 보이고 이런 비상 사태에 대한 대책도 거의 없는 것 같다. 실제로 그렇다면 이 일은 중국이 할 수밖에 없지 않겠는가"라는 게, 일본에서 온 안보전문가의 제안 배경이라더군요.

귀국 비행기 안에서 곰곰이 생각해봤습니다. 왜, 중국정부 요직 인사가 내게 그런 이야길 했을까? 한마디로, '당신 나라는 뭐하는 나라냐? 당신 민족은 뭐하는 민족이냐?'라고 질책한 것 같았어요. 여러 상황을 종합해볼 때 통일의 기회는 소리 없이 가깝게 다가오고 있는데, 우리가 적극적으로 준비하고 받아들이지 못하면 한반도 역사는 크게 잘못될 수도 있겠다는 생각이 들었습니다. 아니, 지금 같아서는 통일의 가능성 보다 새로운 영구분단의 가능성이 더 큰 것 아닌가, 걱정에 휩싸였지요.

바로 그런 절박한 우려가 '선진통일연합'을 창립하는 계기가 되었습니다. 통일의 시대를 열기 위해서는 물론 정부도 잘해야 하지만, 우리 국민들도 적극적으로 통일을 준비하는 마음을 가져야 한다고 생각해서지요. 먼저, 국민 스스로가 통일에 대한 강력한 의지와 열정을 가져야 합니다. 그렇지 못하면, 이웃나라들도 우리의 통일을 도와주지 않을 겁니다.

우리 스스로 통일에 대한 의지와 열정을 가질 때, 주변 강대국들에게도 통일을 도와달라고 설득할 수 있고, 그들도 우리를 도와줄 수 있을 겁니다. 또한, 그래야만 북한동포들도 설득할 수 있고 어려울 때 함께 손잡게 할 수 있습니다. 그렇지 못하면 북한은 곤경에 빠지게 될 때 중국에 도움을 청할 수도 있습니다.

남·북한 주민들이 손을 맞잡고 분단을 극복해, 꿈과 희망의 통일 한반도를 가꾸어 나가는 시대를 열려면, 우리 남한부터 평소에도 북한동포들에게 많은 정성을 들여야 하고 꿈과 희망의 메시지를 끊임없이 전달해야 합니다. 이 모든 일을 추진하려면, 무엇보다 먼저 통일을 위한 우리의 강력한 의지와 열정이 앞서야만 하지요.

때문에, 우리 국민들에게 한반도가 처해 있는 국제적 상황을 알려, 통일의 시대를 열기 위해 우리 모두가 적극적으로 준비하지 않으면 대한민국의 역사는 크게 잘못될 수 있다는 사실을 깨우치기 위한 민간운동이 바로 '선진통일연합'입니다.

마침 내년에는 양대 선거를 치러야 하니, 바야흐로 정치의 계절이 다가오고 있지 않습니까? 모쪼록 통일이라는 국가적·민족적 대과제가 선거과정에서 가장 중요한 정치이슈 중의 하나가 되어, 생산적 토론들이 활발히 전개되기를 기대해봅니다.

그러나 기존의 '여의도 정치'가 과연 한국의 선진화와 통일 문제를 제대로 풀 수 있을지, 솔직히 저로서는 낙관적이지 못합니다. 이 점도, 선진통일연합을 창립해 국민운동을 시작하는 이유들 중의 하나이지요.

'공동체 자유주의'는
선진화의 사상적 토대

문 🖋 많은 사람들이, 박 교수님 같은 지성인들이 정치에 뛰어들어
야 한다고들 말합니다. 단지 이론가로서, 국민운동가로서 만족할 게
아니라 정치 현장에 뛰어들어 통일·선진화 운동을 직접 주도해야 한
다는 거죠. 마침 내년 총선·대선 정국을 맞아 박 교수님이 과감하게
정치에 복귀하길 바라는 사람들도 많은 걸로 압니다. 그런 바람들에
대해서는 어떻게 생각하시는지요?

답 🖋 저는 아직까지도 여의도 정치에서 별 희망을 찾지 못하고 있
습니다. 여의도 정치에 희망의 시대가 열리거나 희망의 가능성이 보
인다면, 당연히 참여해서 최선을 다하는 것이 국민의 도리이고 학자
의 도리이고 나아가 불자의 도리라고도 생각합니다. 올바른 방향으로
역사가 진행될 가능성이 보인다면 당연히 나름대로 최선의 역할을 다

해야겠지요.

그러나 지금, 여의도 정치를 두고도 제가 국민운동을 하겠다고 나서는 건 기존의 정치에서 아직 희망을 찾지 못했다는 것이겠지요. 물론 제 자신의 정치적 경륜과 역량도 많이 부족하고요.

문 ✎   언론은 선진통일연합 창립대회를 '보수 세력의 결집'이라고 평하더군요. 그날 참석자들 면면으로 봐도 그런 평가가 가능하다고도 봅니다. 일례로 백선엽 장군 같은 원로元老들이 다수 참여한 것도 그런 평가에 영향을 미쳤겠지요. 현재 우리 정치는 '보수 · 진보'로 양극화되어 있습니다. 이런 상황에서 '보수의 결집'이라는 평가를 어떻게 보십니까?

답 ✎   그 문제는 이렇게 보시면 됩니다. 선진화와 통일은 우리 국민 모두가 함께 가야할 국민의 길이고 민족의 길이며 평화의 길입니다. 대한민국을 선진화시켜 세계 일등국가로 만들고, 분단을 극복해통일 한반도를 만드는 것은 이 시대 최고의 민족적 · 국가적 · 국민적 · 국제적 과제이지요. 여 · 야, 좌 · 우를 막론하고, 우리 모두가 함께 가야할 공생의 길, 생존과 번영의 길이라고 생각합니다. 대한민국의 역사를 사랑하고 헌법의 기본가치와 정신을 존중하는 세력이라면 모두가 함께 가야할 지상至上의 길이요. 그래서 저는 개혁적 보수와 합리적 진보가 손을 맞잡고 선진화와 통일을 향해 함께 나아가야 한다고 굳게 믿습니다.

선진화와 통일은 범汎국민적 과제이지, 좌파나 우파만의 과제로 국한시킬 수는 없습니다. 이것을 보수의 과제라고 국한하면 진보의 과제는 선진통일 안 하는 게 될 텐데, 그건 아니지 않습니까? 선진화와 통일은 '진보 · 보수' 모두 함께 달성해야 할 과제라고 전 생각합니다. 제가 2006년에 쓴《대한민국 선진화 전략》이라는 책에서도, "합리적 진보와 개혁적 보수가 손잡고 '선진화 세력'이 되어 국민 대통합을 이루면서 선진화라는 국가비전을 함께 성취해야 한다"고 주장했지요. 바로 이것이 기본 입장입니다.

때문에 이번 선진통일연합을 결성할 때도 이른바 진보세력 쪽 분들도 많이 영입하려 노력했고, 일부는 뜻을 같이해 참여했습니다. 왜 일부만 참여했는가? 그 이유는 현재 한국의 진보세력에 큰 문제가 하나 있는데, 바로 종북從北세력과 밀접한 관계를 가져왔고, 그 관계가 아직 정리되지 못한 부분이 있다는 점입니다.

그 부분만 정리되면 모든 합리적 진보 진영이 우리와 함께 할 수 있을 겁니다. 우리의 기본 입장은 합리적 좌 · 우가 함께 손잡고 선진과 통일로 나아가는 것입니다. 종국적으로는 아시아와 세계 평화의 길이지요.

문✍   그런 의미에서 '공동체 자유주의'를 표방하신 겁니까? 이 개념이 '선진통일연합'의 사상적 토대라고 이해해도 되는지요?

답✍   국가 이상理想으로서의 '선진화'와 '통일'은 확고한 철학에 기초해야 하지요. 여기서의 철학이란 국가의 '구성원리'와 '운영원리'를 뜻합니다. 저는 우리나라가 선진국으로 진입하려면, 그리고 성공적 통일을 이루려면 국가 구성·운영 원리로 '공동체 자유주의Communitarian Liberalism'를 택해 개혁을 추진해나가야 한다고 봅니다. 그래서 선진통일연합의 사상적 기반 또한 이 공동체 자유주의이지요.

공동체 자유주의란 공동체적 연대 가치를 소중히 하는 자유주의를 의미합니다. 자유주의는 개인의 존엄·창의·자유를 가장 중요한 가치로 보는 입장이고요. 그러나 자유주의가 이기적 자유주의로 폭주해 공동체의 가치를 파괴하면 그 자유주의는 지속가능하지 못합니다. 따라서 건강한 자유주의는 반드시 공동체적 가치를 소중히 하는 자유주의여야 합니다.

주지하듯이 인류사회의 발전원리는 '자유'에서 비롯됩니다. 자유는 인간생명의 근본속성이기도 합니다. 개개인의 존엄과 창의, 그리고 자유의 확대와 심화를 통해 인류사회가 물질적으로 풍요해졌고, 정신적 품격도 높아지고 과학기술도 크게 발전해온 거죠. 개인 자유의 확대와 심화가 모든 발전의 기본원리이고 어떤 면에서는 생명원리인 셈이지요.

하지만 '이것만으로 100% 충분한가?'라고 묻는다면, '자유의 원리'만으로는 충분치 않다는 답이 나옵니다. 반드시 보완원리가 필요한데 그게 바로 '공동체에 대한 사랑'이에요.

나라가 발전하려면 정신자본Mental Capital을 중시해야 합니다. 국가

발전의 핵심은 도덕성을 갖춘 '지도자의 비전'과 '국민의 열정'이기 때문입니다. 그 다음으로 중요한 게 바로 '공동체에 대한 사랑'이지요.

산업혁명 직전인 1750년만 해도 당시 세계인구의 1인당 GDP(국내총생산)가 180달러에 불과했어요. 그러다 2000년엔 6600달러로 늘어났지요. 불과 250년 만에 세계인구의 일인당 평균소득이 이렇게 획기적으로 불어난 이유는 다름 아닌 '자유주의의 확산' 덕분입니다. 인간의 정신적 자유가 과학기술의 발달을, 경제적 자유가 시장 확대를 가져온 거죠. 그러나 모든 나라가 다 이렇게 성공적인 길을 걸어 왔는가 하면 그렇지 않습니다. 보다 빠르게 성장해온 나라도 있고, 상대적으로 낙후된 길을 걸어온 나라도 있습니다. 그 차이는 그 나라의 자유주의가 공동체를 소중히 하는 요소를 얼마나 지니고 있는가와 직결됩니다.

2001년, 미국 하버드대에서 출간한 《자본주의의 정신(The Spirit of Capitalism)》이라는 책을 보면, 지난 250년간 경제발전에 성공한 여러 나라들을 비교 · 연구한 결과, 경제발전의 핵심 동인들 중 하나가 '애국심'이라고 결론짓고 있어요. 개개인이 조국에 대한 사랑과 공동체에 대한 자부심을 가질 때, 경제발전의 동인이 극대화된다는 거죠. 인간은 '개체적 · 개성적 존재'이자, 생래적으로 '관계적 · 공생共生적 존재'이기도 하니까요. 따라서 자유주의가 매우 중요한 건 물론이고 공동체에 대한 관심과 배려 또한 중시되어야 합니다.

공동체 자유주의는 유 · 불 · 선의 동양철학의 입장에서는 더 이해하기 쉽지요. 불교의 가르침에 따르면, 인간은 본래 철저히 개체적이면서도 동시에 타자와 관계를 맺지 않고는 존재할 수 없는 공동체적 존재가 아닙니까? 인간은 관계를 떠나서는 존재할 수 없고, 인간의 행복도 관계에서 비롯된다고 봐야지요.

이처럼, 세상의 발전원리로서 자유를 기본으로 하되, 공동체적 연대나 가치를 소중히 하는 '자유 공동체'를 배려하는 자유, 이것을 주장하는 것이 바로 '공동체 자유주의'입니다.

여기서 강조하는 '공동체' 속에는 사회공동체, 역사공동체, 그리고 자연공동체가 포함되어 있지요. 말하자면 모두 들어 있는 거죠. 우선 무엇보다 사회공동체가 매우 중요합니다. 이웃을 소중히 여기자는 거지요. 이웃과의 관계가 건강해야 발전과 행복도 뒤따르기 때문입니다.

다음으론 역사공동체가 중요합니다. 역사와 전통이란 단순한 과거가 아니라 선조들의 삶의 기록이고, 그 속에 수많은 집단적 지혜가 담겨 있기 때문에 소중히 해야 한다는 겁니다. 물론 개선해야 할 점들도 있겠지만, 무조건 전통과 역사를 비판하고 거부하는 것은 크게 잘못된, 아주 위험한 생각이라고 봅니다. 역사와 전통을 소중히 하면서 미래로 나아가야 하겠지요. 뿌리가 튼튼한 나무처럼 말입니다. 뿌리 없는 나무가 있습니까? 어불성설語不成說이죠.

끝으로, 자연공동체도 중요합니다. 인간을 육신의 측면에서 보면 분명 자연의 일부이고, 그 자연은 무한無限하지 않은, 유한한 존재예요. 따라서 유한하기에 더욱 소중히 다뤄야 하지요. 이상의 세 가지 '공동체 가치'를 소중히 하는 자유주의가 '공동체 자유주의'인 겁니다.

문 좀 더 구체적으로 '공동체 자유주의'의 핵심 개념들을 요약해 주셨으면요.

답 첫째로, 앞서 밝혔듯이, 공동체 자유주의는 '개인의 존엄과 창의'를 존중하고 '공동체'를 소중히 합니다.

둘째로, 정신적 자유를 중시합니다.

자유주의는 '경제적 자유' 못지않게 '정신적 자유'를 중시하지요. 이둘이 함께해야만 인간 이성이 제대로 발휘되므로, 서로 분리 불가능한 관계이기 때문입니다. 특히 21세기는 정치·경제의 세계화 시대이자, 문화주의·정신주의 시대가 될 것이므로 정신적 자유가 중요하지요. 따라서 지식인과 예술인들을 주축으로, 21세기 신문명시대의 문화와 정신세계를 형성할 주요 소프트 파워를 존중하고 그 발전을 도모합니다.

셋째로, 공동체 가치의 보존·발전에 주력합니다.

인간 존재는 시간적·공간적 관계 속에서 유지·발전해 왔어요. 앞서 밝힌 대로, 시간적 관계는 역사공동체, 공간적 관계는 사회공동체와 자연공동체를 이르며, 이들의 가치를 보존하고 발전시키는 것을 중시합니다.

넷째로, 시장경제를 근간으로 공동체의 발전을 지향합니다.

시장경제는 경제적 자유를 바탕으로 한 창의적·효율적·생산적 체제이므로 '경제적 자유주의'를 추구하지요. 실업, 빈부격차, 사회안전망 구축 등의 문제들은 '경제적 자유주의'의 역동성을 통해 보다 효율

피닉스에 사는 동생과 함께 미국에서 기가 제일 센 곳이라는 '세도나'를 찾아가 그 센 기를 받으며

적으로 해결될 수 있기 때문입니다.

시장경제가 제대로 작동하려면 재산권의 엄정한 보호와 공정한 자유경쟁의 시장질서가 지켜져야 합니다. 이를 위해서는 국가의 역할이 중요하지요. 다만 국가의 역할은 시장의 효율과 생산성을 극대화해 경제적 역동성을 촉진하는 쪽이어야지, 정치적 목적이나 이해를 위해 시장에 임의로 개입하거나 시장을 왜곡해서는 안 됩니다.

이처럼 공동체 자유주의는 분배 지상주의나 성장 절대주의를 거부하며, '성장을 통한 분배'와 '사회적 약자를 위한 공동체 보호'를 추구합니다. 성장을 통한 분배란, 경제 주체들이 자유경쟁의 질서가 지켜지는 시장에서 공정한 분배개선을 목표로 투명하고 공정하게 활동하는 것으로, 공정경쟁과 기회의 평등을 추구하지요.

그렇다고 '시장 지상주의'를 추구하는 게 아니라, 시장경쟁에 참여할 수 없는 사회적 약자를 보호하는 공동체의 사랑과 지원에도 적극 나섭니다. 이 '사회적 약자를 위한 공동체 보호'의 원칙은 공동체를 유지·보존하기 위한 '최소한의 국가적 사명'으로, 성장 절대주의를 배격하지요.

다섯째로, '협치주의'에 기초합니다.

21세기는 복합사회로, 국가운영도 더 이상 정부와 집권세력만의 전유물이 아니므로 그 운영방식 또한 기존의 일방적·하향적 통치방식에서 벗어나 협치를 지향해야 합니다. 즉, 다양한 사회 구성원 모두가 국가운영의 주체로서 서로 협력하며 함께 통치할 수 있어야 성공하는 시대이지요.

따라서 국가발전의 승패도 구성원들 간의 협력이 자발적이고 창의적이며, 생산적·효율적인지에 따라 결정되므로, 정부나 통치자의 역할은 자발적이고 참여적인 네트워크의 구축과 관리에 있습니다. 요약하면, '협치주의'에 기초한 분권적, 민주적, 합리적, 협력적 국가운영 원리에 중점을 두는 거지요.

끝으로, 세계 공화주의和主共義를 지향합니다.

세계화는 거스를 수 없는 시대적 흐름으로, 우리의 대처 방법에 따라 기회일수도, 위험일수도 있어요. 새로운 도약의 기회로 만들려면 자유주의를 바탕으로 가장 한국적인 것들 속에서 인류의 보편적 발전에 기여할 수 있는 보배들을 찾아내야 하지요. 더불어 공동체 의식을 기반으로, 세계 공통의 당면문제들을 해결하기 위한 국제적 연대에도 적극적으로 참여해 세계평화와 공동번영에 기여해야 합니다.

문 ✎   우리 사회의 공동체 의식이 갈수록 약화되고 있다는 지적들이 많지 않습니까?

답 ✎   지난 60여 년간 우리가 이루어 낸 산업화와 민주화의 기반은 자유주의지요. 하지만 우리나라는 산업화와 민주화를 단기간 내에 빠른 속도로 압축적으로 이뤄내는 과정에서 공동체 의식이 많이 약화되어버렸어요.

개인의 존엄과 자유는 대단히 중요하지만, 공동체를 훼손하는 자유만능주의, 자유절대주의, 자유원리주의는 결국은 관계적·공생적 존재로서의 인간 존재 자체를 파괴하게 됩니다. 그래서 자유주의 자체도 장기적으로 지속가능할 수도, 발전할 수도 없게 되지요.

국가 경제발전에 제일 악영향을 미치는 게 바로 공동체 의식의 약화와 공동체 연대의 해체이지요. 공동체 의식의 약화는 주로 천민적賤民的 경제행태, 즉 극심한 물질지상주의나 극단적 이기주의 등에서 기인하며, '직업윤리와 노동철학의 표류'를 초래합니다. 그래서 성실·근면·정직의 덕목이 사회에서 점차 사라지고 한탕주의와 기회주의만 팽배하게 되어, 더 이상 국가발전을 기대하기 어려워지는 거지요.

세계역사를 살펴봐도, 그 나라가 추구하는 자유주의가 어떤 자유주의이냐에 따라 성패가 엇갈렸음을 확인할 수 있어요. 자유주의의 내용이 공동체 가치를 존중하는 '공동체 자유주의'인 경우에는 지속적으로 발전해왔지만, 공동체 가치를 무시 내지 부정하는 '이기적 자유주의'인 경우는 성장과 발전이 지체되는 것으로요. 그 대표적 실례가 아르헨티나입니다. 과거 세계 10강에 들던 아르헨티나에 극단적 · 이기적 자유주의가 팽배해지면서, 반개혁 정치, 복지 포퓰리즘, 반세계화 경제, 공동체의식 와해의 네 가지 유형으로 확산되었지요. 그 결과 사회지도층은 외국으로 빠져나가고 국민들은 폭민화暴民化하면서 쇠락의 길로 빠져들게 된 겁니다.

때문에 대한민국의 선진화 철학은 '발전과 지속가능'의 철학인 '공동체 자유주의'가 될 수밖에 없으며, 이 '국가 구성 · 운영원리'를 토대로 삼아 구체적인 선진화 전략과 정책을 확립 · 추진해나가야 합니다. 이것은 비단 우리나라에만 적용되는 얘기가 아니라, 21세기 인류가 나아가야 할 길이라고 믿습니다.

일전에 중국에 갔더니 중국 공산당 대학의 교수 한 분이, 제가 몇몇 교수들과 함께 쓴《공동체 자유주의(2008)》라는 책을 읽고 있더군요. 그 책의 내용에 깊이 공감한다면서요. 그래서 얼마 전에 이 주제로 서울에서 국제회의를 개최했지요. 한 · 중 · 일 학자들이 모여 각자의 논문을 발표하고 토론했습니다. 21세기 아시아에, 아니 더 많은 나라에 새로운 국민통합 · 국가발전의 철학이 필요한데, 공동체 자유주의가 좋은 출발점이 되겠다는 데 의견 합의를 보았지요.

이처럼 '공동체 자유주의'라는 원리는 21세기 인류의 보편적 발전 원리라고 볼 수 있지만, 나라에 따라 구체화시키는 방식은, 즉 어떻게 제도화하고 정책화할 것인가는 그 나라의 발전단계나 처한 상황에 따라 달라질 수 있습니다. 자유를 좀 더 강조해야 할 나라가 있고, 공동체를 좀 더 강조해야 할 나라도 있을 테니까요. 구체적 형태는 때와 장소에 따라 다소 달라질 겁니다. 하지만 분명한 사실은, '공동체 자유주의'야말로 21세기 인류가 지향해야 할 사상적 방향이라는 점입니다.

문 ✍ '공동체 자유주의'를 불교적 관점에서 본다면, '연기緣起 · 중도中道' 사상과 맥을 같이 한다고도 볼 수 있겠습니까?

답 ✍ 충분히 그렇게도 볼 수 있습니다. '공동체 자유주의'를 불교적으로 표현한다면 '연기적 자유[中道]주의'라 할 수도 있을 겁니다. 연기를 소중히 하는 자유주의[緣起中道]라고요. 불교는 본래 세계와 인간을 연기적 존재로 보기에, 자유주의(개인의 존엄과 창의와 자유)는 반드시 연기성(공동체)을 존중하는 자유주의를 지향해야 한다는 주장과 일맥상통한다고 봐야겠지요.

앞서 언급했던 중국교수가 이 개념에 대해 굉장히 관심을 갖는 이유 중의 하나도, '공동체 자유주의'에서 주장하는 공동체라는 개념이 '서구적'이기보다는 '동양적 공동체'의 느낌으로 어필했기 때문입니다. 원래, 동양사상은 개체와 공동체가 어우러져 조화를 이루는 것이 기본인데, 자기네 중국도 그래서 관심을 갖고 있다고 하더군요.

중국이 어째서 공동체 자유주의에 관심을 갖느냐고 물으니, 솔직히 말해 오늘날의 중국에 모택동 사상은 더 이상 의미가 없다고 대답하는 겁니다. 등소평 등장 이후 개혁개방을 하면서 경제가 많이 발전하긴 했지만, 동시에 관료부패, 분배악화, 지역격차 등으로 사회·경제적 갈등이 깊어지기만 한다고요. 그처럼 갈등과 분열은 점점 심해지는데 정작 국민을 하나로 묶을 사상은 없다는 거예요. 그래서 국민을 하나로 묶어낼 사상을, 이미 산업화와 민주화에 성공한 한국에서 혹시 찾아볼 수 있지 않을까 싶어 살펴보던 중, 저희들이 쓴 그 책을 읽게 되었다면서 높이 평가해주더군요.

창조적 세계화론,
'서울 컨센서스 10대 전략'

문 🖋️　'선진화'는 구호처럼 익숙하기도 하지만, 한편으론 좀 모호하게 느껴지기도 합니다.

답 🖋️　'선진화'란 한마디로 세계 일류국가의 반열에 올라서는 것입니다. 세계 최강의 과학기술과 산업생산력을 바탕으로 국민의 삶의 질을 극대화시키고, 성숙한 시민의식과 문화를 바탕으로 자랑스러운 세계 상등국가를 이룩하는 것이지요.

우리가 바라는 선진화의 미래상은 단순히 경제적 부(富)의 신장만이 아닙니다. 경제적으로는 지속가능한 성장기반을 완비해 고용을 유지시켜 중산층이 두터워짐으로써 양극화 현상을 극복하고, 정치적으로는 자유민주주의를 완성해 공정하고 정의로운 국가공동체를 이루는 것입니다. 사회적으로는 품격 있는 신뢰사회를 구축해 사회구성원 모두가 더불어 사는 공동체를 이루고, 국제적으로는 국제사회에 공헌하고 이웃나라들로부터 존경받는 국가를 실현해야 합니다.

요약하면, '국민들이 풍요롭게 사는 덕 있는 나라', 즉 부민덕국富民德國의 새로운 국가를 이루는 것이지요. 나라가 선진화되면 개인·기업·정부의 창조력이 최대한 발현되어 강한 경제력을 지닌 '창조적 국가'로 변모하게 되며, 동시에 계층·지역·세대·이념의 격차가 축소·융합되는 '조화로운 사회'를 실현할 수 있습니다.

문 🖋 요즘처럼 안팎으로 어려운 상황에서 선진국으로 도약하기란 결코 쉬운 일이 아닐 텐데요. 선진화를 이루기 위해 어떤 비전과 전략이 필요할까요?

답 🖋 오늘날 우리는 문명사적 대大전환의 시대에 살고 있습니다. 지난 200년간의 산업화·근대화 시대를 지나, 21세기 세계화·지식정보화 시대에 들어선 거지요. 이처럼 세계화는 이미 우리 삶의 일부가 되고 있기에, 세계화를 찬성할 것인지의 논쟁은 사실 공론空論에 불과합니다. 물론 세계화가 여러 문제점들을 야기한 단점도 있지만, 전반적으로 볼 때는 발전과 진보를 가져온 장점이 훨씬 더 많은 게 사실입니다. 따라서 이 대변화의 시대에는 우리도 크게 변해야 살 수 있어요. 창조적이고 자주적인 대응이 필요하다는 거지요.

하지만 대전환의 시대에 정작 변화의 앞날은 불투명하다는 게 문제입니다. 참고할 교과서나 로드맵도 별로 없지요. 우리뿐 아니라 전 세계적으로 전혀 새로운 상황이 전개되고 있으니까요. 때문에 단지 현장과 현실을 중시하면서 실험적·창조적으로 대처해나갈 수밖에 없습니다. 그런 맥락에서, 앞으로의 선진화는 '창조적 세계화'를 목표로 삼아야 할 겁니다.

특히 우리의 경우는 더욱 절박하지요. 지난날, 후진국에서 중진국으로 진입하는 과정에서는 우리보다 앞선 중진국이나 선진국들이 '발전모델'이 될 수 있었지만, 이제 중진국의 선두주자로서 선진국 진입을 눈앞에 둔 단계에서는 더 이상 발전모델을 찾아내기가 어렵기 때문입니다. 이제는 우리 스스로 선진적 발전모델을 창출해내야만 하는, '자기주도적인 창조적' 발전단계에 도달한 셈이지요.

이 '창조적 세계화'의 모델, 즉 선진화를 위한 새로운 국가발전 전략으로 제가 제시한 대안이 바로 '서울 컨센서스Seoul Consensus'입니다. 세계화의 현실과 정책경험과 교훈 등을 체계적으로 정리한 기존의 '세계화론'을, 글로벌 스탠더드의 변화를 감안해 우리 사회의 역사·문화·전통·의식에 맞게 수정·보완해서 대한민국이 지향해야 할 국가발전의 방향과 전략을 제시한, 우리 나름의 '창조적 세계화론'이지요.

그동안 세계의 학계學界와 관계官界를 지배했던 국가발전 전략으로서의 '워싱턴 컨센서스Washington Consensus'는 한마디로 선진국들이 자신들의 정책경험과 그 경험의 이론적 정리를 일반화한 것이었습니다. 그래서 선진국과는 제도·문화 의식 등이 대단히 다른 중진국이나 후진국에게 그대로 적용하긴 어렵습니다. 때문에 이를 맹목적으로 따

'한반도 선진화재단' 창립 시, 각 정당의 정책위의장들과 저명한 학자들을 초빙해 개최한 심포지움

라가던 많은 후진국들이 여러 면에서 어려움을 겪을 수밖에 없었어요. 특히 2008년 세계 금융위기 이후로 워싱턴 컨센서스는 그 타당성과 정당성에 있어서 신뢰를 크게 잃게 되었지요. 그래서 제가 워싱턴 컨센서스에 대신하여 '공동체 자유주의'에 기초한 '서울 컨센서스Seoul Consensus'라는 10가지 발전 패러다임을 신新발전전략으로 제시하게된 거지요.

물론 우리나라를 위해 구상한 국가전략이지만 여타 후진국들이나, 특히 중진국들이 참조해도 좋을 발전모델이라고 생각됩니다. 그래서 언젠가는 이 '서울 컨센서스'가 '워싱턴 컨센서스'를 대체하거나 보완하는 발전전략이 될 수 있기를 기대해봅니다.

문 그러니까 '공동체 자유주의'가 선진화의 기본철학이고, '창조적 세계화'는 선진화의 방향이라면, '서울 컨센서스'로 선진화 전략까지 보태 '선진화론'을 완결시키신 셈이군요. '서울 컨센서스 10대 전략'이 궁금한데 간단히 요약해주실 수 있을까요?

답 10대 전략은 다음과 같습니다.

첫째, 정신자본Mental Capital을 중시해야 합니다.

국가발전의 핵심은 '지도자의 비전'과 '국민의 열정', 그리고 '공동체에 대한 사랑'입니다.

둘째, 지구촌과 긴밀히 연계하고 통합해야 합니다

세계화 시대의 모든 발전의 계기는 '과학기술의 발전'과 '세계시장의 확대'입니다. 따라서 세계시장에 참여해 보다 긴밀한 연계와 깊숙한 통합을 도모해야 합니다.

셋째, 투자投資경제를 만들어 공생적共生的 발전을 지향해야 합니다.

경제발전을 위해 가장 중요한 건 생산성 향상을 위한 투자이며, 가장 시급한 건 고율高率의 투자경제를 만드는 일입니다. 따라서 먼저 투자 극대화를 위해 사회경제적 환경과 제도적·법적 환경을 개선해야 합니다. 그 다음으로는, 경제발전의 목표를 성장, 분배, 환경을 골고루 배려하는 '공생적 발전'에 두고 추진해나가야 합니다.

넷째, '완전 고용율Full Employment Rate'을 목표로 삼아야 합니다.

여기서의 '완전 고용율'이란 고용율을 가능한 최고 수준으로 높이는 것을 이릅니다. 즉 학업이나 가사 등을 위해 취업을 원치 않는 이들 외에는 원칙적으로 모두 취업하게 되는 상태이지요. 그동안 우리 경제는 '성장률 극대화'를 지향해왔지만, 앞으로는 '고용률 극대화'에 역점을 둬야 합니다.

세계화 시대에 구조적으로 발생되는 지속적 고용불안, 비정규직 증가, 평생학습의 수요증가 등의 난제들을 풀 수 있는 최선의 해결책이 '완전 고용' 정책입니다. 이 정책은 교육훈련·사회복지 정책들을 유기적으로 잘 연계해, 평생고용·평생교육·평생복지의 삼각망을 제대로 구축해야 성공할 수 있습니다.

다섯째, 세계화 부문과 비非세계화 부문을 병진並進 발전시켜야 합니다.

일반적으로 세계화 부문은 교역재Tradable Sector 부문, 비세계화 부문은 비非교역재Non-Tradable Sector 부문이라고 볼 수 있습니다. 지난 산업화 시대에는 대기업이 주축인 세계화 부문의 발전에 모든 국력을 집중했기에, 수출이 아닌 내수시장을 목표로 하는 중소기업이나 영세 자영업들이 주축인 비세계화 부문은 상대적으로 낙후될 수밖에 없었습니다. 세계화 시대의 난제인 소득분배의 악화, 혹은 양극화 현상의 주요원인들 중 하나가 바로 이 세계화 부문과 비세계화 부문 간 격차의 증대입니다. 때문에 비세계화 부문의 성장과 발전을 위한 규제완화(예컨대 교육·의료·법률·관광 등의 고부가가치 서비스 분야의 규제완화 등)는 물론 중소기업, 내수산업에 대한 행·재정지원의 확대 등이 필수적입니다.

여섯째, 교육 개혁과 과학기술 발전에 전력투구해야 합니다.

경제는 한마디로 생산력이고, 생산력을 높이는 최선책은 교육 개혁과 과학기술 발전입니다. 더욱이 세계화 시대의 선진화에 성공하려면 전면적인 고高생산성 경제건설에 성공해야 합니다. 따라서 획기적인 교육 개혁과 과학기술 발전을 국가정책의 최우선 과제로 삼아야 합니다.

교육 개혁은 최선의 성장정책이자 분배정책으로, 국민의 삶의 질을 향상시키는 정책입니다. 또한, 국부의 증대를 위해 인류의 부의 원천 중 하나인 과학기술의 발전에 최우선 투자를 해야 합니다.

일곱째, 정부의 적극적 역할─협치協治와 분권分權이 중요합니다.

세계화 시대에는 정부의 역할이 크게 줄어든다는 주장은 오류입니다. 시장질서 정책, 즉 반反독점 정책이나 소비자보호 정책은 필요하지만 산업 정책은 바람직하지 않다는 건 잘못된 생각입니다. 왜냐하면 현실적으로 산업 정책이 없이는 정보비용과 조정비용의 문제를 시장 독자적으로 쉽게 풀 수 없는 경우가 많기 때문입니다. 특히 우리나라처럼 아직 중진국 수준에서 선진화를 지향하는 경우에는 정부의 적극적 노력이 더욱 필요합니다.

이와 동시에 정부의 '사회통합 기능'도 중요합니다. 사회적 약자를 위한 사회안전망을 구축하고, 사회적 갈등 해결의 메커니즘을 합리적으로 제도화해야 합니다.

다만 이 두 정책의 추진방식은 산업화 시대와는 달리 '협치'와 '분권'의 방식을 따라야 합니다. 협치의 방식이란 정부가 가급적 현장에 접근해 민간과 함께 정보를 교환하고 의견을 나눠 문제를 해결해나가는 방식으로, 그 과정에서 민간과 정부 역할 사이에 다양한 분업관계가 형성될 수 있습니다. 한마디로 분권의 방식으로 협치를 해야 한다는 겁니다.

여덟째, 자유민주주의를 성공적으로 정착시켜야 합니다.

세계화 시대에는 자유민주주의가 성공하지 못하면 세계화도 선진화도 성공할 수 없습니다. 자유민주주의의 정착에 실패하면 좌파나 우파독재가 나오게 마련입니다. 그렇게 되면 국제 관계와 경제 정책이 반反세계화의 길로 가게 되고, 따라서 선진화와 통일도 물 건너가게 됩니다.

아홉째, 현장주의現場主義와 역사주의歷史主義를 강화해야 합니다.

21세기는 불확실성의 시대로, 교과서가 없고 정답이 안 보이는 시대입니다. 때문에 국가 발전을 위해서는 정책의 주체성을 확보해 독자적으로 최선의 해답을 찾아내야 합니다. 그 구체적 대안이 현장주의와 역사주의의 강화입니다. 우선 현장으로 내려가 관과 민이 함께 현장의 문제를 파악한 다음, 그간의 정책들의 역사를 참고해 현장의 관행과 문화에 적합한 대책을 세워야 합니다.

이처럼 창조적 세계화 정책을 위해서는 이웃나라들의 보편적 경험을 중시하고, 자기나라 현장의 특수상황과 역사적 정책경험을 존중해야 합니다.

열째, 세계전략을 세워야 합니다.

세계화 시대에는 국내와 국외의 구별이 별 의미가 없으므로, 성공적으로 국가를 이끌어가기 위해서는 국내 정책과 국제 정책이 긴밀하게 유기적으로 연계되어야 합니다. 우리나라의 경우 후진국에서 중진국으로 올라서는 시기가 냉전시대였기에, 미국의 세계전략에 편승해 발전해온 오랜 습관 탓에 냉전이 끝나고도 독자적인 세계전략을 모색하려는 노력이 상대적으로 약한 듯합니다. 이래선 절대 안 됩니다. 이제는 세계전략과 세계경영이 없으면 성공적인 국가 경영이 어려운 시대이므로 세계비전과 전략을 세워야만 합니다(뒤의 '글모음' 292쪽의 '창조적 세계화론, 서울 컨센서스 10대 전략' 참조 – 편집자).

문 ✎   선진화를 위한 이런 노력들에 반反하는, 선진화를 가로막는 '덫'은 어떤 것들일까요?

답 ✎   일반적으로 후진국에서 중진국으로 진입하기는 쉽지만, 선진국으로 올라서는 길은 극히 험난합니다. 지난 백 년간 중진국을 거쳐 선진국에 진입한 나라는 일본뿐이지요. 아르헨티나 · 브라질 · 포르투갈 · 체코 등 많은 나라들이 선진국 문 앞에서 주저앉아버렸어요.

아르헨티나는 한때 세계 10강强 안에도 들었던, 프랑스보다도 잘 살고 미국과는 미래를 경쟁하기까지 했던 나라예요. 그런데 오늘날엔 1인당 국민소득이 중진국 수준도 못 되는 7,600달러, 세계 86위 수준일 정도로 쇠락해버렸지요. 바로, 선진국으로의 진입을 가로막은 세 가지 '덫' 때문입니다.

첫째로, 국가전략이 없는 '반反개혁적 정치체제' 때문입니다.

정치체제가 소수 기득권층에 독점되어, 시대변화를 감안한 국가 비전과 전략으로 개혁을 주도할 정치가 실종되었던 거죠.

둘째로, 개방과 경쟁을 거부하는 '반反세계화 경제 정책' 때문입니다.

제조업과 수출산업을 경시하면서 외국자본은 제국주의라 규탄하며 대외시장 개방을 막고, 심지어 주요산업을 국유화하는 등 '자유화와 세계화'의 흐름에 역행하는 경제 정책이 화근이었지요.

셋째로, 대중적 인기에 영합하려는 '복지 포퓰리즘' 때문입니다.

반개혁 · 반세계화로 나라 경제가 몰락해가는 와중에 '퍼주기 식' 복지 정책으로 도산과 실업 문제를 해결하려 들었고, 잘못된 정책들을 바로잡진 않고 도리어 무상교육·무상의료 등을 약속하며 노동자와 빈민들의 표를 구했지요. 그 결과, 재정파탄과 국가부도로 수차례 IMF에 매달려야 했어요.

그런데 안타까운 건, 우리나라 역시 이들 중 두 가지, 즉 '반개혁적 정치'와 '복지 포퓰리즘'의 덫에 걸려 있다는 사실입니다. 여야 가릴 것 없이 특권과 기득권에 안주해 정쟁과 당리당략에는 능하지만, 국가적 비전과 전략을 모색하는 정책 경쟁에는 무능하고 무관심하니까요.

게다가 최근에는 '포퓰리즘 경쟁'까지 격화되고 있는 실정이지요. '세종시'라는 해방 후 최대의 포퓰리즘 정책이 정치적으로 성공하고부터, 우리나라 정치는 그야말로 막가기 시작했어요. 무상급식, 부자감세 반대, 보편복지 등의 선동적 주장들이 터져 나오고 있지요. 이러다 선거가 다가오면, 무상의료·무상교육·무상주거 등 망국적 복지 포퓰리즘이 더욱 기승을 부릴까 우려됩니다. 곧 들이닥칠 '통일과 고령화 시대'에 대비해 건전재정 확보가 시급한 상황이지만 정치권은 아랑곳하지도 않을 겁니다. 나라야 어찌되든 선거에서 이기고 볼일일 테니까요.

본래 좌파는 공동체를 가진 자와 못 가진 자로 분열시켜, 못 가진 다수에게 인기 영합적 포퓰리즘 정책을 약속하면서 정치적 힘을 얻기 마련입니다. 반면, 우파는 공동체 통합을 위해 자기희생과 모범을 보이면서, 양극화 해소를 위한 정책을 제시하며 표를 호소하지요.

그런데 어찌된 일인지, 요즘 우리나라 우파는 희생이나 모범은 뒷전이고 좌파를 흉내 내 '우파 포퓰리즘' 만들기에나 빠져 있어요. 마치 어느 쪽이 국민을 더 잘 홀리는지 경쟁하는 형국이지요. 나라를 바로 이끌어갈 '미래비전'은 없고, 선진화는 포기해버린 듯해 보입니다.

우리가 선진국에 진입할 수 있는 적기는 총인구가 감소하기 전인 앞으로 15년 이내이기에, 앞으로 5년이 매우 중요하며 이 기간에 사회 각 분야에서 진정한 자기쇄신이 일어나야 하는데요.

결국 국민 스스로가 자구적 노력에 나설 수밖에 없습니다. 나라를 망치는 '복지 포퓰리즘'이나 뿌려대는 삼류 정당과 정치가들을 몰아내 정치권을 환골탈퇴 시키고, 선진화를 위한 비전과 철학을 세운 다음, 전략과 정책을 개발해 국민적 공감대를 이뤄내야 합니다. 나라의 주인인 국민이 깨어나 '선진화 주체세력'으로서 직접 나설 것인지의 여부가 21세기 대한민국의 명운을 결정하게 될 테니까요.

'합리적 진보'와
'개혁적 보수'가 손잡아야

문🖋 선진통일연합에 진보 쪽 분들도 참여했다지만, 앞으로도 진보세력과 더욱 활발하게 연대하고 나아가 포용할 수 있는 여지가 있다고 보시는지요?

답🖋 물론 그렇죠. 같이 가야지요. 기본적으로 진보와 보수가 어떻게 다르냐면, 보수는 '자유'를 존중하고 '공동체'를 중시합니다. 나라와 민족을 사랑해야 보수이고, 가족의 가치와 개인의 창의·자유를 중시해야 보수입니다. 반면에 진보는 '평등'과 '분배'를 중시합니다.

그런데 사실, 자유라는 것은 소수의 자유가 아니라 만인의 자유가 되어야 하므로, 평등의 원리가 반드시 함께 해야 하지요. 또한 공동체를 중시하려면 어려운 약자에 대한 분배가 기본전제가 됩니다. 따라서 진보와 보수, 좌와 우는 본래 서로 상호 보완적 관계이지 배타적일

박관용 전 국회의장의 부탁으로, 보수와 진보를 아우르는 국회소속의 '범국민정치 개혁협의회' 의장으로 취임해 협의회 의원들과 함께한 기념사진

수가 없는 겁니다. 자유와 공동체도 중요하지만 평등과 분배도 매우 중요하지요. 그래서 저는 기본적으로 진보와 보수, 좌와 우는 반드시 함께 가야한다고 생각합니다.

진보든 보수든 추구하는 목표는 국리민복國利民福이며, 이 공동목표를 달성하는 방법에서 정책의 강조점과 우선순위가 다를 뿐입니다. 서로 주장이 다르기 때문에 오히려 상의상생相依相生의 관계가 될 수 있지요.

선진국에도 좌파와 우파가 있지만, 진보와 보수가 서로 경쟁한다고 나라가 흔들리거나 국민들이 심리적 내전內戰 상태로 가진 않잖아요. 서로 경쟁하면서도 자국自國 역사에 대한 자긍심을 공유하고 있고, 헌법의 기본 가치와 원칙을 존중하며, 국리민복을 우선한다는 공동목표에 대한 상호 신뢰가 있기 때문이지요.

다만, 지금 우리 사회에서 진보라고 주장하는 세력 일부에 소위 '종북 좌파'라는 '반反대한민국 세력'이 섞여 있는 게 문제예요. 종북주의는 자유나 평등과는 무관합니다. 대한민국의 역사적 정당성과 정통성을 정면으로 부정하며 대한민국은 정의가 실패한 나라라고 보는 세력이지요. 공동체도 아니고 약자 보호도 아니라는 겁니다. 어떻게 수령절대주의首領絶對主義가 올바른 진보일 수 있겠습니까?

이들은 진보의 탈을 쓴 채, 대한민국의 헌법적 기본 질서와 가치를 거부하며, 공공연히 공권력에 대들고, 대한민국의 안보를 위태롭게 하면서 국가 안보를 걱정하는 국민들을 '전쟁세력'이라고 호도합니다. 한마디로 대한민국 자체를 부정하려는 세력이지요. 오늘날의 혼란은 이 '반反대한민국 세력'과 '대한민국 세력' 간의 갈등이지, 건강한 진보와 보수의 대립이 아닌 겁니다.

때문에 진보와 보수가 단결하여 반反대한민국 세력을 설득하고 제압해야 하며, 특히 진보 진영의 지도자들이 앞장서 이들의 침투와 준동을 막아야 해요. 행여 이들과 '낡은 인연'이라도 있다면 나라의 미래를 위해 과감히 정리해야 합니다. 그래야 대한민국의 발전에 기여하는 '건강한 진보'가 등장할 수 있어요.

우리나라 진보 속에는 아직도 20세기 혁명주의에 대한 환상과 미련을 버리지 못하고 있는 부분이 있지요. 과거청산이 불충분하니 미래의 안목이 열리지 않는 겁니다. 21세기 세계화 시대에 걸맞은 국가비전과 합리적 정책대안을 만들 의사나 능력은 보이지 않고, 구호만 과격해요.

물론, 국민을 답답하게 하기로는 보수도 마찬가집니다. 우리나라 보수 세력은 외국과 달리 너무 과거 회귀적이고 현상유지에만 집착해요. 정치·경제 시스템을 고쳐 모두가 잘사는 사회를 만들어 보겠다는 비전이나 열정도, 지도력도 안 보이거든요. 기득권이나 현실에 안주하려는 경향이 강하고 공동선을 위한 자기희생이 너무 부족하지요. 그러니 새로운 역사를 여는 개혁적 비전과 진취적 행동이 나오질 않는 겁니다. 기껏해야 원조보수나 보수연대 논쟁 등이나 들먹이지, 미래를 여는 담론은 제시도 못하고 있어요. 참으로 답답한 일이지요.

이처럼, 개혁적이고 합리적인 보수가 아니라 복고적 내지는 특권유지형 보수는 엄밀히 말해 보수가 아니라 수구守舊예요. 본래 보수는 자유이고 자유는 법치인데, 법을 지키지 않으면서 기존의 독점과 특권, 비리를 옹호하거나, 보수는 공동체를 중시해야 하는데 공동체에 대한 배려나 사랑 없이 나만 잘살면 된다는 식의 극단적으로 이기적인 보수들은, 사실 합리적 보수가 아니라 매우 위험한 보수입니다.

올바른 보수라면, 진보적 주장을 무조건 폄하하지 말고, 진보가 제기하는 문제를 진지하게 받아 정책적 답을 제시해야 합니다. 기득권에 안주해 외면하기만 하는 게 바로 반反대한민국 세력을 키우는 일임을 알아야 해요.

120

문 🖋 보수와 진보 간의 소모적 대립을 생산적 이념논쟁으로 격상시켜야 한다는 말씀이지요?

답 🖋 이념논쟁은 아주 바람직한 일입니다. 이념이란 본래 '가치의 세계'인데 이 가치의 세계에 대한 논쟁을 하다보면 우리가 추구하는 가치나 이념이 현실과 얼마나 괴리되어 있는지가 명백하게 드러나기 때문이지요. 통렬한 이념논쟁을 통해 정치권의 허구와 부실한 실체가 보다 극명하게 드러날 수 있고, 이를 우리 모두가 자기반성과 성찰의 계기로 삼을 수 있어요. 이념논쟁을 하다보면 몇 가지 사실에 주목하게 되지요.

첫째로, 가치나 이념을 논하기 이전에 먼저 정직하고 언행이 일치해야 한다는 점입니다. 정치인은 자신의 말에 정치적 생명을 걸어야 하고, 학자는 자신의 주장에 일생의 명예를 걸어야 합니다.

선거운동 시의 말과 당선된 후의 행동이 다르고, 노동자들 앞에서와 기업인들 앞에서의 말이 다르며, 야당 때의 주장과 여당 때의 행동이 다르다면 이것은 이념과 가치 논쟁 이전의 문제이지요. 말과 행동이 일치하지 않는데 이념논쟁이 무슨 의미가 있고 보수와 진보가 무슨 의미가 있겠습니까.

둘째로, 이념논쟁을 하다보면 우리 사회에는 이미 모든 국민이 합의하는 이념이 존재함을 알게 됩니다. 바로, '자유민주주의와 법치주의'이지요. 우선 이것부터 제대로 실천해야 합니다. 오랜 민주화 투쟁을 한 세력이 정권을 잡아도 도청과 감청, 세무사찰과 표적사정, 언론 분열과 의원 빼가기, 각종 게이트의 양산이 반복된다면 어떻게 이해해야 합니까.

한마디로, 자유민주주의도 못하고 법치주의도 제대로 못하면서 무슨 진보고 보수입니까. 이 근본적인 문제에 먼저 답해야 할 것입니다.

셋째는, 우선 정치이념으로서 자유민주주의와 법치주의를 실천하고 나면 그때부터 사회경제 분야의 이념으로서 보수와 진보를 논할 수 있다는 겁니다. 본래 역사적으로 보면 보수에는 수구적 보수와 합리적 보수가, 진보에는 혁명적 진보와 개혁적 진보가 있어요. 이들 중, 수구적 보수와 혁명적 진보는 자유민주주의 원리에 반反할 뿐만 아니라 이미 역사적 실험과 평가가 끝난 실패한 이념이지요.

따라서, 이제 의미 있는 것은 자유민주주의를 전제로 한 '합리적 보수'와 '개혁적 진보' 간의 선의의 경쟁뿐입니다. 이 경쟁은, 국가정책에서 자유와 평등, 성장과 복지, 물질과 정신, 그리고 시장과 국가를 어떻게 조화시킬 것인가 하는 문제에서 드러나게 되지요. 우리 국정과제에는 진보적 해결과 보수적 해결이 필요한 부분들이 양립되어 있기 때문에, 이 두 이념간의 생산적 경쟁은 국가 발전에 크게 기여할 겁니다.

이처럼 국민에게 미래의 꿈과 희망을 주는 안민安民세력이 되려면 기존의 보수 · 진보 모두가 크게 환골탈태해야 해요. 세계관을 바꾸고 합리적이고 양심적인 개혁세력들로 다시 태어나야 합니다. 그래서 개혁적 보수와 합리적 진보 간의 경쟁을 창출해, 이를 국가비전과 국가정책 경쟁으로 승화시켜나가야 합니다. 바로 이 과제에 나라의 미래를 여는 참된 이념논쟁의 의의가 있는 거지요.

이 같은 기본 입장만 잘 정리된다면, 합리적 진보와 개혁적 보수는 힘을 합쳐 함께 나아갈 수 있습니다. 수레바퀴의 두 축과도 같은 상호보완적인 관계이므로 서로에게 필수적이기 때문이지요. 따라서 서로 단결해 '반反대한민국 세력'을 물리쳐, 우선 '표류하는 안보'와 '추락하는 경제', '붕괴되는 교육'을 구해내야 합니다.

그런 다음엔 더 나아가 21세기 국가 비전과 정책에 대한 선의의 경쟁을 통해 '선진정치 시대'를 열어가야 해요. 그래야 국민들이 안심하고 좌·우 두 날개를 펄럭이며 마음껏 21세기 창공을 날 수 있을 테니까요. 지금은 진보와 보수가 싸울 때가 아닙니다.

주인은 줄고
객客만 넘친다

문   요즈음 정치권에서는 '중도中道 개혁', '중도 통합' 같은, '중도'를 앞세운 용어들이 자주 거론되고 있는데요?

답   중도란 좌와 우를 절대화하지 않고 상대화해, 국가발전과 국리민복을 위해 시대에 맞게 적절히 조화시켜 활용하는 입장이지요. 따라서 중도는 대도大道이자 '천하의 공도公道'입니다.

공자孔子께서는 "올바른 정치란 이름을 바로잡는 데正名서 시작해야 한다"고 이르셨지요. 이름과 내용이 서로 다르면 사회가 혼란스러워집니다. 일례로, '반핵과 평화와 인권'을 주장하다가도 북한의 핵이나 인권 문제만 나오면 돌연 침묵하는 사람들이 있는데, 이들처럼 안과 밖, 말과 내용이 다르면 사회가 어수선해져요. 때문에 올바른 중도를 정립해, '사이비 중도'들이 사회를 혼란시키고 국민을 오도하는 사태를 막아야 합니다.

'진정한 중도'란 좌와 우, 진보와 보수 어느 한쪽에 극단적으로 기울지 않으면서, 두 가치의 조화, 즉 자유와 평등, 성장과 분배, 개인과 공동체, 민족과 세계의 조화를 균형 있게 추구하는 입장이지요. 이 길을 가려면 적어도 몇 가지 조건이 갖춰져야 합니다.

첫째로, 우선 사심私心이 없어야 합니다. 중도는 나라 발전을 위해서지 자신의 이익을 위해 택하는 길이 아니니까요. 우파의 시대에 박수치다가 좌파가 득세하면 좌파에 박수치고, 정권 말기가 되면 재빨리 중도를 주장하는 이들은 '사이비 중도'지요. 군사정권 때도, 좌파정권 때도 출세했던 사람들이 어느 날 '내가 본래 중도'라고 주장한다면 역사와 국민을 우롱하는 처사일 수밖에요. 그래서 예로부터 중도는 대도이기에 군자君子가 걷는 길이지, 소인小人이 걸을 수 있는 길이 아니라고 했던 겁니다.

둘째로, 중도는 말이 아니라 행동으로 보여야 합니다. 말과 행동이 다르면 중도는커녕 제대로 된 진보도 보수도 될 수 없지요. 균형발전이란 허구 아래 강행하는 '수도 분할'이나 '공기업의 지방 이전'이 얼마나 국익을 해치는지를 잘 알면서도 침묵하거나 박수를 쳐주던 사람들이 어떻게 하루아침에 중도가 될 수 있습니까? '자기의 이익'을 위해 '천하의 이익'을 버린 사람들이 어떻게 '천하의 공도'인 중도를 거론할 수 있겠습니까?

셋째로, 중도는 보수가 득세하면 진보적 가치의 중요성을, 진보가 득세하면 보수적 가치의 중요성을 강조해야 합니다. 그게 진정한 중도입니다.

우파 보수의 시대에는 평등과 복지의 가치를, 좌파 진보의 시대에는 자유와 성장의 중요성을 역설해, 나라의 '균형과 조화'라는 대도를 추구하는 게 올바른 중도의 모습이지요. 항상 시대의 대세에 역류하면서 바른 소리로 그 시대의 빛과 소금이 되는 게 중도인 겁니다.

군사독재 시절에는 감옥 가면서도 독재를 비판하고, 좌파정권 하에선 자유주의와 시장경제를 지키기 위해 싸운 사람들이 진정한 중도지요. 그런 의미에서 김진홍, 서경석, 안병직, 장기표 같은 분들이 이 시대의 진정한 중도라 여겨집니다. 자기 이익을 위해 말로만 하는 중도는 많으나 나라를 위해 몸으로 실천하는 중도는 드물지요.

내년 선거철에는, '사이비 중도'에 또 속지 않도록 국민 모두가 눈을 부릅뜨고 옥과 석을 가려내야 할 것입니다.

문 ✎ 말씀을 듣다보니, 박 교수님 같은 분이 앞으로 대통령이 되어야 우리나라에 뭔가 전반적인 변화가 가능해질 듯싶어집니다. 이건 단지 가정입니다만, 만약 박 교수님이 지금 대통령이 된다면 제일 먼저 어떤 일부터 추진하고 싶으신지요?

답 ✎ 질문 요지가 앞으로 대권을 꿈꾸는 정치인들에게 들려주고 싶은 이야기 내지 조언이라 여겨지니, 간단히 말씀드리지요.

조순(전 부총리) 선생님 고희기념식에 참석해 축하드리며

　저는 대통령의 가장 중요한 임무는, 국가의 목표 · 가치 · 전략 등을 확실히 올바르게 정립하는 일이라고 생각합니다. '대한민국은 어떤 국가목표를 가져야 하며, 어떤 가치와 원칙을 중시해야 하는지'를 확실히 정립해야 한다는 거죠. 그리고 그러한 국가목표와 가치를 이루고 지켜 나가기 위한 국가전략에 대한 올바르고 확고한 입장을 세우는 것이 가장 중요하다고 생각합니다.

　21세기라는 불확실성과 불안정성의 시대 상황에서, 이 세 가지, 즉 국가목표, 국가가치 그리고 국가전략을 명확하게 세우는 것이 최고 정치지도자의 몫이라고 보는 거지요. 특히 대한민국이 나아가야 할 방향, 대한민국이 소중히 해야 할 원칙과 가치가 무엇보다 중요합니다.

국가라면 그 국가의 목표와 더불어 지향하는 가치가 반드시 있어야 합니다. 즉, 대한민국의 존재 이유가 있어야 한다는 것이지요. 이것을 '국가정신', 또는 국가의 혼인 '국혼國魂'이라고도 이를 수 있겠지요. 여하튼 이러한 가치부터 정립되어야 국가전략도 제대로 세울 수 있습니다.

근래 들어 나라의 국격國格을 높이자는 얘기들을 많이 합니다만, 국격을 거론하기 전에, 저는 과연 이 나라에 국혼은 있는지부터 묻고 싶어집니다. 지도자들은 선공후사先公後私와 안민安民의 정신으로 나라를 이끌고 있으며, 국민들은 나라와 겨레에 대한 자긍심과 사랑을 지니고 있는지요? 그래서 국가의 기상과 국민정신이 살아 숨 쉬고 있는지요?

국혼을 살리려면 먼저 자주독립의 주인정신과 애국애족의 마음부터 살려내야 합니다. 이들이 기력을 잃으면 나라의 혼도 잃게 되니까요.

요즘 우리 정치인들이나 학자들이 미국과 중국에 가서 한반도의 통일에 대해 묻고 다닌다고 합니다. 미국과 중국이 한반도 통일 문제에 영향력을 갖고 있는 게 현실이긴 하지만, 일부 인사들은 통일에 대한 찬반을 묻는 등, 우리 민족의 국가적 과제를 그들에게 위임한 듯한 한심스런 행태를 보이고 있어요. 왜 당당하게 우리의 통일의지와 전략을 밝히고 협조해달라고 요구하지 못합니까?

게다가 우리 사회의 기성세대들은 애국심에서도 젊은 세대에게 모범을 보이지 못하고 있어요. 상류층일수록 극단적 개인주의가 더 심하지요. 애국심의 토대는 올바른 역사교육인데, 오늘날 교육 현장에서는 대한민국의 역사를 비하하는 좌파적 역사교육이 공공연히 행해지고 있지요. 이런 판국에 다음 세대에게 애국정신을 기대할 수 있을까요?

　한마디로 지금 이 나라엔 주인은 줄고 객客만 넘치고 있어요. 국격을 높이려면 국혼부터 살려내야 합니다. 주인정신도 빈약하고 통일도 못 이룬 분단국가가 진정한 국격을 논할 자격이 있는지, 우리 스스로 진솔하게 자문해봐야 할 시점입니다.

　또 한 가지 지적하고 싶은 것은, 오늘날 우리 사회에는 개별전략 내지 부분전략만 넘친다는 점입니다. 예를 들면, 특정대학이나 특정기업 등을 발전시키는 전략에 대한 논의는 많지만, 정작 대한민국을 발전시키는 전략에 대한 논의는 크게 부족하다는 겁니다. 국가전략을 고민하고 토론하는 장場이 없어요. 크게 잘못된 현상이지요.

　그래서 현 정부가 등장할 때, 우리 '한반도선진화재단'에서 국가전략을 종합적으로 연구하고 토론하는 장으로서, '국가전략원'을 세우라고 건의했었지만, 아쉽게도 실현되지는 못했습니다.

문✒　나라의 목표·가치·전략의 확립이 최고 지도자의 핵심 임무라고 보시는군요.

답✒　그 다음으로 대통령이 할 일은 공치共治를 이루는 것입니다. 즉, '함께' 나라를 다스리겠다는 자세이고, 인사이고, 정책이어야 한다는 거지요. 오로지 혼자서만 하려드는 단치單治가 아니고요.

그간 우리나라에는 단치로 인한 폐해가 너무 많았어요. 국정운영이 선거운동을 함께 하던 측근그룹들의 정치, 이른바 '캠프정치'의 연장이 되어버렸기 때문이지요. 천하를 잡고 나면 선거공신들에게 권력과 이익을 나눠 주는 식의 '패거리 정치'는 이제 더 이상은 안 됩니다. 그래서는 국가경영에 성공할 수 없기 때문입니다.

민주주의 제도상 특정 정당을 통해 대통령이 될 수밖에 없지만, 일단 대통령이 되면 천하를 다 끌어안고 나라운영을 해나가야 합니다. 함께 다스리는 공치를 해야지, 캠프정치의 연장으로 국정운영을 해서는 안 된다는 겁니다. 옛말에 공신들에게 녹錄은 주되 위位를 주어서는 안 된다고 했지요. 먹고 살 수 있도록 녹은 주되, 천하를 다스리는 권력, 즉 위는 최상의 우수한 인재들을 찾아 적재적소에 배치하는 것으로 풀어나가야 합니다. 그래야 정치에 성공하고 국정운영에도 성공합니다.

그런 공치를 한 대표적인 분이 미국의 링컨 대통령입니다. 링컨은 대통령이 되고 난 뒤, 경쟁 상대였던 대통령 후보들을 모두 입각시켰어요. 더 나아가 자신은 공화당원임에도 불구하고 민주당의 핵심인사들까지도 입각시켜 적재적소에 배치해 국가를 운영했습니다. 한마디로 'Team of Rivals', 즉 경쟁자들을 묶어 국가운영 팀을 만들었던 것이지요. 자기 정당에서 대선 후보, 주지사 후보 경쟁을 벌였던 이들은 물론, 야당에서까지도 인재들을 끌어 모았으니까요.

얼마 전 제가 어떤 글에서 "요즘처럼 복잡한 세상은 단치로는 안 된다. 함께 다스리는 공치의 시대가 될 수밖에 없다. 21세기 세계화·정보화 시대에 적응하고 증대하는 복잡다기한 새로운 국가과제들을 풀어나가기 위해서는, 한두 명의 빼어난 인재나 몇몇 측근들에만 의존해서는 나라를 다스릴 수 없다"고 밝힌 적이 있습니다. 정치적 라이벌까지도 포용한 큰 틀에서, 최상의 우수한 인재들을 모아 적재적소에 배치하는 것이 정치 지도자의 역할이기 때문이지요.

질문대로 만일 제가 국가지도자가 된다면, 첫째로 국가의 목표, 가치, 전략을 확립하고, 둘째로는 단치가 아니라 공치의 정치를 할 겁니다.

문 박 교수님 말씀을 듣고 있자면, 마치 플라톤의 '철인정치' 강의를 듣는 듯한 착각이 들기도 합니다.

답 아하, 그렇게 볼 수도 있겠지요. 정치는 현실이지만, 동시에 꿈과 이상이 없으면 안 됩니다. 꿈과 이상이 없으면 역사를 진보시킬 수 없기 때문입니다. 정치가 권력과 이익 중심으로만 전개되면 국민을 설득할 수 없고 리드할 수도 없습니다. 물론 국민도 승복하지 않겠지요.

정치란 현재를 살며, 미래에 대한 꿈도 꾸는 생물生物이어야 합니다. 그래서 현실이 어려울수록 이상이 필요하고, 반드시 철학이 있어야 하는 거지요.

'큰 복지' 제치고
'작은 복지'로 국민 홀리기

문 🖋   요즘은 복지 논쟁이 정치권 핫이슈인데요. 혹시, 늘 역설하
시는 '선진통일'이라는 거창한 구호 속에 자본주의의 병폐가 은닉되는
문제점은 없을까요? '양극화' 같은 난제들이 은근 슬쩍 파묻히진 않을
는지요?

답 🖋   저는 이렇게 생각합니다. 복지는 대단히 중요한 국가과제입
니다. 요즘 정치권은 때 아닌 복지 논쟁에 휘말려 있지요. 야당은 '보
편 복지'를 내년 선거의 최대 쟁점으로 삼겠다고 벼르고 있고, 여당도
'맞춤형 복지'로 맞불을 놓겠다고 맞서고 있어요. 이처럼 여야 정치인
들이 갑작스레 복지 정책을 치켜든 이유는 간단명료합니다. 내년 선
거에서 '재미'를 보기 위해서지요. 노무현 전 대통령이 '선거에서 재미
보기' 위해 수도 분할이전을 공약한 것과 같은 맥락인 겁니다.

그러나 국가목표 중의 하나일 만큼 중요한 복지 문제는 사심 없이 신중히 다루어져야 하며, 이를 위해서는 복지에는 본래 두 가지 유형이 있다는 사실을 잊어서는 안 됩니다. 하나는 '큰 복지'이고 다른 하나는 '작은 복지'이지요.

'큰 복지'란 경제발전과 고용창출을 통해 국민의 삶의 질을 높이는 정책이며, '작은 복지'란 한마디로 무상급식과 같은 '소득 재분배 정책'을 이릅니다. 일단 경제발전과 고용을 통해 창출된 국민소득에 세금을 부과해, 이 세금을 저소득층에 나누어 주는 정책이지요.

인류역사를 보면 국민 삶의 질적 향상은 '큰 복지' 정책을 통해 이루어져왔음을 알 수 있습니다. 우리의 경우도, 1960년대 초의 보릿고개, 극심한 실업난, 도농都農 격차의 문제 등이 경제발전과 고용증대라는 '큰 복지'를 통해 해결되었지, 소득 재분배라는 '작은 복지'로 풀린 게 아닙니다.

그런데도 오늘날 우리 정치인들은 '큰 복지' 정책은 세울 생각을 않고, '작은 복지' 정책만 내세워 관심을 끌고 선거 쟁점화하려 들어요. '퍼주기 식' 작은 복지 정책이 표심票心을 현혹시키기 쉽고, 선거에서 재미 보기도 쉽기 때문이지요.

문 '큰 복지'에는 구체적으로 어떤 정책들이 있는지요?

답 '큰 복지'는 다시 '민족 복지'와 '국민 복지'로 나뉩니다.

먼저, '민족 복지'에 대해 생각해 봅시다. 지금 우리 사회의 양극화

문민정부 마지막 임기의 청와대 수석들이 퇴임 전에 대통령과 함께한 기념사진

문제가 많이 거론되고 있지만, 가장 크고 무서운 양극화는 다름 아닌 민족 분단입니다. 보십시오, 지금 전 세계에서 양극화가 가장 심한 곳이 어디입니까? 제가 보기에는 우리 한반도입니다. 바로 북한과 남한의 양극화이지요. 지구상에서 이토록 양극화가 심화된 곳은 없어요.

그런데도 북녘 동포들에게 최소한의 인간다운 삶을 보장해주는 '민족 복지' 문제는 우리 복지 정책에서 완전히 빠져 있습니다. 작금의 복지논쟁에 또 하나의 큰 구멍이 나 있다는 거죠. 우리 민족의 3분의 1이 지금 한반도 북쪽에서 1인당 국민소득 500달러도 못 되는 극심한 가난에 시달리고 있어요. 영양실조의 기아 인구가 약 750만 명으로, 전 인구의 30%를 넘는 실정입니다. 청소년들의 평균 신장이 남한보다

15cm나 작고, 아시아에서 제일 작답니다. 굶어 죽는 이들까지 속출하고 있는 이 비참한 현실을 바로 지척에 두고도, 우리 정치는 오직 우리끼리 나누어 먹는 '작은 복지' 싸움만 부추기고 있어요.

이래선 안 됩니다. 같은 민족으로서, '부자 급식' 할 돈이 있다면 통일기금부터 모아야 하고, 개혁개방을 통해 북녘에도 최소한의 복지가 실현되도록 통일정책을 적극적으로 추진해야 합니다. 통일 없이는 민족의 복지 문제를 풀 수 없다면, 민족통일 문제에 대해 좀 더 깊이 고민해야 해요.

복지를 논할 때 우리는 손쉽게 유럽의 OECD 국가들과 비교하곤 합니다. 그러나 OECD 국가들 중에 분단된 나라는 한국밖에 없다는 사실을 간과해선 안 됩니다. 우리가 분단되어 있다는 사실을, 사회 각계각층의 지도자들은 국민들에게 끊임없이 상기시켜야 하며 통일의 당위성을 일깨워줘야 합니다. 대한민국 복지의 제1의 과제는 '민족 복지' 문제의 해결이기 때문입니다.

개성공단에 가봤습니다만, 그곳에서 일하는 북한동포들의 눈빛에선 절대빈곤과 절대공포가 절로 읽혀지더군요. 우리가 복지며 인간적 삶의 질을 논할 때, 제일 먼저 풀어야 할 과제는 바로 북한동포의 해방이 아닐까요? 절대빈곤과 절대공포로부터의 해방 말입니다. 하지만 현재 우리 사회의 좌·우, 진보·보수를 통틀어, 복지나 양극화를 거론하는 이들에겐 이 '민족 복지'에 대한 문제의식이 거의 없는 것 같습니다. 정말 안타깝지요.

또 다른 '큰 복지'인 '국민 복지'란, '모든 국민의 복지 수준, 국민 삶의 질적 수준을 어떻게 향상시키고, 어디서부터 시작해야 하느냐'의 문제입니다. 이 문제는 '경제 성장'과 '일자리 창출'에서부터 풀어나가야 합니다. 일인당 국민소득이 80달러, 100달러이던 대한민국이 지금처럼 잘살게 되어 복지 수준도 크게 향상된 것은, 그 동안 끊임없이 경제를 성장시켜 새로운 일자리를 지속적으로 창출해냈기 때문이지요.

지난 역사를 살펴봐도, 경제가 빠르게 발전하고 일자리가 많이 창출될 때 소득분배도 크게 개선되어왔어요. 이처럼 경제 성장과 일자리 창출은 '국민 복지'의 토대이므로 이 문제들부터 우선적으로 해결해나가야 합니다.

요즘처럼 우리 경제의 성장 동력이 떨어지고, 반면 중국은 저렇게 빠르게 뒤쫓아 오고, 앞서가는 선진국과의 기술 격차는 계속 벌어진다면, 경제 성장과 일자리 창출 문제는 풀리지 못할 것이고, 그렇게 되면 '민족 복지'와 '국민복지' 둘 다 모두 어려워질 수밖에 없지요.

결국, '민족 복지', '국민 복지' 같은 '큰 복지' 문제는 국가경제의 선진화를 통하지 않고는 해결될 수 없습니다. 선진경제에 진입할 수 있어야 청년·노인층 실업 문제도, 중산층 몰락과 양극화 문제도 확실하게 풀리기 때문이지요. '작은 복지'로는 어려움을 일시적 완화시킬 뿐, 완전한 해결은 안 됩니다. 우선, '큰 복지' 문제를 제대로 풀어가면서, '작은 복지' 문제도 차츰 풀어나가야 합니다.

문 ✍ '작은 복지'의 현안들은 어떤 것들인가요?

답 ✍ 경제가 발전하고 일자리도 늘어나 '큰 복지' 문제가 잘 풀려도, 예컨대 너무 연로하거나 몸이 아파 노동을 할 수 없는 사람들이 얼마든지 있을 수 있거든요. 이런 사회·경제적 취약계층에게 국민세금의 일부를 어떻게 효과적으로 분배해 삶의 질을 높이느냐가 바로 작은 복지의 과제입니다. 한마디로 재분배, 취약계층 문제이지요.

그런데 제가 답답하게 생각하는 건, 우리 정치·사회가 앞의 두 가지 '큰 복지' 문제에는 거의 관심이 없고, 오로지 작은 복지, 즉 거둔 세금의 분배 문제에만 몰두해 있다는 점입니다. 한마디로, 대다수 어려운 사람들의 환심을 사서 다가오는 선거에서 승리하자는 얄팍한 의도이지요.

하지만 세금이라는 게 결국 국민들이 부담하게 마련 아닌가요? 만일 재정적자를 감수하고 재분배 정책을 경쟁적으로 편다면, 그 비용은 결국 후손들이 부담할 수밖에 없지 않습니까? 자기 돈이 아니니 우선 정치적 인기나 얻으려, 국가재정을 물쓰듯하는 선심성 공약을 남발하며 경쟁을 벌이는 게 요즘의 '작은 복지' 논쟁인 거죠.

한번 해외로 눈을 돌려봅시다. 지금 유럽에서는 여러 나라가 국가부도로 몰리고 있어요. 중병 든 사람처럼 헐떡이는 형세이지요. 우리도 요즘처럼 세금을 선심 쓰듯 퍼주다가는 반드시 다음 세대가 고통을 받게 되고, 심하면 국가부도로까지 몰리고 말 겁니다. 그렇게 되면 '큰 복지'까지 망하게 됩니다. 때문에 '작은 복지'를 지혜롭게 적절히 다뤄야 해요.

 사회적 약자의 보호는 대단히 중요한 과제이지만 어느 수준으로 효과적으로 보호할 것인가를 모색해야 합니다. 그렇게 하려면 우선 지금의 복지예산이 제대로 효과적으로 사용되고 있는지 점검해야 합니다. 복지행정에서 과연 필요한 사람들에게 제때에 제대로 복지서비스가 전달되고 있는지부터 점검해야 하지요. 낭비와 비효율을 고치지 않고 예산만 올려서는 의미가 없습니다. 또한 복지 사각지대의 문제도 적극적으로 줄이도록 노력해야 합니다. 그리고 세금을 통한 정부 복지뿐 아니라 기업이나 개인의 기부문화, 종교단체의 봉사활동 등등의 민간복지도 어떻게 활성화할지도 생각해봐야 합니다. 제 주장은, 작은 복지도 매우 중요하지만 좀 제대로 진정성을 갖고 하자는 거지요. 우선 인기 있는 세금 나눠주기 식 복지를 함부로 다루다가는, 표를 얻는 데는 유리할지 몰라도 나라에는 큰 해를 입히게 될 겁니다. 아니, 나라를 망칠지도 몰라요. 그렇게 되면 바로 그 사회의 취약계층이 가장 큰 고통을 받게 된다는 사실을 제대로 알아야 합니다.

양극화의 '키워드'는
교육개혁

문 　그렇다면 빈부격차 등의 양극화 문제를 구체적으로 어떻게 풀어가야 할까요?

답 　복지 문제는 균형 있게 다루어야 합니다. 먼저 할 것과 나중에 할 것, 큰 것과 작은 것을 잘 구별해서 풀어나가야 하지요. 다시 강조하지만 제가 보기엔 지금 우리나라에서 복지를 거론하는 이들 대다수가, '큰 복지'인 '민족 복지'나 '국민 복지'에 대한 고민이나 대응책은 전혀 없고, 오로지 남의 돈인 국민세금 가지고 무조건 선심이나 쓰는 '작은 복지'에만 몰두해 있는 듯합니다. 즉, '재분배 복지', '계층 복지' 문제만 갖고 치열한 경쟁을 벌이고 있는 거죠. 재분배 복지를 야당이 들고 나오니까 여당도 맞불을 놓아, 100% 복지냐 70% 복지냐, 무차별 보편적 복지냐 맞춤형 선택적 복지냐 등으로 경쟁합니다. 이런 식으로 막 나가면 우리 다음 세대는 엄청난 부담과 고통을 받게 될 겁니다.

더구나 현재 우리나라 인구는 매우 빠르게 감소하고 있어, 다음 세대의 부담도 더욱 빠르게 가중될 겁니다. 7, 8년 뒤부터는 우리나라 총인구가 본격적으로 줄기 시작합니다. 2010년 초에는 일곱 사람이 일해 한 사람의 복지를 지원했지만, 2050년이 되면 인구감소와 노령화가 심해져 1.5인 정도가 일해 1인의 복지를 지원해야 하는 사회로 접어들지요.

그러니 무조건 복지를 확대하는 게 선한 일이 아니라는 사실을 올바로 알아야 해요. 표를 의식해 경쟁적으로 복지를 주장하는 정치인들을 우리 국민들은 눈을 부릅뜨고 경계해야 합니다. 사실, 국민세금으로 개인 인심 쓰듯이 복지를 퍼붓는 포퓰리즘 정책은 국민을 우민화愚民化하는 정책이지요. 국민을 바보로 만드는 인기영합적인 정책으로는 결코 복지 문제를 해결할 수 없다고 고언苦言합니다.

질문하신, 우리 사회의 경제적 양극화 문제의 근본 원인과 올바른 대책을 함께 생각해 보지요.

일에는 순서가 있듯이, 경제적 양극화 문제를 풀어가려면 먼저 그 발생 원인을 파악한 다음에 올바르게 대응해나가야 합니다. 우선 빈부격차를 줄이는 노력을 적극적으로 이어가면서, 현재 상황이 너무 어려워 문제가 해결될 때까지 기다릴 수 없는 '극빈 취약계층'에겐 재분배 복지, 즉 계층 복지를 확대해나가는 게 옳은 방향이라고 봅니다.

적극적으로 빈부격차를 줄여나갈 방법은 이렇습니다. 지금, 전 세

서울대 국제대학원 마지막 강의를 마치고, 학생들과 '대한민국 파이팅'을 외치며

계적으로 기술발전의 속도가 엄청나게 빠르지요. 현재 우리나라의 비정규직 문제나 실업 문제는 비단 우리뿐만 아니라 다른 나라들도 다 겪고 있는 고통입니다. 어쩌면 우리나라가 상대적으로 좀 나을지도 몰라요.

이런 문제들이 발생하는 결정적 이유는, 오늘날 과학기술의 발전 속도는 너무도 빠른데 우리 교육의 질은 그 발전 속도를 미처 따라가지 못하기 때문이지요. 그래서 많은 나라들이 교육 개혁에 주력하고 있어요. 새로운 과학기술을 잘 활용할 수 있는 유능한 인재를 길러내기 위해서지요. 그런데 불행히도 지금 우리나라의 교육 현장은 이념 대립을 일삼는 투쟁의 장으로 전락하고 있어요. 어떻게 하면 새로운 기술 발전에 걸맞은 최고의 인재를 양성할 수 있을지를 밤낮으로 고민하는 교육의 본거지가 되지 못하고 있지요.

현재의 교육 평준화 정책은 하향 평준화 정책입니다. 똑똑한 아이는 배울 게 없으니 잠자고, 실력이 부족한 아이는 수업 내용을 알아듣지 못하니 잠자고, 결국 중간 수준에 맞춰 범상한 교육만 하고 있는 실정이지요. 제대로 된 교육이라면 머리 좋은 아이들에게는 높은 수준의 교육을, 부족한 아이들에겐 따로 모아 수준에 맞는 특별교육을 시켜, 양쪽 모두의 전반적인 교육 수준을 향상시켜나가야 합니다. 그렇지 못하고 교육이 중간 수준에 맞춰 이뤄지니, 세계적 경쟁에서 뒤떨어질 수밖에 없는 거지요. 이런 식으로 가면 과학기술 발전에 걸맞은 양질의 인재를 만들어내지 못합니다. 그러면 실업은 점점 더 늘어나고 비정규직이 증가할 수밖에 없어요.

오늘날은 세계적으로 자본資本이 넘쳐나는 시대입니다. 자본가들은 양질의 투자기회를 찾아 전 세계를 돌아다니고 있어요. 세계적 다국적 기업들은 우수한 인재들이 양산되는 나라, 창조적 인재들이 많이 몰리는 도시와 지역으로 달려가서, 현지에서 그런 우수한 인재, 창조적 인재들을 고용하면서 양질의 고임금 일자리를 창출하고 있습니다. 우리나라에 양질의 일자리가 많이 창출되지 못하는 건, 양질의 창조적 인재들을 충분히 양성하고 있지 못하다는 증표이기도 하지요.

문 ✎ 앞서 지적하신 것처럼 지역 간 발전의 불균형도 양극화에 한

못을 하는 거겠죠?

답 ✎　물론 큰 문제이지요. 그러나 이 문제를 푸는 방법에도 분명 정도正道가 있어요. 이제까지는 지방에 공공기관을 이전한다든가 심지어는 수도를 분할하여 보낸다든가 하는 방법에 의존해왔지만, 이는 분명 잘못된 방법이지요. 지역 간 발전 격차를 줄이기 위한 급선무는, 지방 스스로 자발적 발전을 할 수 있는 수단을 제공하는 일입니다.

현재 우리나라 돈[재정]과 권력[인허가권 등]은 모두 중앙정부에 집중되어 있지 않습니까? 지방의 자발적 발전을 위해서는 현지에 돈과 권력을 보내는 일부터 시작해야 합니다. 중앙집권이 아니라 철저한 '지방분권'부터 시작해야 한다는 거죠. 지방이 자력自力으로 발전계획을 구상하고 스스로 실천할 수 있도록 해주는 게 시급하지요. 지방 스스로 발전계획을 추진할 돈과 권력이 없으니 아무리 자발적 발전을 하려해도 할 수 없다는 데 문제의 심각성이 있으니까요.

이처럼 돈과 권력이 지방으로 분권화되지 못하고 중앙정부에만 집중되어 있다 보니, 현재의 지방발전 방식은 지방자치 단체의 장이 서울로 와 로비를 잘해서 돈과 권력을 경쟁적으로 얻어가는 식으로 연명되고 있는 겁니다. 돈을 많이 타가는 지방이 발전하는 거지요. 이런 식으로 하니 돈 적게 타가는 지방에서는, 돈과 권력이 서울에만 몰려 있어 발전을 못한다고 불평하게 되는 거지요.

한마디로, 우리나라에서 지방 발전이 뒤떨어지는 이유는 형식적인 '지방자치'에 있습니다. 돈과 권력이 지방에도 배분되는 실질적인 '지방분권의 지방자치'가 되지 못해서이지요. 따라서 수도 분할이전이나 공공기관의 지방 분산배치가 아니라 돈과 권력을 실제로 지방에 분산하는 분권화를 통해, 지방 스스로의 힘으로 발전계획을 세워 효과적으로 추진할 수 있는 길을 열어줘야 합니다. 그래야 지방의 자발적 자생적 발전이 시작되는 것입니다.

이런 여러 가지 말씀을 드리는 건, 어떤 정책과제든 올바르게 푸는 원리와 방법이 있는데 그걸 깡그리 무시한 채 정치적으로 일견 그럴듯하고 당장 인기 있는 정책만 추진한다면 반드시 실패하기 마련이라는 걸 일깨우기 위해섭니다. 말만 무성하고 실공實功은 없게 되니까요. 결과적으로 정치인들이 국민을 우민화하고 속이는 일이 되지요.

그런데도 국민들을 일시적으로 현혹시키는 인기영합 정책을 계속 몰고 나간다면, 그리고 여·야 모두가 누가 더 잘하나 포퓰리즘 경쟁이나 이어간다면, 그 나라 경제는 반드시 실패해 후진국으로 추락하고 만다는 걸, 우리 모두가 유념해야 합니다.

요약하면, 통일을 통해 '민족 복지' 문제를, 선진화를 통해 '국민 복지' 문제를, 재분배를 통해 '서민 복지' 문제를 풀어나가야 합니다. 모두 중요한 문제이지만 일에는 선후와 경중이 있으니, 통일과 선진화라는 '큰 복지'가 앞서 나가고 재분배라는 '작은 복지'가 뒤따르며 보완적 기능을 해야 하지요.

문 🖋 그러니까 자유주의에 기초해 먼저 성장과 일자리를 키우고 부족한 부분인 약자보호를 공동체주의로 보완하는 게 해결책인데, 무조건 인기영합의 어설픈 공동체주의나 들고 나와 분배만 앞세우는 건 잘못이라는 말씀이지요.

답 📙 지난 역사를 보면 무상급식, 무상의료, 무상주택을 목표로 했던 나라들은 사회주의 국가가 아니었습니까? 이 '무상 시리즈'를 가장 철저하게 시행했던 나라가 공산주의 국가들인데, 그들이 왜 모두 실패했는지를 살펴보면 지금 우리가 처한 현실에 대한 해답이 나온다고 봅니다. 이건 국민들이 먼저 생각해봐야 할 일입니다.

어떻게 대한민국이 지금 이만큼 잘 살게 되었는가? 바로 국민 모두가 끊임없는 발전과 성장을 위해 땀과 눈물을 흘려가며 부단히 노력했기 때문이지요. 그 같은 열정적 의지와 성장 동력을 다시 되살려, 이를 토대로 성장과 복지가 함께 가는 '국민 복지'로 당면 문제들을 풀어나가야 합니다. 그런 다음에 이른바 '재분배 복지', 즉 노동 능력이 없는 사람들에게 사회적 배려를 어느 수준에서 어떻게 효과적으로 제공할 것이냐는 문제를 하나씩 풀어나가야 하지요.

이때도, 정부가 추진해야 할 일은 어디까지이고 종교단체가 도울 일은 어디까지인지, 중앙정부와 지방정부의 역할은 어떻게 나눌것인지 등등을 모두 함께 머리를 맞대고 부단히 연구해, 재분배 복지, 계층 복지의 밑그림을 합리적으로 착실히 그려나가야 할 겁니다.

그런데 지금 우리 사회는 모두가 이익집단이 되어, 아전투구 식으로 재분배나 복지 문제를 풀려들고 있어요. 앞뒤 사정 가리지 않고 사

안마다 누가, 어느 이익집단이 국가재정에서 더 많이 얻어 내는가에
만 혈안이 되어 있는 것 같거든요. 한마디로 국가재정이 약탈당하고
있는 거지요.

복지 논쟁이 국가를 착취하고 약탈하는 경쟁의 장으로 변질되어 저
마다 우선 내 것부터 챙기자고 덤벼든다면, 결국 국가 부도로, 더 악
화되면 국가 몰락으로 떨어지게 마련입니다.

이런 사정을 잘 아는 정치·언론·학계의 지도자들이 나서서 국민
들에게 경각심을 일깨워주고 확실히 설명해주어야 하는데 그렇지 못
한 실정이지요. 나라의 지도자들이 제 역할을 못하고 시대와 국민에
게 영합하려고만 든다면, 나라는 피폐해지고 국민은 고난에 빠질 게
불 보듯 훤한데도 말이죠.

포퓰리즘은
'골고루 못사는' 길

문 ✎　인터넷이나, 트위터 같은 SNS(소셜 네트워크 서비스) 등의 활성화로 근래 들어 포퓰리즘이 더욱 득세하는 것 같습니다.

답 ✎　포퓰리즘Populism, 즉 '대중영합주의'란 개인이나 정파의 이익을 위해, 대중의 일시적 정서나 인기를 이용해서 선동하는 정책이나 정치이지요. 결과적으로 국익을 크게 훼손해 국가 발전을 후퇴시킵니다.

21세기에 우리나라가 일류국가로 전진하는 데 가장 큰 장애물 중의 하나가 바로 이 포퓰리즘입니다. 포퓰리즘이 번성하면 민주화에는 성공해도 자유민주주의를 정착시키는 자유화에는 실패해, 선진국 진입에도 실패하게 마련입니다. 라틴 아메리카를 비롯한 많은 나라들의 선례가 입증하고 있지요.

우리나라에도 해방 후 최대의 포퓰리즘 정책이 두 차례 있었는데,

그것이 오늘날 나라 안팎의 온갖 국정 혼란의 근원으로 이어지고 있어요. 바로, '통일 포퓰리즘'의 하나인 '햇볕정책'과, '평등 포퓰리즘'의 일종인 '수도 분할이전 정책'입니다.

김대중 정권의 햇볕정책은 남북의 평화통일을, 노무현 정권의 수도 분할이전 정책은 지역의 '균형발전'을 내세웠지요. 하지만 모든 포퓰리즘이 그러하듯, 내세우는 명분은 그럴듯해도 실제로는 정치인 개인이나 특정 정파의 정치적 이해를 위한 정책이었을 뿐입니다.

즉, 햇볕정책은 '북한의 변화'가 목적이 아니라 남북문제를 국내외 정치에 이용하기 위해 일부 정치인들에 의해 추진되었고, 수도 분할이전 정책은 지역 간 균형발전보다는 그들 스스로도 고백했듯이 '대통령 선거에서 재미 보기 위해' 시작되었던 셈이지요.

그러나 이 세상 어느 군사독재 국가가 '조건도 없는 경제지원'을 받는다고 자발적으로 자기 체제를 해체하겠습니까? 또한 이 세상 어느 나라가 국토의 균형발전을 꾀한다고 나라의 수도를 분할해 이전한답니까? 진정한 애국심에서 우러난 정책도 성공하기 어려운데, 사심과 허구에서 비롯된 정책들이니 애초부터 실패할 수밖에 없었던 겁니다.

오늘날 국가적 어려움의 상당 부분이 바로 이 두 가지 포퓰리즘 정책에서 기인합니다. 대북정책의 목적은 북한의 개혁개방을 통한 '자유민주 통일'이어야 하는데, 원칙 없는 '퍼주기 식' 햇볕정책으로 북한의 변화는커녕 도리어 폐쇄적 지배체제를 강화시켰고, 남한의 안보의식만 약화시켰거든요. 그 결과 북의 핵실험으로 나라의 안보만 크게 위태롭게 만든 셈이지요.

또한 나라의 균형발전도 제대로 이루려면 '땅의 균형발전'이 아니라 '인재의 균형발전'에서 출발해야 하는 겁니다. 그런데 '인재의 발전'은 외면하고 행정부의 3분의 2와 170여 개의 공공기관을 지방에 강제 분산하는 식으로 '땅의 발전'만 밀어붙이니, 부동산 가격만 천정부지로 올려놓아 분배의 악화는 물론 지역 불균형만 더 심화시켰지요. 시간이 흐를수록 국정의 낭비와 국민 고통은 점점 더 커져, 두고두고 감당하기 어려운 부담이 될 겁니다.

총선·대선이 있는 내년이면 정치인들은 여야를 막론하고 또 다시 포퓰리즘의 유혹을 받게 되겠지요. 그러나 더 이상 이 나라에 '망국적 포퓰리즘'을 허용해선 안 됩니다. 특히 또 다른 형태의 '통일 포퓰리즘'과 '평등 포퓰리즘'의 등장을 경계해야 해요. 이를 위해서는 국민 모두가 철저한 정책 검증과 인물 검증으로, '포퓰리즘적 정책'과 '포퓰리즘적 선동가'를 골라내야만 합니다.

좌파든 우파든, 포퓰리즘을 좇으면 나라는 망국亡國의 길로 빠져든다는 사실을 유념해야 합니다.

문 ✒   그러면 낙후된 지방을 활성화시킬 수 있는 올바른 균형발전은 어떻게 추진해야 할까요?

답 ✒   올바른 균형발전을 이루려면, 먼저 철저한 지방분권으로 지방에 돈과 권력을 분산시켜, 자력으로 발전계획을 짜고 추진할 수 있

'한국경영자 총협회'가 노총·경총·학계 대표들로 조직한 소련 및 동구권 방문단의 일원
으로, 해당 나라들을 둘러보며

는 조건을 만들어줘야 결과적으로 균형이 이뤄집니다.

　무릇, 인류에게는 '골고루 잘사는' 세상을 만들고 싶다는 오랜 염원
이 있지요. 그런데 골고루 잘사는 세상을 만드는 길에도 정도正道가 있
게 마련입니다. 정도로 가면 '골고루 잘살게' 되지만, 사도邪道로 가면
'골고루 못살게' 되지요. 포퓰리즘 정책이 바로 그런 망국으로 가는 사
도예요.

　'골고루 잘사는' 정책을 달성하려면, 국가가 '앞서가는 이'들을 격려
하고 '뒤떨어진 이'들의 능력개발을 도와주되, 낙후 부문 전체를 도와
주진 말고 그중 열심히 노력하는 부문만 선택해 집중적으로 지원해줘
야 합니다. '새마을 운동'이 바로 그 성공적 사례이지요. 농촌 낙후의

책임을 스스로에게 물어 정부가 농촌의 자력갱생을 도와주되, 오직 자조자립自助自立하려는 농촌만 지원했고 노력하지 않는 농촌은 절대 지원하지 않았으니까요.

반면, 최근 수년간의 '골고루 못사는' 포퓰리즘 정책은 듣기는 그럴 듯해 대중적 인기가 있지만 사실은 '허구虛構의 구호'로 국민을 오도하고 국익을 해치는 크게 잘못된 정책입니다. 지난 200년간의 인류 역사는 균형을 목표로 하면 발전도 균형도 이루지 못한다는 교훈을 주고 있어요. 모든 지역에 같은 크기의 빌딩, 같은 수의 공장이 있어야 균형발전일까요? 이런 의미라면 불가능할 뿐만 아니라 지극히 유해有害한 발상이지요.

올바른 방향은 '균형발전'이 아니라 '발전균형'입니다. 각 도시, 각 지방이 고유의 장점과 특징을 최대한 활용해 발전함으로써 나라 전체가 균형과 조화를 이루는 것이 정답이지요. 따라서 시급한 과제는 '발전론 없는 균형발전'의 허구에서 벗어나, 지방이 왜 낙후되었고, 앞으로 어떻게 하면 발전할 수 있는가에 대한 '올바른 대책'을 강구하는 일입니다.

첫째로, 지방이 낙후된 가장 큰 이유인 돈(예산과 권력인허가)의 중앙집중을 지방으로 분산시켜야 합니다. 21세기 세계화 시대는 '지방 분권'도 뛰어넘어 '지방 주권'으로 나갈 것을 요구하고 있어요. 시대가 이렇게 변하는데 돈과 권력을 여전히 중앙이 쥐고 앉아, 마치 큰 은혜를 베풀듯 지방에 부처 몇 개, 공공기관 몇 개를 이전해 준다는 식의 '균형발전'으로는 지방의 자생적 발전은 영원히 불가능합니다.

둘째로, 각 광역지역마다 세계적 수준의 '초일류 교육기관'을 세워야 합니다. 세계화 시대의 지역발전은 그 지역에 얼마나 우수한 창조적 인재가 모이는가의 여부에 달려 있어요. 산업화 시대에는 '기업 유치'가 최우선이었지만 세계화 시대에는 '사람 유치'가 최우선이 되고 있지요. 좋은 교육기관을 찾아 우수한 인재가 모이는 곳에 돈도 모이고 기업도 찾아드는 시대인 겁니다.

그런데 정작 우리는 '교육 평준화'라는 미명 하에 지방의 명문 고교와 명문 대학을 없애버렸어요. 그러면서 여전히 지방발전을 외쳐왔고요. 충남 연기·공주 지역에도 시대에 역행하는 정부부처의 강제 이전이 아니라, 계획을 바꿔 '세계적 대학촌'과 '최첨단 과학기술도시'를 건설해야 한다고 생각합니다.

셋째는, 수도권에 대한 규제를 확 풀어야 지방이 발전한다는 겁니다. 수도 서울이 발전하면 지방의 발전이 위축될 것이라는 생각은 지난 산업화 시대의 낡은 생각입니다. 세계화 시대는 지방의 인재와 돈보다는 해외의 인재와 돈과 첨단기술이 몰려와야 중앙이 발전하는 시대거든요. 서울이 세계적 경쟁력을 지니고 앞서 나가야, 이와 연계해 지방도 발전하는 세상이지요. 그런데 우리는 지방을 위해서라며 공공기관의 지방분산, 수도권규제 강화 등으로 서울의 '집중화'와 '광역화'를 적극 막아왔어요.

세계 대도시의 발전을 훑어보면, 자본, 인력, 정보, 기술의 '도시 집중'과 '도시 외연의 확대'가 도시 경쟁력의 원천임을 알 수 있지요. 세계적 도시인 런던은 서울보다 2.5배 크고, 도쿄는 3.5배, 상하이는 13배나 큽니다. 그런데도 우리는 수도권이 너무 크다고 비판만 해대니 어떻게 지방이 발전하겠습니까? 지난 수년간 균형발전을 내세워 발전의 길이 아니라 퇴보의 길을 걸어온 셈입니다.

이제는 더 이상 '균형발전'이라는 포퓰리즘의 주술에서 벗어나, 세계화 시대에 걸맞은 '발전균형'이라는 새 패러다임으로 전환해야만 합니다. 그래야 지난 60년간의 '근대화 혁명'을 마무리 짓고, 21세기 '선진화 혁명'이라는 제2의 국가도약을 이룰 수 있어요.

'선先발전, 후後균형'의 '발전균형'은 새마을 운동과도 일맥상통합니다. 지방에는 돈과 권력을 분산시켜 자조자립 능력을 높이는 철저한 분권화를 우선적으로 추진하고, 중앙의 추가지원도 자조 노력에 충실한 지역들만 골라서 집중해야 합니다.

국가발전은 아무렇게나 굴러가는 게 아니라 반듯한 발전원리가 있습니다. 역사를 바꾸려면 정권을 바꿔야 하지요. 그러나 정권을 바꾸는 것보다 더 중요한 것은 잘못된 생각과 낡은 사고를 바꾸는 일입니다.

문 🖋 　낡은 사고의 측면에서, 우리 재벌기업들의 행태가 좀 지나친

점도 있지 않습니까? 독과점獨寡占 같은.

답 🖋 물론 그렇습니다. 재벌기업이 중소기업을 핍박하는 경우도 있으니까요. 그런 악습들을 규제하기 위해 '공정거래법'이 있는 거지요. 공정거래법을 어기면 그건 바로 위법이므로 엄중하게, 추호의 예외도 없이 처벌해야 합니다. 대기업에게 벌어들인 돈을 중소기업에 나눠주라 하기 전에, 공정거래법부터 확실하게 지켜 중소기업이나 협력기업에 부당한 압력을 행사할 수 없도록 하는 것이 정부의 우선 과제일 겁니다.

일본의 경우, 대기업과 중소기업과의 관계가 역사적으로 어떤 변화를 거쳐 왔는지를 보면 우리에게 타산지석他山之石이 될 수 있어요. 일본에서도 1950년대까지는 대기업이 중소기업을 억압하고 착취하는 매우 불공평한 관계가 지속되었지요.

그러나 꾸준한 자조 노력을 통해 1960년대 이후 중소기업의 혁신과 기술력이 크게 높아지면서 시장 지배력의 역전 현상이 일어났어요. 도리어 중소기업이 '갑'이 되고 대기업이 '을'이 되는 구조로요. 왜냐하면 중소기업의 생산성이 높아져 좋은 물건들을 만들어내자 대기업이 달라고 사정을 하게 되었기 때문이지요. 중소기업의 높은 생산성, 새로운 제품 개발능력, 조직의 혁신능력, 품질의 경쟁력 등이 획기적 발전을 가능케 했던 거죠.

지금도 일본에서는 대기업이 중소기업에 의존하는 상황이 이어지고 있어요. 대기업들이 한 중소기업에 부품을 달라고 매달리는 경우가 흔할 정도로요. 결국 문제 해결의 핵심은 중소기업 자체의 발전인 겁니다. '어떻게 중소기업의 생산성을 높이고 기술혁신을 빠르게 이루어낼 것인가'가 해답이지요. 대기업을 능가하는 혁신이 필수적으로 이뤄져야 합니다.

요약하면, 대기업과 중소기업 간의 불평등 거래 문제는 현행 공정거래법의 철저한 집행으로 해결해나가고, 그 다음으로는 우리 중소기업의 생산성을 세계 최고수준으로 끌어올리려면 어떻게 지원해야 하는가에 정부가 집중해야 한다는 겁니다. 이렇게 해나가면 결국은 대기업과 중소기업의 역학관계도 바뀌게 마련입니다.

그렇다고 균형이나 동반이 중요하지 않다는 게 아닙니다. 매우 중요하지만, 이것들을 사전 목표로 내세우지 말고 '사후 목표'로 삼아야 한다는 거죠. 즉, 중소기업이든 낙후지역이든 각 부문들이 마음껏 자유롭게 발전하도록 지원하고, 그 같은 자발적 발전의 결과로서 균형과 동반이 이루어지게 해야 한다는 겁니다.

상호 격차가 큰 두 부문을 억지로 비슷하게 만들려고 달려들면, 각종 부작용이 생기고 비효율과 불공정이 뒤따르게 됩니다. 법치를 확실히 하고, 자유의 원리, 생산성의 원리를 잘 활용하는 것이, 곧 균형과 동반으로 가는 올바른 길이라고 믿습니다.

'평생학습·평생고용'이
나라를 살린다

문 교육 문제도 심각합니다. 오늘날의 학교는 더 이상 학교가 아닌 실정입니다. 그야말로 완전히 이탈되고 붕괴된 상태여서, 선생도 학생도 없고 따라서 교육도 실종된 듯싶으니까요. 이 난관을 어떻게 헤쳐 나갈 것인가도, 경제나 통일 문제 못지않게 중요한 국가과제 중 하나라고 생각되는데 어떠신지요?

답 저는 이렇게 생각합니다. 세상의 혼란은 다름 아닌 '생각의 혼란'에서 온다고요. 생각이 혼란하면 세상이 혼란스러워집니다.

교육이란 무엇이고, 왜 필요하고, 무엇을 목표로 해야 하는지, 즉, 교육에 대한 기본철학과 기본생각이 흔들리면 우리사회도 흔들리고 혼란스러워집니다. 그 같은 혼란이 교육 현장의 붕괴로 드러나는 것이죠.

앞에서도 잠깐 말씀드렸지만, 지금 우리 교육 현장은 좌·우파의 이념대립의 장場, 실험의 장이 되어 정치투쟁의 장으로 변질되고 있습니다. 한쪽에서는 대한민국의 역사적 정통성과 정당성을 부정하는 역사교육을 공공연히 하고 있어요. 자국의 역사를 부정하고 공격하는 역사교육을 시키고 있는 거죠. 그런 교육을 받은 차세대가 애국심을 갖고 국가발전에 기여하길 기대할 수는 없겠지요.

여하튼 이런 교육풍토를 바로잡으려면, 우선 우리 사회에 교육의 존재이유와 필요성에 대한 새로운 사회적 합의 내지는 국민적 철학의 정립이 전제되어야 한다고 봅니다.

오늘날 선진국들은 교육 개혁을 국가 생존의 미래전략 중, 제1의 국가과제로 내세우며 치열한 경쟁을 벌이고 있습니다. 21세기 지식정보화 시대에는 교육 개혁을 통해 '평생학습Life-Long Learning' 사회를 누가 먼저 구축하느냐에 국가의 성패가 달려 있기 때문이지요.

세계화 시대는 경쟁의 시대입니다. 비교우위와 국가 경쟁력을 결정하는 것은 결국 생산력입니다. 그런데 생산력은 교육과 과학기술 투자 없이는 높아질 수 없지요. 그래서 많은 나라들이 교육 개혁 경쟁을 벌이고 있는 겁니다. 누가 더 세계 최고수준의 교육을 제공할 수 있는지, 누가 최첨단 과학기술의 지식패권을 차지할 것인지를 놓고 정부·기업·대학이 서로 연계해 무한경쟁 중이지요.

그런데 이 새로운 지식의 생산과 과학적 성과, 기술 혁신이 갈수록 특정·소수의 선진국에만 몰리는 독과점 현상이 심화되고 있어요. 따

라서 우리나라처럼 선진국 문 앞에 서 있는 나라들은, 선진국의 최첨
단 기술과 과학정보의 생산과정에 어떻게 참여해서 그 생산이익을 함
께 공유할 것인지, 즉 '전략적 제휴'의 문제를 심각하게 고민해야 할 시
점입니다. 세계의 중심에서 소외된 '지식소외'의 상태에서는 세계화는
물론이고 선진화의 성공도 기대하기 어렵기 때문입니다.

이처럼 교육 개혁은 21세기 최상의 경제성장 전략이자 사회복지 전
략이며, 최선의 국민통합정치 전략으로 부상하고 있어요. 21세기에
는 국가 경쟁력도, 산업의 비교우위도 모두 국민의 지식수준과 정보
능력에 달려 있고, 이는 평생학습 사회 구축의 성공 여부에 달려 있지
요. 이 평생학습에 성공해야 '평생고용'도 가능해지므로 앞으로 최상
의 국민복지 전략은 '평생학습과 평생고용'이어야 합니다. 더불어, 세
계화 · 정보화 시대에 심화되는 소득 · 정보 · 지역 격차를 줄여 사회통
합을 이루는 최상의 정치 전략도 바로 교육 개혁인 겁니다.

문✍   역대 정권들도 나름대로 교육 개혁을 내세웠지만 별 성과를
거두지 못했는데요.

답✍   역대 정권들이 번번이 교육 개혁에 실패한 가장 큰 이유는,
이익집단의 반발이 컸거나 개혁안 자체가 크게 잘못 됐기 때문이 아닙
니다. 바로, 개혁의 전 과정을 책임질 '개혁 주체'가 확실치 않았기에,
개혁 프로그램이 일관성 있게 지속되지 못했기 때문이지요.

개혁의 주체가 불분명하니 현장의 목소리(교사 · 학부모 · 기업 등)를

서울대 행정대학원, 국제대학원 학생들과의 관악산 등반

조직적으로 수렴하지도, 적극적으로 설득하지도 못했고, 과거 개혁의
성공과 실패의 경험에서 체계적으로 배우지도 못했던 겁니다. 그러니
현장의 목소리는 항상 소외되어 과거의 실패가 주기적으로 반복될 수
밖에 없었어요. 정책 책임자들도 수시로 바뀌다보니, 관련 담당자들
도 올바른 개혁안을 만들어 소신 있게 추진하기보다는 현실타협, 보
신주의, 무사안일을 택하게 되었고요.

따라서 무엇보다 시급한 것은 개혁 주체를 만들어 정책의 일관성과
지속성을 보장하는 노력입니다.

첫째로, 대통령 직속으로 최소한 10년의 임기를 보장하는 '국가 인

적자원 위원회'를 민관民官 합동으로 구성해야 합니다.

'평생학습·평생고용' 사회를 목표로, '교육·노동·과학·산업·문화' 정책 간의 체계적 연계성을 전제로 국가 인적자원 정책의 큰 밑그림을 그려야 합니다. 그리고 새로운 교육목표와 교육과제 등을 담은 '신교육 헌장'도 나와야 합니다. 최소한 2년은 철저히 구상해 개혁안을 만들고 8년은 지속적으로 추진해야 할 겁니다. 그래서 적어도 10년은 일관성 있게 초정권적超政權的으로 밀고 나가야 하며, 교육에는 여야가 없으니 여야 교육 정책 책임자들을 위원회에 참여시켜 초당적超黨的으로 운영해야 합니다. 그래야 국민적 합의의 도출도 용이할 테니까요.

둘째로는, 정책의 일관성 유지를 위해 교육 정책 최고 책임자들의 임기가 최소한 3년 내지 5년은 돼야 합니다. 그리고 책임자가 바뀌어도 유사한 비전과 철학을 가진 '개혁적 정책세력' 중에서 나와야 합니다. 개혁 정책이 성공하려면 무엇보다 정책의 일관성을 유지하는 게 중요하기 때문입니다.

이처럼 교육 문제는 개별사항들에 대한 답을 구하려 하기 전에, 먼저 교육의 근본 문제로 돌아가 21세기의 세계화·정보화라는 문명사적 환경변화 속에서 대한민국의 교육이 지향해야 할 목표부터 확립해야만 합니다.

어떤 능력과 품성을 지닌 인재를 길러내야 하느냐는 문제부터 심각하게 고민해야 하겠지요. 우리가 길러내야 할 인재들은, 세계로 진출해 자유롭게 소통하고, 경쟁과 협력도 할 수 있으면서, 나아가 어려운 이웃을 배려하고 공동체적 가치를 소중히 하는 품성을 지녀야 한다는 지침이 정립되면, 이런 인재들을 기르기 위해 어떤 교육과정과 교육제도가 필요한지의 문제는 쉽게 풀릴 수 있다고 봅니다.

문 앞서 언급했던 무상급식, 교육 개혁과 연결되는 문제인데, 요즘 대학 등록금 문제로도 소란스럽지 않습니까? 국가에서 일정 부분 보조해줘야 한다거나, 심지어 50% 인하하자는 '반값 등록금' 주장까지 등장했는데요. 이 문제에 대해서는 어떻게 생각하십니까?

답 대학 등록금이 학생들에게 주는 부담이 큰 건 사실이지만, 이 문제를 풀려면 등록금이 높은 원인이 어디에 있고 어떻게 낮출 것인가부터 깊이 생각해봐야 합니다. 그런 연후에 고쳐야할 점을 찾아 고쳐나가야지요. 정치가들이 아무런 연구·분석도 없이 즉흥적으로 제안하는 한탕 식의 해결책으론 안 됩니다. 조금 시간이 걸리더라도 근원적으로 풀어나가야 해요.

'반값 등록금' 주장도, 면밀한 분석이나 합당한 근거도 없이 불쑥 꺼내 놓는 식입니다. 그 주장을 무조건 밀어붙이면 문 닫아야 할 대학들이 많을 겁니다. 아니면 세금으로 메워야 하는데, 그 세금은 누가 내는 겁니까? 바로 우리 국민이 내고 우리 후손들이 부담하게 되지요. 잘못하면, 중·고등학교밖에 못 다니고 직장에서 열심히 일 하는 이들이 낸 세금으로 대학생들 등록금을 지원하는 어이없는 상황이 벌어질 수도 있어요.

이것이 과연 공정한가? 분명, 새로운 불공정의 문제가 등장할 수 있습니다. 물론 기존 대학의 소유·경영 구조에도 문제가 많아, 교육비 증가의 부담 대부분을 학생들의 등록금 인상으로 손쉽게 이전시키는 경향도 있지요. 이런 악순환은 시급히 개선되어야 할 겁니다.

그래서 철저한 교육 개혁이 필요한 거예요. 등록금의 부담을 줄이려면 우선 교육 개혁을 통해 대학의 지배구조, 경영구조를 보다 합리화해 방만한 경영을 줄여나가야 합니다. 그리고 IT 등의 기술을 도입해 교육방식을 선진화하여 보다 적은 비용으로 보다 양질의 교육을 시킬 수 있는 체제를 구축해야 합니다. 이런 노력들이 전제되면 점차 등록금을 인하해나갈 수 있을 겁니다.

요컨대, 모든 문제들을 합리적이고 원리에 맞게, 다른 나라들의 경우도 참고하면서 차근차근 풀어나가야 합니다. 그러려면 여야 간에 무책임한 선심경쟁이 아닌, 건강한 정책경쟁이 있어야 해요. 제가 늘 지적하듯, 전문가들이 열심히 연구해 풀어야 할 문제들을, 정치가들이 구체적 연구도 없이 나서서 선동하고 일시적인 여론조사 결과에나 편승해 해결하려고 하면 크게 잘못될 수 있습니다.

국가 정책에는 어느 시대, 어느 정권을 막론하고 전문성이 매우 필요하지요. 어디까지나 정책은 전문가들이 풀어야 하는데, 요즘은 정치가들이 나서서 인기조사 하듯 여론조사를 벌여 해결하려 들어요.

그런 식이면 모든 정책이 항상 인기영합적인 포퓰리즘 쪽으로 치우칠 수밖에 없고, 결국 국민세금을 물쓰듯 쓸 수밖에 없게 되는 겁니다.

때문에 정책의 수립과 결정에는 전문가들의 사전연구와 의견수렴이 매우 중요하다는 걸, 거듭 지적하고 싶습니다.

통일과 '영구분단'의
역사적 갈림길

문 　우리 사회 일각一角에서는, 살기에도 너무 급급한데 통일하지 않고 그냥 남·북한이 살던 그대로 각기 살아도 되지 않겠냐는 얘기들도 떠돕니다. 이처럼 통일을 절감하지 못하고 통일에 대한 의지도 약화되고 있는 상황에서 왜 반드시 통일해야 하느냐고 묻는다면 어떻게 대답해야 할지요?

답 　저도 그런 이야기를 듣곤 합니다. '통일하지 않고 그저 우리끼리 잘 살면 되지 않나, 통일하려면 어려운 일들도 많을 텐데 구태여 해야 하나' 하는 문제이지요.

　그런데 국제적 상황은 우리의 이런 안이한 태도를 용납하지 않는 방향으로 가고 있습니다. 즉 통일하지 않고는 남한에서 우리끼리만 지금처럼 적당히 잘살 수 없는, 통일을 해야만 하는 국제적 환경으로 진입하고 있다는 거지요.

왜냐하면, 지금 우리 앞에는 '통일의 기회'와 더불어 '신新분단의 위험' 내지는 '영구분단의 위험'이 동시에 밀어닥치고 있기 때문입니다. 즉, 우리가 통일을 선택하지 않으면 새로운 분단인 영구분단으로 갈 수 밖에 없다는 겁니다.

결국, 지금 우리 앞에는 두 갈래 길이 놓여 있다고 볼 수 있어요. 하나는 '통일의 길'입니다. 어떻게 해서든 우리가 통일을 이루어내게 되면, 우선 남북한 간에 경제적 선순환의 효과, 시너지 효과가 굉장히 클 겁니다. 북한에는 천연자원이 풍부하고 젊은 고학력 인구도 많은데다, 아직 개발되지 않은 큰 잠재적 시장이 있습니다. 반면, 남한에는 자본과 기술이 있고 해외개척의 경험이 있지요. 이것들이 결합되면 그 자체로 엄청난 폭발적 고도성장을 이루어낼 겁니다. 제 생각엔, 북한은 연 15% 내지 20%씩 성장하고 남한도 10% 가까이 성장할 수 있을 것으로 봅니다.

이런 식으로 남북한이 결합되어 우리 경제가 빠르게 성장하면 한민족의 재도약 시대가 도래하게 마련입니다. 세계 어디에도 없는 빠른 경제 성장을 다시 이룩하게 되는 거죠. 우리 민족 특유의 역동성[신명]이 활활 타오르게 되면, 현재 우리의 고민거리인 경제적 문제들, 예컨대 실업이나 비정규직 문제, 양극화와 경기침체 문제 등이 거의 일거에 해결되기 시작할 겁니다.

또한 남북한의 경제통합은 한반도의 발전만으로 끝나는 게 아니라,

만주와 연해주, 그리고 시베리아 개발로도 자연스럽게 연결될 겁니다. 그렇게 통일 한반도가 이들 지역과 함께 발전하면서 '새로운 동북아 시대'가 열리게 되고, 이 지역이 21세기 지구촌에서 가장 성장률 높은 지역으로 등극하게 되는 거지요.

'골드만 삭스Goldman Sachs'라는 미국 투자회사의 연구 보고서에 따르면, 한반도가 통일되면 2050년, 즉 약 40년 뒤에는 일인당 국민소득이 미국 다음인 세계 2위로 부상할 거라고 예측하고 있어요. 우리가 일본은 물론 유럽 선진국들보다도 더 풍요로워진다는 거죠.

그 보고서를 자세히 살펴보니, 우리가 노력하기에 따라서는 2048년쯤이면 미국을 제칠 수도 있겠다는 생각이 들었어요. 남북한이 통일되면 남북경제가 도약하고, 이를 계기로 만주와 시베리아가 발전하고, 그 결과, 동북아가 세계 중심이 되면서 2040, 50년이 되면 통일 한국이 세계 일등국가가 될 수 있다는 확신이 든 겁니다. 세계평화의 중심에 서게 되는 것이죠.

반면, 우리 앞에 놓인 또 다른 길은 '통일의 실패'입니다. 분단의 고착화, '영구분단의 길'이지요. 다가오는 통일의 기회를 살려내지 못해, '북한의 중국화'가 일어나는 경우죠. 김정일 사후의 북한에 친親중국 변방종속 정권이 들어서는 경우, 마치 위구르나 티베트처럼 말입니다.

그렇게 되면 한반도의 국경선은 현재의 압록강과 두만강에서 삼팔선으로 내려앉게 됩니다. 삼팔선이 더 이상 휴전선이 아니라 국경선이 되어버리는 거죠. 그 결과, 대한민국은 하나의 외로운 섬으로 고립

'국제 인적자원 포럼'에 참여해 사회를 보며

되고 말 겁니다.

북한 동쪽의 나진, 선봉에서 출발한 중국 상선이 상해로 다니기 시작하면, 남한은 중국 내해에 있는 작은 섬이 되고 말지요. 거기에다 그 뱃길로 중국 군함의 왕래까지 시작되면 당연히 일본은 재무장할 것이고, 동북아에는 새로운 냉전 시대가 도래할 겁니다. 세계분쟁의 요인이 될 수도 있지요.

이처럼, 북한의 중국화로 인한 한반도의 새로운 분단은 우리만의 분단으로 끝나지 않고, 동북아를 새로운 갈등과 대립의 신新냉전 시대로 끌어들이게 되며, 그 과정에서 남한은 친親중국파와 친미파, 대륙세력과 해양세력으로 양분되어 피 터지는 싸움판에 빠져들고 말 겁니다. 조선 후기나 대한제국 같은 상황이 재연되겠지요. 지금까지 우리가 이룩한 경제 성장이나 삶의 질을 지켜내기도 어려울 테니 선진화는 꿈도 꿀 수 없게 될 거고, 결국 분단된 삼류 국가로 추락하게 될 겁니다. 무서운 이야기지요.

이 상반된 두 가지 가능성이 바로 지금 우리 역사 앞에 놓여 있는 두 갈래 길입니다. 우리가 바라든, 바라지 않든 간에, 통일과 새로운 영구분단이라는 두 가지 가능성이 빠르게 다가오고 있기에, 우리 모두가 정신 차려 올바른 결단을 해야 하는 거죠.

통일의 기회를 회피하면 북한이 중국화해 영구분단으로 가고, 덩달아 대한민국도 하루아침에 삼류 분단국가로 전락해버릴 테니, 이제는 더 늦기 전에 통일을 위해 적극적으로 나설 수밖에 없는 겁니다. 절체절명絶體絶命의 시점이지요.

문✎   남북 분단이 우리 자의自意에 의해서가 아니었듯이 통일도 우리가 아무리 노력해본들 안 된다, 단지 주변 강대국들의 이익에 따른 외압에 달려 있기 때문이라는 견해도 상당히 있는데 어떻게 생각하십니까?

문✎   저는 결코 그렇게 생각하지 않습니다. 역사를 돌이켜 봅시다. 해방 후 김구 선생께서 통일을 위해 엄청난 노력을 기울이셨지만 결국 실패했습니다. 이유는 두 가지이지요.

첫째, 당시는 냉전이 막 시작될 때였습니다. 즉, 전 세계가 미국과 소련, 두 블록으로 나뉘어 경쟁하던 시대였기에 그 사이에 끼어 있던 대한민국이 분단되었던 겁니다. 당시의 거대한 역사적 물줄기에 저항하기엔 역부족이었던 거지요.

둘째, 당시 우리 국력은 너무나 허약했습니다. 세계 극빈국極貧國 서열에서 두세 번째 하던 때였으니까요. 일인당 국민소득이 80불도 안 될 정도로 국력이 약했던 데다, 전 세계가 둘로 나뉘어 경쟁하던 냉전 시대 초입이었기에 통일의 꿈을 실현할 수 없었던 겁니다.

하지만 이제는 상황과 조건이 크게 바뀌었지요. 우선 냉전이 끝났어요. 끝난 지 벌써 20년이 넘었습니다. 이제는 분단이 지속되어야 할 하등의 이유가 없습니다.

또 하나의 변화는 우리 국력이 현저히 강해졌다는 겁니다. GDP 규모로는 세계 220여 개 국 중 13등이고, 무역 규모로는 9등, 수출 규모로는 7등입니다. 국력이 이렇게 강해졌고 냉전도 끝났으니 이제는 통일의 실패를 반복하지 않을 것이고, 또한 반복해서도 안 되겠지요.

그리고 이제는 이웃나라[강대국]들도 우리의 통일을 끝까지 반대할 이유가 없습니다. 중국과 미국도, 일본이나 러시아도 우리의 위상과 존재감을 무시할 수 없게 되어, 우리 의사에 정면으로 반한 정책을 추진하기가 쉽지 않기 때문이지요.

그러므로, 이제 문제는 우리의 결단이고 내부의 단결입니다. 우리 국민 모두가 통일을 위해 한 목소리만 낸다면, 이제는 미국도 중국도, 여타 어느 나라도 우리의 의사를 존중하지 않을 수 없을 겁니다.

이처럼, 지금이야말로 한반도 통일의 호기이고 적기입니다. 이 하늘이 내린 기회를 결코 놓쳐서는 안 됩니다. 제가 볼 때는, 삼국시대 이후 역사상 처음 도래한 민족웅비의 절호의 기회라고 여겨집니다. 통일이 이루어지면 동북아의 세계 일등국가로 올라서게 될 것이고, 동북아 역사의 패러다임도 바뀌게 될 테니까요.

역사적으로 우리 한반도는 오랫동안 중국의 변방이었지요. 지난 1,200~300년간 한반도 역사를 살펴보면 항상 중국이 중심이고 우리는 변방이었어요. 중국은 세계 1등 국가였고 우리는 2등 국가였지요. 그런 상황이 언제 끝났느냐면 1894년 청일전쟁이 터지면서부터죠. 다시 1910년부터는 일본이 세계 중심국가였고 우리는 변세계 변방국가였어요. 1945년 이후에는 미국과 소련이 세계 중심국가였지만 우리는 여전히 세계 변방이었습니다.

이런 오랜 역사적 질곡을 통일을 통해 뒤집어, 변방국가에서 세계 중심국가로 우뚝 서게 될 것이며, 일본이나 중국 같은 주변 강대국과도 어깨를 나란히 하는 진정한 자주독립 국가를 이룩하게 될 겁니다. 김구 선생이 '통일이 안 되면 독립도 없다'고 하셨던 간곡한 뜻이 되살아나겠지요.

이 절호의 통일 기회를 활용해 변방의 역사를 끝내느냐 마느냐는, 앞으로 5년~15년 사이에 달려 있어요. 때문에 우리의 결단과 단결로 한반도 천년의 역사를 바꿀 수 있는 통일의 문제가, 현시점에서는 가장 중요한 민족사적 · 세계사적 과제라고 생각합니다.

문 ✒   그렇기 때문에 도리어 강대국들이 방해할 가능성도 있지 않을까요?

답 ✒   강대국들은 지금 고민하고 있습니다. 미국의 경우, 지금까지 북한 핵문제에는 관심이 많아도 한반도 통일문제에 대해서는 핵문제만큼 관심을 보이지 않고 있지요. 통일에 적극적으로 반대하지는 않지만 앞장서 나서려고도 않는, 소극적 입장이거든요. 그 이유 중 하나는, 통일된 한반도가 행여 중국에 기울어지진 않을까 우려되기 때문이지요.

중국의 경우는 한반도 통일에 대한 입장이 둘로 갈라져 있다고 봅니다. '전통파'의 속셈은, 한반도를 분단으로 몰고 가 북한을 자신들의 변방 종속정권, 즉, 제2의 티베트나 위구르로 삼으려는 것인데, 이것이 주류의 견해라고 봐야할 겁니다. 그러나 중국 내에도, '그 같은 분단정권이 얼마나 오래 갈 수 있겠느냐, 도리어 남한과 손잡아 북한을 통일시켜 동북아 미래를 함께 경영해가는 것이 훨씬 더 안정적일 수 있고 중국의 국익에도 유리하다'고 보는 '국제파'의 견해가 있습니다. 이들은 비록 비주류이긴 하지만 그 수가 빠르게 증가하고 있어요. 자기들 생각이 훨씬 더 현실적이라는 거죠.

바로 그런 국제파와 연대해서 전통파를 설득해, 중국이 우리의 통일을 지지하도록 유도해야 합니다. 또한 미국에게는, 통일 이후에도 일방적으로 중국에 기울어지는 일은 결코 없을 것이며, 우리의 자주독립을 꿋꿋이 지켜나갈 거라고 계속 설득해야 해요. 그래서 한반도 통일에 대해 미국은 강력하게 지지하고, 중국도 반대는 하지 않도록 만들어가야 합니다. 물론 일본이나 러시아도 마찬가지고요.

그런데 이처럼 다양한 통일외교를 전개하려면, 무엇보다도 우리 국민의 자발적 통일의지와 열정이 우선되어야 합니다. 그런 다음에 철저한 준비가 뒤따라야겠지요. 도산 안창호 선생께서, "기회는 기다린다고 오는 것이 아니다. 기회를 맞이할 수 있는 실력을 갖춰야 한다"고 강조했던 말씀을 되새겨야 할 겁니다.

오늘날의 국제정세는 매우 유동적입니다. 우리가 하기에 따라 얼마든지 변화시킬 수 있지요. 우리가 소극적으로 움츠린다면, 강대국들은 자기들의 이해관계를 고수하며 문제를 풀어나가려 할 겁니다. 반면, 우리가 적극적으로 나간다면 이를 감안해 자신들의 이해관계를 조정할 것이고요. 한마디로, 통일에 대한 국제적 분위기 조성은 바로 우리들 자신에게 달려있다는 겁니다.

3단계 통일론

문 독일의 경우를 보면 천문학적인 통일비용 때문에 극심한 후유증에 시달려야 했는데요. 우리가 그 전철을 밟지 않고 성공적으로 통일을 유지해나가려면 어떤 대책들이 필요할지요?

답 독일의 통일은 외교 면에선 성공한 통일이지만 경제 정책 면에선 실패한 통일입니다. 엄청난 통일비용을 감수하게 된 가장 큰 이유는 통일과정을 잘못 관리했기 때문이지요.

일례로, 동독 노동자의 생산성은 서독의 30% 수준인데 임금은 70~100%를 주었고, 동독 화폐의 시장 구매력은 서독의 1/4 수준인데 교환비율을 1대 1로 책정했어요. 그래서 임금 인상으로 생산비는 오르고 구매력이 높아진 소비자는 동독 생산물을 외면해 동독 공장들이 줄줄이 파산하는 바람에, 통일 2년 만에 주민의 1/3이 실직하게 되었지요.

그러자 독일 정부는 동독 실직자들에게 서독 수준의 실업수당 등을 지불해 동독 주민의 40%가 사회보장비로 생활하게 되었고, 그 결과 통일비용이 천문학적으로 늘어나버린 겁니다. 사실 통일비용의 50%가 사회보장비였고, 이를 포함한 80%가 소비적 지출이었어요. 동독의 경제 발전을 위한 인프라 건설 등 '투자적 지출'은 총통일비용의 20% 수준도 안 됐지요.

경제 전문가들의 반대에도 불구하고 독일 정부가 이런 실책을 저지른 건, 바로 정치인들의 '통일 포퓰리즘' 때문이었어요. 다가오는 선거에서 동독 주민의 표를 얻기 위해 잘못된 인기영합 정책을 밀어붙였던 거지요. 이처럼 통일과정의 관리가 얼마나 중요한지, 독일의 사례를 교훈 삼아 우리는 실패를 반복하지 말아야 합니다.

그렇다면 질문하셨듯이, 한반도의 통일을 성공적으로 관리하기 위해선 어떤 조치들이 필요한가? 개혁개방을 못해 북한의 구舊체제가 실패하게 되면, 우선 어느 정도 혼란이 가라앉은 후에는 가능한 한 빨리 북한의 '비핵·개혁개방 세력'과 남한의 '통일준비 세력'이 공치共治하는 '특별행정기구'를 북한에 설치해야 합니다. 그런 다음, 북한 전체를 '경제·행정 특별구역'으로 지정해 당분간 남쪽과는 별도로 관리해야 한다고 봅니다. 일정기간 일국양제一國兩制의 시기가 필요하다고 보기 때문입니다.

물론 이 기간 동안 남북 간의 인적·물적 교류는 제한적일 수밖에

한반도 통일과 통일 후의 한반도·동북아에 대한 한·미·일·중·러 대표들의 포럼

없습니다. 이렇게 북한을 일정기간 별도 관리해야 하는 이유는, 본격적인 남북통합 이전에 북한이 계획경제에서 시장경제로 전환할 수 있는 '체제전환 기간'이 필요하기 때문이지요.

　이처럼, 통일은 적어도 남북통합의 3단계를 거쳐 체계적으로 진행되는 게 바람직하다고 생각됩니다.

　제1단계는 북한경제의 '체제 전환'을 추진하는 단계로, 남한과의 통합과 경제의 대외개방을 준비하는 시기입니다. 북한경제를 이제까지의 계획경제에서 시장경제로 전환시키는 노력과 더불어, 남한경제와의 통합과 앞으로 있을 대외개방을 위해 북한의 새로 도입된 시장경제의 기초를 다지는 단계이지요.

토지와 공장의 '사유화私有化', 기업과 가격의 '자유화' 등을 추진하면서, 남북 간의 노동 및 자본 이동을 허가를 통해 관리하고, 토지·공장의 사유화는 '북한 거주'를 조건으로 허용해야 합니다. 성급한 대규모의 노동 이동이나 투자는 바람직하지 않으니까요. 이 기간의 핵심 정책은, 북한의 저임금 구조를 유지시켜 북한경제의 국제경쟁력을 확보하고, 자생적 수출 주도형 발전기반을 만드는 것입니다.

제2단계는 '대규모 대북 투자'와 남북의 '경제·사회문화 통합'의 단계로, 대북 투자는 산업 인프라, 에너지, 교육 투자 등에 집중되어야 합니다. 체제 전환과 대규모 대북 투자에 성공하면 그것만으로도 북한 경제의 성장률이 연평균 25%~40%에 도달하게 될 겁니다. 북한동포들이 삶의 희망을 되찾게 되는 거죠.

체제 전환과 시장경제의 발전기반이 어느 정도 구축된 다음에는, 남북 간의 경제 통합과 사회 통합이 추진되어야 합니다. 상품시장·자본시장의 통합과 노동시장·사회보장의 통합이 이루어져야 하며, 동시에 교육·방송언론·문화예술의 통합도 추진해야 하지요. 먼저 상품 서비스시장 통합부터 시작해, 자본시장, 노동시장 통합의 순으로 진행해야 하며, 시장 통합에 상응하는 금융·재정·교육·노동 등의 법률과 제도의 통합도 순차적으로 추진해야 합니다.

마지막 제3단계는 남북한의 정치·법률·제도를 통합하는 단계로, 한반도 전체에 단일 통치기구와 법률체계를 구축해야 합니다. 자유선거를 통한 통일헌법의 채택 등, 단일정부 수립을 위한 제도 개혁의 절차를 밟아나가야 하지요.

정치 통합을 경제 통합보다 뒤에 추진하는 이유는, 남북 통합 과정에 등장할지도 모를 '통일 포퓰리즘'을 차단하기 위해서입니다. 정치인들의 정파적 이해관계가 독일의 경우처럼 통합과정의 왜곡과 통합비용의 증대를 야기할 수도 있기 때문이지요. 이들 각 단계의 통합을 추진할 구체적 청사진을 지금부터라도 준비해야 하며, 일단 통일 과정에 들어서게 되면 최소한 5년 내지 10년은 걸릴 이 3단계 조치들을 잘 관리해나가야 합니다.

문 ✍   이렇게 철저히 준비한다 해도, 만일 북한에 급격한 변화가 발생한다면 과연 이런 단계적 접근이 가능할까요?

답 ✍   물론, 극도의 혼란 속에서 이 같은 체계적 접근이 실현될 수 있을지 의구심이 들 수도 있을 겁니다. 그러나 그 어떤 급격한 변화라도 결국은 일정기간의 혼돈이 가라앉고 나면 질서가 잡힐 수밖에 없고, 그 새로운 질서 속에서 단계적 통합을 추구해갈 수밖에 없습니다. 상황에 따라 3단계 통합이 단기간에 압축적으로 이뤄질 수도 있고, 조금 더 시간이 걸려 착실히 진행될 수도 있을 따름이지요. 이 중간단계가 생략된다면 성공적 통일이 어려워질 겁니다.

통일이 체계적으로 이뤄져, 북한의 풍부한 천연자원, 고학력의 저임금 인력, 산업구조의 보완성, 잠재적 내수시장 등이 남한의 자본과 기술, 해외 경험 등과 결합하게 되면, 더불어 그동안 남북 분단 탓에 낭비하던 막대한 국방비와 갈등 비용 등을 절약하게 된다면 한반도 경제는 아시아의 용龍으로 욱일승천하게 될 겁니다. 중국의 발전이 부럽지 않게 되지요.

주변 4강이 버티고 있는데 우리 뜻대로 통일 과정을 온전히 통제·관리할 수 있을지 의심스러울 수도 있겠지요. 그러나 정작 핵심 관건은 우리에게 강한 의지와 각오가 있는지의 여부이고, 북의 변화과정에 얼마나 일찍, 깊이 관여할 수 있는지의 문제입니다. 무엇보다 우리 자신이 문제인 거죠.

통일비용 등이 맘에 걸려 머뭇거리다보면, 한반도의 역사는 주변 4강들이 대신 써나가게 될 것입니다.

통일의지도
통일정책도 없는 이 나라

문 통일 문제와 관련해, 탈북자 문제도 당면과제로 떠오르고 있는데요. 늘어나는 탈북자들을 어떻게 수용해야 할지, 또 그들로부터 어떤 역할을 기대해야 할지요?

답 기존의 대북 정책은 북한정부와의 교류와 관계개선에 초점을 맞춰왔지요. 분단을 평화적으로 관리하고 유지하기 위한 현상유지 차원의 노력에 지나지 않았던 거죠. 그러나 지금처럼 분단의 현상유지가 어렵고, 통일이냐 영구분단이냐를 선택해야만 하는 시점에서 가장 중요한 건, 북한정부가 아니라 북한주민과의 관계개선입니다.

통일에 성공할 수 있는 필수조건 중 하나는, 북한주민들도 통일을 원해야 한다는 겁니다. 북한이 어려워지면 중국이 아니라 남한과 손잡을 각오가 되어 있어야 한다는 거죠. 그러려면, 북한 내에 친親남한

통일세력이 확산되어야 합니다. 남한과 힘을 합쳐 통일을 이루는 것만이 자신들이 살 길이라고 믿는, 소위 '선진통일 세력'이 계속 늘어나야만 해요.

그런 선진통일 세력을 북한에 심으려면, 북한주민들과 소통하고 바깥세상의 정보들을 다량으로 유입시키는 것이 급선무이지요. 바로 그 작업에 결정적 역할을 할 수 있는 존재가 탈북동포들입니다.

현재 남한에는 2만 2,000여 명의 탈북동포들과 50만 명에 가까운 중국동포들이 있습니다. 탈북동포들 대부분은 북한에 있는 친지나 가족들과 여러 경로를 통해 소통·교류하고 있지요. 돈도 보내고 휴대폰 통화도 하고 있어요. 물론 중국동포들도 북한에 있는 친척·친지들과 직·간접적으로 계속 소통과 교류를 이어가고 있고요.

그들이 남한의 새 보금자리에서 보람과 희망을 되살려 한반도의 밝은 미래까지 꿈꿀 수 있도록, 따스한 동포애로 감싸주는 배려가 무엇보다 중요합니다. 그들이 남한에서 보고 느끼는 것들이 그대로 북한주민들에게 전달되기 때문이지요.

이런 맥락에서, 그동안 우리가 탈북·중국동포들에게 소홀했던 건 큰 잘못이라고 생각됩니다. 지금부터라도 그들을 잘 대해주고 포용해, 그들 스스로 통일시대의 역군이 되어 통일의 선봉에 서게 해야 합니다. 그들이야말로 남과 북, 양쪽을 다 알기에 북한주민들을 적극적으로 설득할 수 있으니까요. 북한의 혼란을 안정시켜야 할 때가 오면, 지금의 탈북동포들이 앞장서서 할 일들이 굉장히 많을 겁니다. 그들에 대한 적극적인 배려와 투자가 필요해요.

우리 '선진통일연합' 운동에도 탈북동포 단체가 다수 참여하고 있고, 공동대표 중 한 분인 안찬일 박사도 실은 탈북동포 출신 '박사 1호'이기도 합니다. 그 외에도 여러 분들이 있지요. 가능하면 탈북단체들 모두를 하나로 모아 네트워크화하려 합니다. 이런 노력에 탈북동포들도 선진통일연합을 고맙게 생각하고 있다더군요. 천신만고 끝에 탈북해서 남한에 정착하기 위해 온갖 고생을 하며 사는데, '당신들이 통일의 선봉장이고 통일조국의 미래 주역이다. 새로운 역사를 창조하는 사람들이다'라고 북돋아주는 곳은 여기가 처음이라며 깊이 감동한다는 거예요.

문 ✍   북한과의 소통이 거론될 때면 김대중 대통령의 햇볕정책과 노무현 대통령의 친親소통 정책 얘기가 뒤따르곤 하는데, 그 평가는 극단적으로 엇갈리는 것 같습니다. 어떻게 평가하시는지요?

답 ✍   우리나라의 대북정책은 몇 단계를 거쳐 변화·발전해왔습니다.

산업화 시대의 박정희 대통령은 선先건설 후後통일을 내세웠지요. 1960~70년대 중반까지만 해도 우리 국력이 북한에 비해 상대적으로 약했기 때문입니다. 우선 국가발전, 즉 경제건설을 이룬 다음에 통일을 논하자는 입장이었죠.

이후, 민주화 시대로 접어들면서 대북정책의 목표는 분단의 평화적

'선진통일 북한인연합' 창립식에서 안찬일 상임대표에게 기를 전달하며

관리, 즉 현상유지로 바뀌게 됩니다. 사실 보수, 진보 어느 정권에게도 현상유지를 돌파해 적극적으로 통일하겠다는 정책은 없었어요. 단지, '분단의 평화적 관리를 위해 교류와 지원이냐, 봉쇄와 압박이냐'에 대한 보수, 진보 간의 논쟁만 이어졌을 뿐이지요.

제가 지적하고 싶은 건 이제 그런 시대는 갔다는 겁니다. 오늘날은 정책의 온건화나 강경화가 이슈가 아니라, 북한체제가 빠른 속도로 붕괴되어갈 때, 어떻게 관리해서 통일을 이끌어내느냐가 절실한 과제이니까요.

따라서 적당한 분단관리를 위한 '접촉이나 봉쇄를 통한 현상유지'가 아니라, '적극적 변화를 통한 통일'이 우리의 목표가 되어야 합니다.

이를 위해서는 '온건과 강경', '교류와 압박', '지원과 봉쇄' 등 모든 방법을 다 동원해야 하지요. 한 가지 방법만으로는 안 됩니다. '온건이냐 강경이냐'는 수단적 가치일 뿐, 우리의 굳건한 목표는 '변화를 통한 통일'이어야만 합니다.

때문에 '햇볕정책이 옳은가, 그른가' 같은 '철 지난' 문제제기는 별의미가 없습니다. 그런 차원의 시기는 이미 지나갔어요. 온건·강경, 교류·봉쇄 등, 모든 방법들을 적절히 구사해 북한의 끊임없는 변화를 적극적으로 유도해서 반드시 통일에 도달해야 합니다. '분단관리와 유지'라는 해묵은 정책을 계속 이어간다면, 결국 강대국들이 북한의 미래를 결정짓고 말 테니까요.

문 🖋   현재 이명박 정부의 대북 정책은 어떻게 평가하십니까?

답 🖋   제가 보기엔 현 정부도 아직까지는 '분단관리'를 목표로 하고 있는 것 같습니다. 고작해야, 분단관리를 효과적으로 유지하려면 온건책보다 강경책이 더 적절하다고 보는 정도인 것 같거든요. 그나마, 지난 정부들의 '퍼 주시기 식 햇볕정책'은 결코 반복하지 않겠다는 확고한 결의는 보입니다. 그 점은 일정 부분 평가받을 만하지요.

그러나 분단을 적극적으로 타파해 통일로 가기 위한 전반적인 정책을 근본적으로 재검토하고 있는 것 같지는 않습니다. 그러니까 일전에 북한이 연평도에 포격을 가했을 때, '확전擴戰은 하지 말라, 확전하지 않는 범위 내에서 대응하라'고 지시한 것 아니겠어요? 한마디로,

아직 대북정책은 '분단관리 내지 현상유지'가 목표라는 걸 입증시켜준 거죠.

2010년 3월 26일 발생했던 천안함 폭침, 우라늄 핵시설 공개, 그리고 11월 23일의 연평도 공격을 보면서 대한민국이 혼란스러워했지요. 한동안 정부·군·시민사회 모두가 흔들렸어요. 이 사건들을 통해 한반도의 '역사의 신神'은 이런 질문을 던지며 우리의 대답을 다그치고 있다고 느껴집니다.

"북한은 더 이상 미래가 없다. 이제 더 이상 '분단의 시대'도, 분단의 평화적 관리도 가능한 시대가 아니다. 너희는 이미 '통일의 시대'에 살고 있다. 그런데 아직도 통일을 피하려 하는가? 아직도 통일을 두려워하는가? 왜 목숨 걸고 분단이라는 민족적 비극을 종식시킬 각오를 하지 않는가? 현상유지가 아닌 현상타파의 통일정책은 왜 추진하지 못하는가?"

북한의 도발로 주기적으로 반복되는 비극의 근본 원인은, 한마디로 대한민국의 지도자도 국민도 통일을 두려워하기 때문입니다. 민족분단의 비극을 극복할 의지가 없기 때문이지요. 북한의 도발에 대한 응징을 제대로 못한 이유는 단순한 안보의식·군인정신의 약화 때문이 아니라, 근본적으로 통일의지도, 통일정책도 없기 때문입니다.

확전이 두려워 응징을 제대로 못한 까닭은 비교적 간단하지요. 아직도 우리 대북정책의 목표는 '현상유지'이고 '분단관리'이지, '현상타파'와 '남북통일'이 아니기 때문입니다. 통일이 아니라 통일을 피하는 것이 목적이니 확전 가능성이 조금만 있어도 강력한 응징은 어렵게 되는 거지요. 그래서 천안함 때도 응징을 하지 않았고, 뒤이은 연평도 침공에도 형식적 응사만 했을 뿐 적극적 응징은 못했던 겁니다.

바꿔 말하면, 만일 확전이 된다면 그 기회를 반드시 통일의 기회로 삼겠다는 각오와 준비까지, 아니 그런 전략까지 사전에 확실히 서 있어야 제대로 된 보복과 응징을 할 수 있는 법이지요. 우리의 통일전략과 분단극복 의지만 확실하다면 북의 도발은 오히려 통일로 가는 지름길이, 현상타파의 시작이 될 수도 있다는 겁니다. 그런데 지난 수십 년간 우리는 현상유지와 관리에만 연연해 왔기에, 통일전략도 없고 분단극복 의지도 갈수록 약화되고 있는 게 오늘의 현실이지요. 그러는 동안 북한은 비非정상국가의 외길만을 달려와 이제는 개혁개방과 비핵화가 불가능한 나라가 되어버렸어요. 그러니 더 이상 현상유지와 분단관리가 가능한 시대가 아닌 거죠. 그런데도 우리는 오늘의 삶에 안주하며 이미 통일의 시대에 접어들었는데도 단지 통일을 피하려고만 하고 있어요.

과거 좌파정권 시대에는 햇볕정책이라는 미명 하에 '무조건 퍼주면서' 분단을 유지하려 했다면, 지금 우파정권 시대는 '얻어맞고도 참으면서' 분단을 유지하려 하고 있지요. 좌파는 여전히 남북대화를 통해 통일 문제를 평화적으로 풀어나가야 한다고 주장하지만, 북과의 대화란 한마디로 '돈을 주자'는 것이고 평화란 '분단강화'를 의미할 뿐입니다. 반면 우파가 강조하는 안보는 중요하긴 하지만, 단지 소극적이고 방어적인 안보에 그치고 만다면 결국 분단관리, 즉 현상유지책에 불과한 거죠.

좌·우파 주장의 공통점은 '통일의지의 부재不在'입니다. 현상타파의 전략이 없고, 분단이란 비극적 민족상잔의 단절의지가 없어요. 통일을 통해 한민족의 웅비를 도모하는 꿈이 없어요. '역사의 신'은 다시 한 번 우리에게 묻고 있습니다.

"너희는 정말 통일의지가 있는가. 분단이란 민족 비극의 극복의지가 있는가. 조국과 동포와 후손을 위해 목숨 바칠 준비가 돼 있는가. 도대체 너희는 어떤 민족이고 어떤 국민인가?"

통일은 새벽녘인데,
통일준비는 한밤중

문 통일에 대비하기 위한 시급한 과제를, 정부, 정치인, 일반국
민이 할 일로 분리해서 알려주셨으면요.

답 통일을 이루려면 우선 네 가지 여건이 조성되어야 합니다.

 첫째로, 무엇보다 중요한 건 국민 스스로가 통일의 의지와 열정을
가져야 한다는 겁니다.

 문제는, 우리 사회에서 통일을 원하는 마음도, 하겠다는 의지도 점
점 약화되고 있다는 점이지요. 이제는 통일을 원하지 않는다는 의견도
25%대에 육박하고 있고, 더욱이 미래세대인 청소년층일수록 더 소극
적이거든요. 우리 사회에 만연한 '나나 우리만 잘살면 된다'는 이기적
인 생각 때문이지요. 이른바 공동체 의식의 붕괴 현상인 겁니다.

급속한 산업화가 물질 만능주의를 키웠고, 급격한 민주화가 가족·민족 등의 전통적 가치와 공동체의 약화를 초래한 거지요. 이웃과 동포를 외면한 채 나나 우리만 잘살 수 없다는 사실을 깨우쳐주지 못한 정치 지도자들과 기성세대의 잘못입니다. 통일은 민족도약의 기회이고, 통일 회피는 신분단과 신냉전을 야기해 민족의 불행을 자초한다는 사실을 제대로 알려주지 않았어요. 통일비용보다 통일이익과 가치가 수천 배 더 크고, 통일비용보다 분단비용이 수백 배 더 든다는 사실을, 그리고 통일비용은 소비가 아니라 민족의 미래를 위한 빛나는 투자라는 사실을 제대로 설득시키지 못한 겁니다.

이 점을 강조할 때마다 생각나는 게 있어요. 천삼백 년 전 한반도 상황이요. 결국 삼국통일은 신라가 했지만, 애초에 신라는 그야말로 사면초가四面楚歌였어요. 북쪽에는 강대한 고구려가, 서쪽에는 용맹한 백제가, 남쪽에는 선진문물을 지닌 가야제국이 버티고 있었고, 동쪽에는 수많은 왜구가 들끓었지요. 삼국통일을 할 때도 고구려의 국방력이 훨씬 더 강했고, 경제력은 백제가 앞서 있었어요.

이처럼 국방력도 경제력도 허약한 사면초가의 신라가 어떻게 삼국을 통일했는가? 바로, 통일의 강렬한 의지가 있었기 때문이죠. 일반백성부터 지도자들까지 통일의 열망이 불타올랐었어요. 나라를 지켜야 한다는 화랑도의 호국정신이 통일정신으로 확산되었고, 더불어 불교도 사상적으로 큰 기여를 했다고 봅니다. 저는 지금도 통일을 위해선 국민과 지도자의 일치된 의지가 국방력이나 경제력보다도 더 중요하다고 믿습니다.

둘째로, 통일을 이루기 위해선 반드시 '올바른 통일사상'을 정립해야 합니다.

남북의 국가체제를 어떤 방향으로 개조하고 통합해 갈 것인가에 대한 올바른 이론과 철학이 있어야 해요. 그건 바로, 서로의 가치를 존중하는 '공동체 자유주의'입니다. 공동체와 자유주의의 융합이 필요한 거죠.

우선 북한은 자유민주주의·시장경제·법치주의·국제평화주의 등 자유주의적 체제개혁을 단행해야 합니다. 동시에 남한은 공동체적 가치와 연대의 복원을 위한 의식개혁 운동을 전개해야 하지요. 현재 남한의 물질 만능주의, 퇴폐적 소비문화를 그대로 북한에 확산시켜선 안 됩니다. 남한의 포퓰리즘 정치, 집단 및 지역 이기주의, 기초질서와 공중도덕의 붕괴, 탈북·조선족 동포나 외국근로자들에 대한 차별과 무관심을 북한에 오염시켜서는 성공적 통일을 할 수 없어요. '수령 절대주의'의 혁파 없는 통일이 있을 수 없듯이, 나만 잘살면 된다는 생각을 버리지 않고는 결코 통일을 성취할 수 없는 겁니다.

셋째로는, 적극적 '통일외교'가 있어야 합니다.

지금까지 우리나라에는 대미對美외교, 대중외교는 있었지만 엄밀한 의미의 통일외교는 거의 없었습니다. 통일외교란 한마디로, 주변 강대국들에게 우리의 통일이 그들에게도 이롭다는 것을 집요하리만큼 설득하는 노력이지요. '당신들에게 이로운 건 한반도의 분단이 아니라 통일이며, 더 나아가 동북아의 번영과 세계질서인 평화에도 이롭다'는 사실을 적극적이고 지속적으로 설득하는 겁니다.

신라 때도 통일외교가 대단했습니다. 당시 자료들을 보면 지금 우리의 상상을 불허할 정도예요. 혹자는 신라가 외세를 끌어들였다고 하지만 그건 당시 세 나라가 다 마찬가지였어요. 삼국 모두 당나라에 사신을 보내 서로 견제했는데, 단지 당나라의 국익에 따른 외교정책에 의해 신라가 채택되었을 뿐이지요.

예나 지금이나 중국의 전통적 외교노선 중 하나인 원교근공遠交近攻 정책에 의해 신라가 선택된 선례는, 우리의 통일외교에도 유익한 교훈이 될 겁니다. 따라서 지금의 우리도 신라처럼 통일외교에 집중해야만 합니다. 여야가 따로 일 수 없는 과제이니, 그야말로 국론통일의 통일외교를 펼쳐야지요.

하지만 그동안 우리는 분단 관리에만 급급했고, 스스로 약소국 콤플렉스에 빠져 적극적 통일외교를 추진하지 못했어요. 도리어 4강들에게 우리 통일에 대해 어떻게 생각하느냐고 묻고 다니기나 했지요. 한마디로 '우리 통일해도 됩니까?' 하는 식이었어요. 아마 그들은 속으로 '통일은 자기들 문제인데 왜 우리에게 와서 묻는가. 우리가 반대하면 안 할 것인가' 하고 쓴웃음을 지었을지도 모릅니다.

한국의 통일외교는 가장 먼저 중국을 설득해야 합니다. 중국의 최대 관심은 경제발전이기에 변방의 안정을 원하지요. 그러니 변방의

청와대 수석 시절, 독일 '아데나워 재단' 책임자들의 방문을 받고 환담

안정은 북한 같은 실패국가를 지원해선 이룰 수 없으므로, 한반도의
분단이 아니라 통일이 진정한 변방 안정의 길임을 설득해야 합니다.

더불어, 오늘날 만주 동북3성의 낙후는 북한의 '예측 불가능성'이 국
제물류와 외국인 투자를 막는 데서 기인하니, 통일 후에 한반도와 중
국이 힘을 합쳐 만주·연해주·시베리아·몽골 등 동북아 지역에 새로
운 번영과 평화의 시대를 열어가자고 설득해야 합니다.

그러나 만일 중국이 김정일 이후 군사적·비군사적 개입을 통해 북
한에 '친중親中 정권'을 세우려 한다면, 이는 민족자결에 대한 명백한 도
전임을 선언해야 할 겁니다. 과거, 당唐나라가 AD 668~676년까지
평양에 주둔시켰던 '안동 도호부'라는 식민통치기구를 몰아냈듯이, 한

민족 전체가 결사항전 할 것임을 분명히 밝혀둬야 합니다. 중국 지도자와 국민은 올바른 선택으로, 중국과 한반도가 상생·공영하는 '21세기 신新동북아시대'를 함께 열어 가야 합니다.

다음은 미국입니다. 우선 미국의 주요 관심사인 북핵 문제는 한반도 통일 없이는 해결될 수 없음을 명확히 인식시켜야겠지요. 또한 과거 냉전 시에는 일본이 미국 동아시아 정책의 주主 파트너였지만, 냉전이 끝난 지금은 '통일 한반도'를 주요 파트너로 삼아야 세계 평화를 이룩할 수 있음을 설득해야 합니다.

앞으로 세계의 명운命運은 중국이 평화국가와 전쟁국가 중 어느 길을 택할 것인지에 크게 좌우될 텐데, 한반도가 통일되어야 비로소 중국의 '평화국가화化'도 확실해진다는 점도 이해시켜야 합니다. 한반도 통일을 계기로, 지난 이천 년 넘게 동아시아를 지배해오던 중화주의적 수직질서가 호혜평등의 수평적 평화질서로 바뀌기 시작할 테니까요.

이어서 일본도 이해시켜야 합니다. 일본은 이미 완숙한 선진 일류국가이지만 고령화와 재정적자로 경제·사회적 동력을 빠르게 잃어가고 있지요. 일본이 앞으로 사회·경제적 역동성을 되살릴 수 있는 길은 하나뿐입니다. 런던정경대의 모리시마 미치오 교수 등이 주장하듯, '동아시아 경제공동체 시대'를 열어 주도적으로 참여하는 길이지요.

그런데 이 동아시아 공동체 구상은 한반도 통일 없이는 허구에 불과하므로, 일본은 한반도 통일을 지지해야 하고, 자본과 기술력으로 북한의 재건과 동북아 개발에 적극 참여해야 한다는 거죠. 이것이 일본의 미래를 여는 길이고 한·일 간의 불행한 역사를 바로잡는 길이기도 합니다.

마지막으로 러시아인데요. 21세기 세계의 중심은 유럽과 미국을 거쳐 아시아로 이동하고 있지요. 따라서 21세기 러시아의 핵심 과제도, 이전처럼 '유럽 세력'으로 머무르지 않고 '아시아 세력'에 가담하려는 노력이어야 합니다.

러시아가 아시아 세력이 되려면 시베리아와 극동 개발에 성공해야 하는데, 그 전제가 바로 한반도 통일이지요. 한반도가 통일되어야 비로소 시베리아 유전 개발, 유라시아를 연결하는 철도와 가스관 등의 수송망 개발이 본격화될 수 있기 때문이죠.

이처럼 한반도의 통일은 비단 한국만의 문제가 아니라, 중국의 미래, 미국의 이해, 일본의 장래, 러시아의 발전, 더 나아가 세계의 명운이 걸린 문제인 겁니다. 우리 민족의 번영뿐만 아니라 동북아의 발전과 세계 평화를 위해, 이웃 4강과 협력해 한반도 통일을 주도적으로 이뤄내는 노력이야말로, 이 시대를 사는 우리의 민족사적 과제이자 세계사적 소명인 것이지요.

넷째로 중요한 것이 북한동포들과의 소통과 연대입니다.

이 문제에도 그 동안 우리는 너무 소홀했습니다. 남북한 당국자들끼리 만나는 건 정권마다 빠지지 않는 행사로 중요시했지만, 정작 북한동포들에게 남한의 통일 의지와 열정, 그리고 통일국가의 비전과 꿈을 전달하는 노력은 너무 미비했다는 거죠. 하루빨리 통일해서 함께 미래를 개척해 나가자는 희망의 메시지를 전달해줘야 하는데요. 저는 북한동포들의 통일을 향한 결단과 우리의 통일 의지가 결합 될 때, 비로소 통일에 다가설 수 있다고 믿습니다.

지금 우리는 한반도의 '통일'이냐, 동북아의 '신新냉전'이냐의 역사적 갈림길에 서 있습니다. 이 시점에서 반드시 통일시대를 열어가야 하고 성공해야만 합니다.

다시 강조하지만, 통일에 대한 의지와 열정, 올바른 통일사상, 주변 4강을 설득하는 통일외교, 북한동포와의 소통과 연대, 이 네 가지가 통일한국을 이루기 위한 가장 중요한 과제임을 유념해야 합니다.

'동아시아 공동체'는 다용도 해법

문 🌱 　우리 외교의 제1목표로 '동아시아 공동체' 구축을 역설하시는데요?

답 🌱 　21세기 문명사적 대전환의 시대를 맞아, 세계의 큰 흐름이 급속히 변화하고 있습니다. 이런 대전환의 시기에는 미래에 대비하는 적극적 '세계구상'과 과학적인 '세계전략'이 필수적이지요. 그러나 우리나라엔 그동안 독자적인 세계구상과 세계전략이 없었어요.

　광복 후 40여 년은 소위 냉전시대였기에 대미對美 의존만으로도 충분했지만, 이미 냉전은 끝난 지 오래고 세계질서는 큰 지각변동을 치르고 있어요. 우리 외교도 독자적 목표와 전략을 가져야 할 때지요. 한국의 세계구상 제1목표는 한 마디로 '새로운 동아시아 공동체'의 구축이어야 합니다.

세계를 크게 구분해보면, 미국과 유럽, 그리고 아시아입니다. 미국은 기존의 '북미자유무역지대(NAFTA)'를 중미와 남미 쪽까지 확대해 남북아메리카 대륙의 경제통합을 꾀하고 있습니다. 유럽도 그들 전체를 하나의 정치·경제 공동체로 묶은 '유럽연합(EU)'을 결성했지요. 그런데 유독 아시아, 특히 동아시아에서는 분열과 반목만 되풀이되고 있습니다. 미국은 팽창하고 유럽은 통합했는데 아시아만 분열하고 있어요. 논란이 반복되고 있는 일본 교과서 문제로 한국과 중국이 반발하는 상황도 그 한 예라 하겠지요. 아직 아시아에는 19세기가 끝나지 않았고, 때문에 21세기의 프로젝트도 찾지 못하고 있는 겁니다.

과거가 청산되지 못하면 미래도 열리지 않는다고 하지요. 물론 과거의 잘못에 대한 진솔한 사과도 필요하겠지만, 전쟁과 식민이라는 혹독한 과거에 대한 실질적 청산은, 평화와 공동번영이라는 새로운 미래를 함께 여는 화합을 통해서만 비로소 완성된다고 봅니다. 한·중·일이 함께 새로운 미래를 창조하는 공동노력을 통해서만 과거는 청산될 수 있으므로, 이를 위해 동아시아의 새로운 비전인 '동아시아 공동체'를 구상해야 합니다. 이것이 바로 아시아의 '21세기 프로젝트' 인 겁니다.

따라서, 동아시아에 정치적 패권주의를 극복한 안보상의 평화공동체, 자유무역 확대 등을 통한 공동번영의 경제공동체, 그리고 역사·종교·예술 등의 교류를 통한 문화공동체 등의 구축을 시급히 추진해야 합니다. 이 동아시아 공동체를 위해 한국이 앞장서 중국과 일본을 설득하고 동남아국가연합(ASEAN)과 연대해, 미국과 러시아의 이해와 협조를 구해야 해요. 우리가 앞장서야 하는 몇 가지 이유가 있지요.

첫째, 동아시아에 평화와 공동번영의 체제를 구축하는 것은 우리의 시급한 생존전략으로, 사활이 걸린 문제이기 때문입니다. 역사를 돌아봐도, 동아시아에 패권세력들이 등장해 각축을 벌일 때마다 한반도는 항상 희생물이 돼왔으니까요. 따라서 동아시아에 또다시 정치적 · 군사적 패권주의가 등장하는 건 반드시 막아야 합니다.

둘째, 세계화의 도전에 효과적으로 대비하기 위해서입니다. 세계화 시대의 국가 발전전략 중 하나가 '열린 지역주의의 강화'이지요. 세계화의 파고를 넘기 위해서는 같은 지역 내 국가 간의 긴밀한 경제 · 통상 · 금융 협력이 필수적이니까요. 개별국가보다는 지역연합이 국제사회에서 보다 강한 교섭력과 위기대처 능력을 발휘하게 마련이지요. 따라서 세계 무역체제 속에서 우리의 교섭력을 높이고 늘어나는 국제 금융의 불안전성에 대처하기 위한, 경제적 · 금융적 지역공동체 구축이 필수적입니다. '유럽연합'이나 '북미자유무역지대'에 버금가는 공동체를 동아시아에 서둘러 결성해야 한다는 거죠.

셋째, 우리 경제를 선진 경제로 진입시키기 위해서입니다. 동아시아는 21세기 세계 경제에서 가장 역동적인 지역이 될 테니까요. 지역

남덕우 전 총리 부부와 영국을 방문했을 때 기념사진

공동체를 통한 지역 내 자유무역의 확대, 전략적 제휴의 강화 등 경제
협력 확대를 통해 우리 경제의 제2의 도약을 이뤄내야 합니다.

넷째, 우리 민족의 숙원인 통일을 앞당기기 위해서입니다. 남북문
제의 해결에 동북아 공동체가 해법이 될 수 있기 때문이지요. 통일은
단순히 남북한 간만의 문제가 아니라, 동아시아의 군사적 평화공동체
와 경제적 번영공동체의 구축이라는 보다 '큰 틀' 안에서만 해결될 수
있는 문제이니까요.

다섯째, 한국은 동아시아에서 식민주의와 패권주의를 추구한 적이 없는 나라 중 하나이기 때문입니다. 따라서 우리가 동아시아 공동체 구성을 앞장서 주장할 충분한 명분이 있고, 그만큼 도덕적 설득력도 강하다는 장점이 있지요.

문 ✎ 그렇다면 이 '동아시아 공동체'라는 원대한 구상을 어떻게 실행해나가야 할지요?

답 ✎ 첫째로, 우선 우리만의 기본 전략과 원칙을 정립해야 합니다. 즉, 동맹관계의 강화를 '최소 전략'으로, 다자간 협력의 확대를 '최대 전략'으로 삼아야 해요.

동아시아에는 아직 부국강병의 근대국가 건설을 목표로 하는 '20세기형 국가'도 있고, 세계화 시대에 걸맞은 국가목표와 정치주체의 다양화(정부, 지방단체, NGO 등)가 크게 진전된 '21세기형 국가'도 있습니다. 따라서 우리에게는 중층重層 전략이 필요하지요. 한미·한일 간 기존의 동맹관계를 한층 강화하면서, 중국과 러시아, 몽골, 그리고 동남아국가연합 등을 두루 포함하는 '열린 다자주의Open Multilateralism'를 강력히 밀고 나가야 합니다.

솔직히, 중국과 일본은 다자주의를 결코 서두르지 않을 것이고 다자주의로 간다 해도 패권적 의지를 남긴 '닫힌' 형을 선호할지 모릅니다. 그래도 우리는 '열린 다자주의'를 내세워 적극 설득해야 합니다. 그 길이, 진정으로 동아시아의 평화와 번영을 보장하는 반反패권주의의 원칙에 부합하고, 동시에 약소국들의 의견도 존중하는 민주주의 원칙을 따르는 정도正道이기 때문이지요.

둘째로, 앞으로는 방어적·수동적 '정무외교'가 아니라 공격적·능동적 '통합외교(군사·통상·문화·민간)'를 대폭 강화해야 합니다. 그래서 우리의 세계구상으로 상대국의 정부뿐만 아니라 야당, 기업, 지식인 사회, 언론, 시민사회 등에 적극 파고드는 종합전략을 구사해야 합니다.

수년 전 미국을 방문했을 때, 대만의 민진당이 야당인데도 이미 미국 워싱턴DC에 사무실을 차려놓고 수십 명의 전문가들을 상주시키면서 자신들의 대미·대중 정책의 타당성을 미 정부와 학자, 싱크탱크, 시민사회에 조직적으로 설명하고 설득하는 걸 봤어요. 우리나라에서는 야당은 물론 여당도 생각하지 못하는 일을, 아니 정부조차 제대로 감당하지 못하는 일을, 대만은 일개 야당이 추진하고 있는 걸 보고 크게 감명 받았었지요.

강대국과의 외교가 어렵다고 하소연만 하지 말고, 정작 그들을 설득하기 위해 얼마나 체계적·조직적으로 노력해왔는지를 한번쯤 깊이 반성해봐야 할 겁니다.

전쟁과 갈등의 질곡이 너무 깊어 과연 동아시아에서 공동체 구상이 가능하겠느냐는 회의론에, EU의 책임자들은 이렇게 충고합니다.

"제2차 세계대전 직후엔 유럽에서도 국가·민족 간의 갈등과 반목이 오늘날의 동아시아 못지않았습니다. 아니 훨씬 더 심했어요. 독일과 프랑스는 80년 동안 세 차례나 전쟁을 치렀고, 두 차례 세계대전의 희생자가 유럽에서만 2,500만 명이 넘었으니까요. 때문에 그 당시 일부 정치지도자들이 유럽 공동체를 거론했지만 아무도 오늘날과 같은 성취가 가능하리라곤 꿈도 꾸지 못했어요."

역사는 꿈꾸는 사람들에 의해 이뤄지는 것입니다.

통일 한국의
국민소득은 세계 2위

문 시종일관 열정적으로 통일을 강조하시는데, 정말 통일이 막연한 염원이 아니라 눈앞의 현실로 다가올 수 있을까요? 국민 대다수가 '과연 통일이 가능할지', 회의적으로 보거든요. 물론 대한민국 국민이라면 통일을 반대할 리야 없겠죠. '우리의 소원은 통일'이니까요. 하지만 현실적으로 통일이 정말 가능한지, 통일 전문가이자 전도사로서 과연 통일이 눈앞에 보이십니까?

답 그렇습니다. 통일의 시기는 아주 가까이 다가오고 있어요. 다시금 강조하지만, 통일에 실패하고 영구분단이 될 위험과 동시에요. 통일의 기회만이 아니라 새로운 분단의 위험도 함께 다가오고 있다는 거죠. 이 역사적 기회를 통일로 연결시킨다면 바야흐로 '민족 대도약'의 시대가 열리게 되는 겁니다.

좀 더 구체적으로 말씀드리면, 짧게는 5년, 길게는 10년 내에 통일이 시작되리라고 봅니다. 그 이후 통일과정에 들어가면 적어도 10년 내지 15년은 걸릴 거고요.

그로부터 어느 정도 남북통합에 성공해 통일한반도를 이루면, 그 다음부터는 엄청난 발전이 이어질 겁니다. 15년 안에 큰 발전을 이루면서 2040~2050년경에는 명실공히 세계 일등국가, 일인당 국민소득이 세계 1위인 제일 잘 사는 나라가 될 수 있어요.

이처럼 통일의 기회가 매우 빠르게 다가오고 있다는 사실은, 우리보다 외국에서 더 잘 알아 오히려 걱정하고 있을 정도지요. 저와 가까이 지내는 북경의 한 대학교수가 한국에 와서 하는 말이, "내가 보기에 한반도 통일은 새벽이다. 그런데 한국에 와서 보니 남한의 통일준비는 한밤중이다"라고 염려하더군요. 지금 밖에서는 한반도에 격변의 기회가 매우 빨리 밀어닥칠 걸로 내다봅니다. 예기치 못한 산사태나 쓰나미처럼요.

예를 하나 들어보지요. 1989년 여름, 서독에서 여론조사를 했더니 서독주민 53%가 30년 내에 통일은 불가능하다고 답했어요. 그런데 바로 그 해 겨울에 베를린 장벽이 와르르 무너져버렸지요. 국민의 반 이상이 30년 안에는 통일이 안 된다고 장담했는데, 불과 6개월도 못 돼 분단의 벽이 허물어진 겁니다.

함석헌 선생이 이런 말씀을 하셨지요. '일제 강점기에 해방이 도둑처럼 찾아왔다'고요. 그때까지도 우리는 해방에 대해 아무 준비도 못하고 있었는데 갑자기 해방이 됐잖아요. 그처럼 예기치 않게 해방이 되고 난 다음에는 얼마나 혼란스러웠습니까. 온갖 대립과 갈등이 한꺼번에 폭발했고, 그런 와중에 6·25전란까지 터졌지요. 우리의 통일도 해방이나 독일 통일처럼 느닷없이 들이닥칠 수 있어요. 때문에 철저히 대비해야만 한다는 겁니다.

작년(2010)에 독일 대통령이 비공식으로 한국을 방문해, 통일에 대한 세 가지 충고를 하고 갔어요.

"첫째, 통일에 대한 희망을 잃지 마라, 통일은 반드시 온다. 둘째, 통일은 여러분이 생각하는 것보다 훨씬 더 빨리 온다. 셋째, 통일에 대한 준비는 많이 할수록 미리 할수록 좋다"고요.

그렇습니다. 저는 통일이 아주 가까이 오고 있다고 봅니다. 도리어 너무 빨리 올까봐 걱정이지요. 우리는 미처 준비도 안 돼 있는데 통일이 갑자기 들이닥치면, 온갖 혼란과 첨예한 이념대립으로 대북 정책이 큰 갈등을 빚으면서 온 나라가 촛불시위로 밤낮을 지새우게 될지도 모르니까요.

그래서 미리미리 국민의 의견을 하나로 모으고, 공통의 견해를 키우고, 국민이 자발적으로 '통일헌장'을 만들면서, 국민의 뜻을 하나로 묶어내야 한다고 역설하는 겁니다. 그런 준비 없이는 역사적 기회가 찾아와도 살려낼 수가 없어요. 저는 통일을 계기로 정말 수천 년 만에 한 번 올까말까 하는, 민족웅비를 이룰 이 절호의 기회를 놓쳐버려 천추의 한이 될까봐 걱정이 태산 같습니다.

국회 외교통상위원회 일원으로 주 스페인 대사관 국정감사를 위해 스페인을 방문해 둘러
보며

문 며칠 전, 정부 차원에서 통일기금 확보를 위해 일 년에 3조
씩, 5년 동안 모아 축적할 계획이라는 신문기사를 봤습니다. 제 느낌
으론, '과연 그 돈이 통일을 위해 쓰일 수 있을까' 싶은 의구심이 들었
지요. 그런데 지금 말씀을 듣고 보니 꼭 필요한 돈이라고 생각되고 오
히려 늦었다는 조바심마저 드는군요.

답 물론 필요한 돈이고말고요. 정부에서 서둘러 준비해나가야
합니다. 말씀처럼 이미 늦은 감이 있으니까요. 그래서 우리 선진통일
연합에서도 통일기금 모금운동을 시작했지요. 국민 속에서 통일헌금
을 모으는 거죠. 모금운동을 전개하면서, 전라도의 한 농민단체로부
터 '자기들은 이미 몇 년 전부터 해 오고 있다'는 얘기를 듣곤 민망해지

기도 했어요.

깨어 있는 국민이 앞서가게 마련입니다. 통일기금은 절대적으로 필요하지요. 백 마디 말보다 단돈 만 원이 더 값진 겁니다. 한반도의 통일이 이미 새벽에 이르렀다는 중국학자의 조언에 저도 충격을 받았었지요.

해외에 나갈 때마다 실감하는 건, 다른 나라 사람들이 우리의 통일을 더 걱정한다는 사실입니다. 정작 당사자들은 통일 준비는커녕 철지난 이념투쟁에만 빠져 있기 때문이지요. 북경대학에서 정년퇴임한 어느 중국교수는 저와 친하니까 한 말이지만 "대한민국은 민주주의를 너무 빨리 한 것 같다. 너무 싸우기만 한다"고 꼬집더군요. 여하튼 통일 준비는 빠를수록 좋다고 생각됩니다.

문 통일과 관련해 다시 과거 정권들을 되돌아보지요. 먼저, 이승만 정권은 대한민국 건국이라는 큰 업적을 쌓았는데도 근자에는 대한민국의 정통성에 대한 논쟁을 불러일으키고 있는데요. 이승만 대통령에 대해서는 '건국의 아버지', 또는 '독재자'라는 상반된 평가가 맞서고 있는데 어떻게 보십니까?

답 김구 선생은 제가 보기에 대단히 훌륭한 애국자이고, 정말 민족을 사랑한 진정한 지도자임에 틀림없습니다. 안타까운 것은, 그분은 세상의 변화, 특히 국제관계의 변화에 대한 정확한 이해와 상황 판단이 부족했던 것 같습니다. 그래서 선생의 애국애족의 충정과 통일에 대한 열정은 누구보다도 강렬했어도, 통일노력만큼은 성공하지 못하고 말았지요. 아니, 그 당시의 상황에 비추어보면 실패할 수밖에 없었는지도 모릅니다. 그 분의 선의善意가 일정부분 공산당의 통일전선 전략에 이용당하기도 했으니까요.

이승만 대통령은 청년 시절부터 독립운동에 투신해 건국을 성공적으로 이루고 6·25 전쟁에서도 나라를 지켜냈지만, 1950년대 후반에는 독재자로 불리게 되었지요. 저는 이승만 대통령이 없었다면 오늘의 우리 대한민국은 탄생하기 어려웠으리라 봅니다. 이 대통령의 탁월한 국제적 감각과 세상의 흐름을 읽는 안목이 없었다면 대한민국은 건국 자체가 어려웠을 거라고 생각되니까요.

외교에 있어서, 이 대통령은 지나쳐 보일 정도로 대한민국의 이익을 강력하게 주장하고 미국의 이익은 함부로 해서, 급기야는 미국이 한국 내 쿠데타를 사주해 그를 제거하려고까지 했어요. 널리 알려져 있는 사실이지요.

그런데 말년에 이 대통령은 독재를 했습니다. 그러나 그는 인생 대부분을 애국독립운동에 바쳐 건국을 했고, 6·25를 거치면서 호국護國을 했고, 그 다음 말년에야 독재를 했어요. 이 모든 족적을 두루 살펴, 균형 있는 평가를 내려야 할 겁니다.

또한 이 대통령이 독재를 했던 당시의 1인당 국민소득은 60~80달러 정도였어요. 그 당시 노벨경제학상을 받은 규나 무르달Karl Gunnar Myrdal은, "후진국에서 민주주의를 하려면 국민소득이 적어도 300달러는 되어야 한다"고 했지요. 바로 1950년대 말~60년대 초의 이야기로, 남한이 좌·우익의 끊임없는 대립으로 국정운영 자체가 극심히 흔들릴 때였어요. 경제수준도 대단히 열악했었죠.

그렇다고 제가 이 대통령의 독재를 옹호하려는 건 아닙니다. 다만 그 당시 우리나라의 상황도 결코 간단치는 않았기에, 이 대통령의 국정운영에 대한 상황적 이해가 조금 더 필요하다고 볼 따름이지요. 이 대통령을 단순히 독재자로만 규정하는 건 잘못이며, 독립운동가, 건국의 아버지, 독재자 등, 그의 일대기를 치우침 없이 살펴본 후에 공정한 평가가 내려져야 한다고 생각합니다.

이 문제와 관련해, 모택동에 대한 오늘날 중국의 평가가 참고가 될지도 모릅니다. 모택동은 중국 공산화혁명을 주도하고, 중화인민공화국 건국의 아버지國父이지만, 소위 문화혁명 때 4천만 명 이상을 죽음으로 몰아넣은 장본인이기도 합니다.

그래서 훗날 등소평은 개혁개방을 하면서 중국의 역사학자들을 모아놓고 이 문제를 어떻게 풀 것인지 논의했어요. 그들이 깊은 고민 끝에 내린 결론은, '모택동은 중국발전에 7할, 즉 70%의 공功이 있고, 3할의 과過, 즉 30%허물이 있다. 그러나 7할이 3할보다 크기 때문에 모택동을 높이 추앙하기로 한다'였고, 지금도 정중한 경의를 표하고 있습니다. 이 같은 그들의 처신이 저는 옳다고 봅니다.

이승만 대통령은 8, 9할의 공이 있고 1, 2할의 과가 있다고 보는 게 옳은데, 요즘은 길 가는 초등학생에게 이승만 대통령을 아느냐고 물어도 단박에 독재자라고 대답하는 실정입니다. 학교나 사회에서 편파적으로 가르친 거지요. 이러면 나라꼴이 안 됩니다. 제 생각엔, 앞으로 통일을 이루려면 이승만 대통령 정도의 외교적 식견과 능력이 있는 사람이 나와야 한다고 봅니다. 그렇지 않고는 통일이 어렵다고 여겨지니까요.

이 대통령이 1907년에 쓴 《독립정신》이란 책을 읽어보니, 그 식견의 탁월함에 탄복할 정도였어요. 백 년 전에 벌써 세계의 흐름을 깊이 이해했던 그분의 혜안에 큰 감동을 받았지요. 그런 인물이 당시 우리나라에 있었다는 자체가 엄청난 자랑이고 행운입니다. 그 점을 소중히 생각해야 하는데, 지금 대한민국에서는 이 대통령의 동상이 어디에 있는지도 모르는 실정이거든요. 소문엔 남한산성 땅속에 묻혀 있다고도 하던데, 사실이라면 굉장히 잘못된 겁니다.

하여튼 저는 이승만 대통령이 우리 역사에 다양한 업적을 남겼고 독재를 한 것도 사실이지만, 여러 측면을 종합해 포괄적으로 고려해 볼 때 긍정적 평가를 내려야 한다고 생각합니다.

문   어쩌면 진보적 지식인들로부터 상당히 비판받을 만한 말씀인데, 감수할 각오가 되어 있으신지요?

답   그렇지요? 하지만 진보적 지식인들 다수도 제 견해에 동조하리라 생각되는데요. 물론 종북從北 좌파 지식인들, 소위 수정주의적 역사관을 가진 좌파 지식인들 견해는 다르겠지요. 그들 대다수는 대한민국의 정통성과 정당성 자체를 부정하니까요. 그 대신 북한에 정통성이 있다고 보지요. 남한의 이승만 대통령은 분단의 원흉이자 미국의 앞잡이로, 친일파를 옹호하고 중용해 대한민국이라는 정의롭지 못한 나라를 세운 독재자라고 매도하는 거죠. 더구나 6 · 25로 인한 적화통일도 막아냈으니 불만이 대단할 수밖에요.

그런데 얘기 나온 김에 한 가지 더 부연하면, 이승만 대통령이 한반도 분단을 주도했던 건 절대 아닙니다. 엄청난 오해죠. 1948년 8월 15일에 남한정부가 먼저 수립되고 나서 10월에 북한정부가 들어선 걸 빌미로 남한이 분단을 주도했다고 선전하는데, 실제로 당시 자료들을 검토해보면 1945년 9월 10일에 스탈린이 김일성에게 이미 지령을 내렸다고 기록되어 있거든요. 북한에 가능한 빨리 적색정부를 세운 다음, 남한의 적화를 위해 통일전선 전략에 진력하라는 지령을요.

그래서 그해 가을, 북한에 인민위원회가 발족되고, 다음해인 1946년 초에는 북한전역에 인민위원회가 조직되어 독자적인 군사조직도 결성되지요. 사실상의 적색정부가 등장한 겁니다. 그런 다음엔 남한에 통일전선을 통한 적화전략을 적극 펼칩니다. 김구 선생의 애족충정을 이용하기도 한 때가 바로 그 무렵이지요. 아시다시피 남한은 3년간 건국을 미뤄가며 어떻게든 통일을 이루려 애썼어요. 김구, 여운형 선생 등이 피나는 노력을 기울였지만 결국은 무산됐지요.

이처럼 역사적 사실들을 면밀히 살펴보면, 실제로 분단의 원흉은 스탈린이며 그의 흉계를 받들어 실행한 자가 김일성임이 명백히 드러나 있어요. 한반도 분단의 고착화는 바로 스탈린, 모택동, 김일성, 이들 삼자가 합작한 6·25 전쟁에서 비롯된 겁니다.

물론 동일한 역사적 사실도 보는 시각에 따라 다를 수는 있겠지만, 저는 기본적으로 대한민국은 정당했다고 보며, 대한민국이 생겨서는 안 될 나라라고 주장하는 수정주의적 역사관을 지닌 종북 좌파의 견해가 옳지 않다고 생각합니다. 이런 견해를 기회 있을 때마다 밝혀왔고, 지금 처음 얘기하는 게 아닙니다.

문 🖋 같은 맥락에서 박정희 대통령에 대한 극단적인 평가는 어떻게 보십니까?

답 🖋 저 자신도 박대통령 시절에 데모 꽤나 한 사람입니다. 지금 돌이켜보면 대학생활 내내 데모하고 나머지 시간은 학비를 벌기 위해 아르바이트 한 기억밖엔 나지 않아요. 도서관에서 차분하게 책을 읽은 기억이 별로 없지요. 구체적인 이야기는 하고 싶지 않지만, 저희 집안도 박대통령의 독재정치 때문에 큰 피해를 입었고요. 제 경우뿐만 아닐 테고, 여하튼 불행한 시대였지요.

하지만 지금 되돌아보면 당시 우리에겐 민주화보다 산업화가 더 시급한 국민적 과제였던 것 같아요. 물론 민주화와 산업화를 동시에 이룰 수만 있다면 가장 바람직하겠지요. 그러나 둘 중 하나를 선택해야 한다면, 당시는, 적어도 1960~70년대 초반까지는 가난으로부터의 해방이 정치적 자유보다 더 급박한 국민적 과제였음을 시인할 수밖에

1997년, 청와대 퇴임에 앞서, '국민훈장 모란장'을 받으며 – 오른쪽은 이각범 수석

없어요. 그래서 학생들이나 일부 인사들의 끊임없는 반정부 시위에도 불구하고, 한편에서는 여당에 대한 지지 세력도 유지되었던 것 같습니다.

한 가지 더 지적하고 싶은 건, 독재 통치를 한다고 해서 모든 나라가 산업화에 성공한다는 보장은 없다는 사실입니다. 많은 독재자들이 경제발전에는 실패한 경우가 허다하지요. 그런데 박정희 대통령은 독재하면서도 경제발전에 성공한 지도자거든요. 그래서 저는 독재 통치 속에서도 산업화에 실패한 필리핀이나 아르헨티나와 비교해볼 때, 박대통령의 산업화 능력만큼은 높이 평가해야 한다고 봅니다.

다만, 1973년 유신維新 전후부터는 권력 내부에서라도, 즉 같은 여권 안에서라도 정권교체를 했으면 훨씬 낮지 않았을까 생각해봅니다. 그랬더라면 그 이후의 민주화 투쟁으로 인한 희생도 상대적으로 줄이면서 민주화로 갈 수도 있었을 테니까요.

무리하게 유신을 선포하고 계속 집권한 것이 결국은 박대통령을 비명에 가게 했고, 그 뒤를 이어 전두환 정권이 등장해 민주화가 또 그만큼 지체되면서 민주화 투쟁으로 더 많은 희생자가 발생하게 된 것 아닙니까? 정말 안타까운 일이지요. 그렇다고 역사를 되돌릴 수는 없으니 교훈으로 삼을 수밖에요.

문 박대통령 시절에 집안이 피해를 입었다고 하셨는데요?

답 구태여 밝힐 얘긴 못 되는데, 다시 물으시니 말씀드리지요. 제 동생이 소위 '민청학련'사건에 연관되어 감옥살이를 했어요. 1973~74년경일 겁니다. 당시 서강대 1학년의 어린 나이였는데 아마 감옥생활이 어려웠던지 얼굴이 옆으로 돌아가서 많이 고생했지요. 지금은 많이 좋아졌지만 아직도 그 자욱이 얼굴에 남아 있어 만날 때마다 마음이 많이 아픕니다.

1980년에 미국에서 돌아와 보니 대학을 졸업하고도 운동권 전력이 문제되어 취직을 못하고 있었어요. 그래서 제가 미국에 보냈지요. 고학을 하면서라도 공부하라고요. 지금은 공부를 마치고 미국에 영주하고 있습니다.

실은 저도 고생 좀 했지요. 자세한 얘기는 생략하겠습니다만, 남산에 있던 중앙정보부에 여러 차례 끌려가 고생 좀 했습니다. 그러다가 1973년에 유신까지 선포되자 더 이상 국내에서 활동할 수 없다고 보고 한국을 떠나기로 결심했던 거지요.

다 지나간 이야기지만, 박정희 시대는 산업화라는 대단히 큰 업적에도 불구하고 민주화의 관점에서는 정말 암담한 시절이었어요.

'북한인권법'은
6년 넘게 오리무중

문 다시 북한 얘기로 돌아가 보죠. 북한정권도 현실적으로 존재하는 한반도 반쪽의 세력이자 통일문제를 논의할 직접적인 대상이기에, 큰 장애물이긴 하지만 무시할 수도 없는 상황인데요. 북한정권의 핵문제에 대한 접근방식을 비롯해, 전반적으로 어떻게 다루어나가야 할까요?

답 냉전은 이미 20년 전에 끝났는데, 북한정부는 아직도 세상의 흐름을 외면하고 있다는 느낌을 받아요. 자본주의와 공산주의가 경쟁하던 냉전에서 공산주의가 손들어버린 건, 도저히 공산주의로는 국민을 먹여 살릴 수 없었기 때문이지요. 이상理想은 그럴듯하나 현실적 실천의 측면에서는 크게 잘못된 제도니까요.

냉전이 종식된 이후, 공산주의 국가들은 다투어 개혁개방을 했어요. 체제 개혁을 통해 시장경제의 자본주의로 전환해 국민을 먹여 살리거나, 적어도 굶기지는 않았지요. 이 좋은 세상에 백성을 굶겨 죽이다니요.

북한도 그때 개혁개방의 길로 나섰다면 오히려 자신들의 입지도 더 탄탄해졌을 겁니다. 남한도 좌우를 막론하고 한마음으로 성심껏 도왔을 게고요. 언젠가 어느 모임에서 이런 얘기를 한 적이 있지요. "북한이 개혁개방만 한다면 제가 전국을 다니면서 '세금을 더 내서라도 북한을 돕자'는 운동을 벌이겠다"고요.

하지만 불행히도 북한은 올바른 역사발전의 길로 나서질 않았어요. 개혁개방은커녕 도리어 더욱 폐쇄적인 억압체제로 역행하면서, 한수 더 떠 핵을 개발하더니 이제는 3대 세습까지 강행하고 있지요. 비정상 국가에서 더 나아가 실패국가로 치닫고 있는 거죠. 뒷골목 깡패들이나 저지를 공갈협박과 거짓말을 일삼는 조악한 집단으로 전락해가고 있어요.

그들이 내부개혁만 했더라면, 아니 지금이라도 할 수만 있다면 남한은 그들을 지지할 겁니다. 그런데 개혁개방을 스스로 거부하고 역사의 대세를 거슬러가기 때문에 결국 북한체제는 실패할 수밖에 없다고 봅니다. 역사적 사례들이 입증해주고 있으니까요. 아무튼 북한체제의 몰락은 급격한 형태로 진행될 겁니다. 독재정권의 붕괴는 예측할 수 없으니까요. 먼 역사적 사례를 들 것도 없이, 최근의 이집트나 리비아 사태만 봐도 알 수 있지요.

우리가 바라는 북한정권의 점진적 변화가 불가능하고 몰락의 조짐이 급격하게 진행되면, 결국은 북한의 핵, 기아, 인권 문제 등 온갖 문제들이 통일을 통해 일거에 해결되는 기회가 올 겁니다.

이제 핵 문제는 통일 없이는 해결될 수 없다고 봅니다. 기존의 6자회담으로는 해결될 수 없다는 현실을 미국·중국·일본의 전문가들도 다 시인하고 있어요. 오직 통일을 통해 북한의 핵이나 기아·인권 문제 등을 해결할 수밖에 없다는 사실을 받아들여야 합니다. 이미 진행되고 있는 북한의 급격한 변화과정을 어떻게 잘 관리해 성공적인 통일로 이끌어 갈 것이냐가 우리의 당면과제이지요.

문 지금 현안이 되고 있는 북한동포를 위한 경제적·인도적 지원들이 '천안함 사태' 등으로 중단되고 있는데요, 인도적 지원에 대해서는 어떻게 생각하십니까?

답 기본적으로 인도적 지원은 이어가는 게 옳다고 봅니다. 다만, '투명성'이 전제되어야 하지요. 지원물품들이 누구 손에 들어가느냐? 누가 소비하느냐? 가령, 일단 주민들에게 나눠줬다가 북한 당국이 다시 뺏어가지 못 하도록, 투명성을 확실히 보장받아야 한다는 거죠.

그렇지만 원칙적으로, 정부지원과 민간지원을 엄밀히 구별해 지원정책을 수립해야 한다고 봅니다. 정부 차원의 대북지원은 연평도·천안함 사태 등에 대한 북한의 명백한 사과와 재발대책이 전제되어야 재개하는 것이 당연한 순서이지요.

그러나 민간이나 종교단체의 지원은 사과를 받기 전이라도 당사자들이 원한다면 허용하는 것이 옳습니다. 민간이나 종교단체가 자율적으로 지원여부를 결정하도록 하되, 이 경우도 마찬가지로 투명성은 전제되어야 하겠지요.

문 ✎ 북한의 인권문제에 대한 논란도 많은데요.

답 ✎ 대한민국의 국가 이념은 자유민주주의고, 자유민주주의 최고의 가치는 인간의 존엄과 자유 그리고 기본적 인권입니다. 따라서 대한민국의 국회와 정당은 국민의 자유와 인권 신장에 최고의 가치를 두고 노력해야 하지요.

헌법 제3조에 명시되어 있듯, 북한지역은 분명 대한민국의 영토입니다. 그리고 1996년 대법원 판례와 2000년 헌법재판소 결정이 확인하듯, 북한주민은 엄연한 대한민국 국민이지요. 때문에 우리 국회와 정당은 우리 국민인 북한주민의 자유와 인권을 위해서도 최선을 다해야 해요. 그런데 오늘날, 정작 이 헌법적 의무는 철저히 방기되고 있어요. 헌법 제10조는 '국가는 국민의 기본적 인권을 보장할 의무를 진다'고 천명하고 있지만, 북한주민에 관한 한, 이 조문은 사문화死文化되고 있으니까요.

북한주민의 인권 개선을 위한 '북한인권법'을, 지난 2005년 8월에 야당인 한나라당의 김문수 의원이 발의했지만, 당시 다수 여당인 열린우리당이 '북한 정권을 자극한다'고 반대해 논의조차 못하다 자동

폐기되고 말았어요.

이후 이 법안을 2008년 12월에 여당이 된 한나라당이 다시 발의해 1년 이상 끌다가, 2010년 2월에야 민주당 의원들의 반대퇴장 속에서 외교통상위를 가까스로 통과시켜 법사위로 이송했지요. 하지만 법사위는 아직까지 법안 상정도 안 한 채 또 1년 넘게 허송하고 있어요. 법사위 위원장이 민주당 의원인데다 민주당이 반발하고 한나라당 지도부도 지극히 소극적이기 때문이지요. 이렇게 허송세월하는 동안, 북한동포들의 고통만 더욱 악화되고 있어요.

이처럼 우리 국회와 정당은 '국가가치'에는 무관심하면서 오로지 '집단이익'에만 열중하는 듯해 보입니다. 북한인권법은 철저히 방기하면서 '청목회'에는 면죄부를 주고, 로비 후원금을 허용하는 정치자금법 개정에는 여야가 신속하게 합의하지 않습니까? 북한주민의 인권 문제는 외면하면서 자신들 밥그릇 챙기는 문제에는 일치단결하니, 너무 후안무치厚顔無恥한 처신들이지요.

반면, 외국의 경우를 보면 우리가 지난 6년 동안 북한인권법을 방치하고 있는 사이에 미국은 2004년에 북한인권법을 상·하원 만장일치로 통과시켰고, 일본도 2006년에 북한인권법을 공포했어요.

북한주민의 처참한 인권 상황에 외국에서도 이렇게 나서는 판에, 막상 당사자인 대한민국은 헌법상 자국민의 인권 문제를 외면하고 있으니, 과연 이런 게 문명이 개화된 나라, G20 회의를 주재하고 세계 12위 경제대국을 자랑하는 자유대한의 모습입니까? 참으로 부끄러운 일이지요.

왜 이런 지경이 됐는가? 우리 정당들이 여야를 막론하고 정치의 근본가치를 상실한 채, 가치집단이 아니라 이익집단으로 변질됐기 때문입니다. 여당인 한나라당은 과연 자유민주주의를 신봉하는 '보수 정당'인가? 지난 총선에서 국민이 다수당을 만들어 주었건만 집권 3년 동안 북한인권법 하나 통과시키지 못하고 있지 않습니까? 야당이 반대하니 어쩔 수 없다고 하지만, 실은 당 지도부가 공천사업과 대권경쟁에만 혈안이 되어 자유·민주를 위한 가치투쟁은 철저히 외면했기 때문 아닙니까?

야당은 또 어떻습니까? 민주당은 과연 '진보 정당'이 맞나요? 인권이란 본래 진보의 핵심가치인데 어떻게 진보가 북한의 인권 문제를 그렇게 철저히 외면할 수 있는 건지요? 남한의 민주화 세력이라고 자처하는 진보가 어째서 북한의 민주화는 늘 가로막고 나서는 건가요? 민주당은 자유와 민주라는 헌법적 가치를 부정하는 반反대한민국 정당입니까?

하지만 천만다행인 건, 민주당 의원들 중 다수의 양식 있는 의원들은 북한인권법을 마음속으로는 찬성하고 있으며, 대다수 한나라당 의원들 역시 법안 통과에 대단히 적극적이라는 사실입니다. 단지 당 지도부들이 문제인 거죠.

따라서 민주당의 '양심 세력'과 한나라당의 '가치 세력'이 함께 힘을 합친다면 북한인권법은 충분히 제정될 수 있으며, 반드시 통과시켜야만 합니다. 그래야 대한민국 국회의원으로서의 최소한의 역사적·헌법적 소임을 다하게 되며, 훗날 '역사의 법정'에서도 크게 부끄럽지 않을 테니까요.

'청불회' 창립법회, 조계사

하는 일마다
불공드리듯 하면
이르는 곳마다
부처를 본다

성철 스님이
"자네 머리 깎을 생각 없는가?"

문 🌿   이제는 불교 관련 이야기로 넘어가보지요. 딱딱한 교리나 사상 이야기가 아니라요. 불교와 인연을 맺게 되신 건 언제쯤부터였나요? 청소년 시절에 '룸비니 학생회'에서 수련도 하셨다고 들었는데요?

답 🌿   앞에서도 말씀드렸듯이, 제가 불교를 만난 건 1962년, 중학교 2학년 여름방학 때였어요. 어머니 손을 잡고 과천 청계산에 있는 청계사에 갔었지요. 그 절엔 금오 큰스님이 계셨는데 직접 친견은 못했고, 그분이 노트에 쓰신 '마음 찾는 길'이란 글을 읽어봤어요. 그리고는 주지스님의 설법을 들었는데, 사람뿐만 아니라 짐승, 하찮은 미물에 이르기까지 모든 생명을 사랑하라는 자비의 말씀이었지요.

    그땐 앞뒤 맥락까진 잘 몰랐지만, 왠지 그 말씀을 듣고 크게 환희심을 느꼈어요. 알 수 없는 일이었지요.

그런 이후로, 중학교 2학년 가을학기에 제가 다니던 서울중학교 도서관에서 불교 책을 찾다가 《수릉엄경》을 발견했어요. 무척 어려웠는데도 중학교 2학년 주제에 열심히 읽었지요. 알 듯 모를 듯한 게, 참 묘했어요. 제가 처음 접한 불경佛經이 바로 그 책입니다. 당시 도서관에 불교 책이라곤 그것뿐이었지요.

사실, 제 외가 쪽이 불교와 인연이 깊습니다. 외할아버님과 이모님이 스님이시거든요. 외할아버님은 젊은 시절, 일제 치하에 시달리는 나라 형편에 마음을 잡지 못하고 여러 지역을 떠도시다가, 중국에 들어가 스님이 되어 독립운동을 하셨어요. 별명이 '조선 호랑이'일 정도로 성격이 대단하셨다고 들었습니다. 직접 뵙진 못했고요.

이모님도 스님이시지요. 집에서 결혼을 시키려 해도 굳이 싫다며 20대에 수덕사 견성암으로 출가하셨어요. 만공 스님 문중으로 들어가신 셈이지요. 법명은 '수공'이시고, 성오 스님 문하에서 철저히 공부하신 걸로 알고 있습니다.

고등학교 2학년 때인 1964년경 여름에 친구들과 무전여행을 떠났었는데, 도중에 견성암에 들렀었지요. 그때 많은 비구니 스님들이 법당에 앉아 참선하시는 모습을 처음 봤는데, 정말 맑고 경건해 보였어요. 게다가 수공 스님 조카랑 친구들이 왔다고 스님들이 너무나 맛있는 산사 음식을 20여 가지나 차려주셨지요. 순수 채식으로 그렇게 다양하고 맛있는 음식은 처음이었어요. 그 뒤로 좋은 음식들을 많이 먹어봤지만, 그때 견성암 스님들이 만들어주신 음식들의 맛과 정성은 잊을 수 없습니다.

문 ✿ '룸비니 학생회'에서 청담 스님으로부터 법명法名을 받으신 걸
로 아는데요?

답 ✿ 중학교 2학년 가을에 우연히 '룸비니 학생회'를 알게 되었어
요. 포공 스님이 하교下校 길에 학교에서 나오는 저를 보곤 대뜸 손을
잡더니 룸비니 학생회로 데려가셨던 거예요. 당시엔 스님들이 학생들
포교할 땐 학교 앞에 서 있다가 학생들에게 절에 오라고 권유하는 정
도였는데, 웬일인지 제게는 직접 손을 잡아 데려가셨어요.

룸비니 학생회는 종로 3가의 대각사에 자리 잡고 있었는데, 그때 가
입하게 되면서 고등학교 마칠 때까지 줄곧 다니게 되었지요. 그 시절,
청담 스님이 제게 법명法名을 지어주셨는데, 제가 없는 사이에 지어 놓
고 가셨어요. '영성 거사領星居士'라고요. 거느릴 '영'자에 별 '성'자지요.
지금까지도 그대로 쓰고 있지만, 애석하게도 법명의 뜻을 직접 듣지
는 못했습니다.

청담 스님은 룸비니 법회에서 처음 뵈었지요. 키가 헌칠하시고 말
씀이 자상하고 자애로운 분이셨어요. 당시엔 청담 스님께서 해설하신
《반야심경》을 주로 공부했지요. 여럿이 모여 스님의 법문을 여러 차례
들었지만 개인적으로 따로 가르침을 받을 기회는 갖지 못했습니다.

1966년, 대학에 들어가서는 서울법대 불교모임인 '법불회法佛會'에
가입했지요. 그해 봉은사 '대학생 구도부'가 성철 스님을 모시고 문경

금룡사에서 첫 여름수련회를 열었어요. 저는 그 다음 해인 대학 2학년 때, 두 번째 수련회부터 참석했지요. 수련회는 한 달 기간이었는데, 성철 스님이 지도하시고, 박성배 교수님이 이끄셨어요. 학생으로는 이용부 전 종무관, 박성배 교수, 김선근 교수, 조용길 교수 등이 함께 했고요.

그때 금룡사에 입소해 처음으로 삼천 배를 해봤지요. 첫날부터 3천 배를 시켜 법당에서 땀범벅이 되어 절을 하고 있는데, 성철 스님께서 오시더니 "절 잘한다고 부처가 되느냐?"고 소리를 버럭 지르곤 가버리시더군요. 여하튼 3천배를 간신히 마치고 나서는 매일 스님들과 8시간씩 참선하고, 울력을 마친 다음엔 성철 스님 설법을 듣고, 저녁에는 천 배씩 해야 했어요. 그리고 마지막 일주일은 24시간 꼬박 잠 안자고 참선하는 용맹정진까지 했습니다.

당시 성철 스님의 설법 교재는 《육조단경》이었어요. 서구의 최신 물리학 · 심리학 이론들을 종횡무진으로 인용하며 설법하셨지요. 그때 스님의 두 눈에선 시퍼런 불이 타올랐어요. 한 달을 모시고 정진하다 떠나는 날, 저를 부르시더니 "자네 머리 깎을 생각은 없는가?" 하고 물으시더군요. 저는 생각이 없다고 대답했습니다. 당시만 해도 세속에서 할 일이 많다고 생각했기 때문이지요. 그때 입산했으면 아마 제 인생도 크게 달라졌겠지요.

문 🍃 법정 스님과도 각별한 인연이 있으시지요?

법정 스님은 맑고 따스한 분이셨다. 어느 추운 겨울
날 절에서 일하시던 어머님께 털목도리를 벗어 둘
러주시고, 아버님 천도제를 단둘이 지내주시는 등,
그 고마운 배려를 지금도 소중히 간직하고 있다.

아버님 49제를 지내고 봉은사 앞마당에서 어머님과 함께

답 🖋 금룡사 수련회를 마치고 서울로 돌아와 봉은사의 '대학생 수도원'에 입소한 게 계기가 되었지요. 당시 봉은사에 계시던 법정 스님을 비롯해, 서운, 광덕, 법안 스님과 인연을 맺게 되었던 거죠.

그 무렵 저의 집은 매우 어려워져서 어머니께서는 봉은사에서 공양주를 하고 계셨어요. 어머니께 들은 이야기입니다만, 어느 추운 겨울날 일하고 있는데 법정 스님께서 지나가시다가 어머니가 매우 추워 보이셨던지, 스님이 두르고 있던 회색 털목도리를 벗어서 어머니 목에 둘러주셨답니다. 물론 어느 신도가 정성껏 만들어 드린 것이었겠지요. 어머니는 너무나 고마워 남몰래 눈물을 흘리셨답니다. 그 얘기를 제게 여러 차례 하셨어요. 더 무슨 말이 필요하겠습니까.

법정 스님은 봉은사 명성암에서 '대학생 구도부'로 생활할 때 지도 법사셨어요. 그래서 자주 뵈었었지요. 겨울밤에 스님이 계시던 다래헌茶來軒을 찾아가면, 바하의 음악을 틀어주며 따뜻한 차를 건네주셨어요. 지금도 잊지 못하는 건, 제 아버님이 돌아가셨을 때 저를 따로 부르시더니 봉은사 법당에서 아버님 천도제를 저와 단둘이 지내주시고는 제게 법문도 해주셨던 고마운 배려입니다. 한마디로 맑고 깨끗하고 따스한 분이셨지요.

이후, 제가 청와대에서 일할 때 청와대 불자 모임인 '청불회'를 만들어 1차 법회를 열면서 법정 스님을 모셨었어요. 여러 모로 따끔한 충고를 많이 해주셨습니다.

삶의 토대가 된
'보현행원' 사상

문 🍃　'대학생 수도원' 시절, 봉은사 주지이셨던 광덕 스님의 가르침이 이후의 삶에 큰 영향을 미친 걸로 아는데요?

답 🍃　지금도, '대학생 수도원'에 다니면서 광덕 스님 가까이서 가르침을 받았던 시간들이 각별히 기억에 남습니다. 스님의 가르침은 어두운 것보다는 밝은 것, 부정적인 것보다는 긍정적인 것을 지향하도록 이끌어주셨어요.

저는 지금도 불교의 가르침에서 그런 측면이 정말 중요하다고 생각합니다. 원願과 행行을 일치시키고 긍정적이고 밝은 것, 빛이 되는 것을 지향하는, 말 그대로 불광佛光인 거죠. 광덕 스님의 가르침 속에는 어둡고 허무하고 독선적이고 패배적인 게 없습니다. 저는 그 점이 진정 옳다고 느꼈어요. 그래서 비록 어린 나이였지만 스님의 말씀은 항

광덕 스님은 구국구세救國救世의 보살마음으로 꽉
차 계시던, '보현보살' 같은 분이셨다. 스님의 밝
고 긍정적인 가르침은 지금도 가슴 깊이 새겨져
있다.

상 큰 울림으로 와 닿았습니다. 그 어느 스승의 말씀보다도 깊이 제 가
슴속에 새겨졌지요.

문 ✒️   앞서 길게 얘기하신, 긍정적이고 낙천적이며 희망적인 미래
에 대한 생각들도 광덕 스님의 가르침이 일정부분 영향을 미쳤다고 볼
수 있을까요?

답 ✒️   그렇죠. 비록 스님 곁에서 오랜 시간 충분히 배우지는 못했
지만 제게 많은 깨우침을 주신 분이니까요. 광덕스님은 정치·사회·
경제 등에 두루 관심이 많으셨어요. 제게 국가와 사회를 위해 더 노력

하라고, 그것이 바로 수행하는 길이라고 가르쳐주셨지요. 스님은 구국구세救國救世의 보살마음으로 꽉 차 계신 분이셨어요. 약하신 몸인데도 너무나 열정적이셨지요. 이 땅에 잠시 와 계시던 보현보살이 아니신가 여겨질 정도로요.

저는 불교 책 중에 스님이 해설하신《육조단경》과《보현행원품》을 가장 좋아해, 늘 가까이 두고 수시로 읽곤 합니다. 스님의 사상을 정말 좋아하니까요. 나중에 불광사에 계실 때도 자주 찾아뵈었지요. 고교 친구인 지환 스님이 광덕 스님의 제자여서, 지환 스님이 서울에 오실 때면 자주 함께 인사드리러 가곤했어요. 보살菩薩의 적극적인 사고와 행동을 삶 속에서 실현하라는 스님의 가르침을 지금도 소중히 간직하고 있습니다.

문 《보현행원품》을 상당히 좋아하셔서 '보현보살'도 자주 언급하시는데, 보현보살이나 보현행원 사상이 지닌 가르침이 갈등과 모순에 차 있는 현대사회의 문제점들을 해결하는 데 대안이나 기여가 된다고 생각하시는지요?

답 저는 갈등과 대립의 많은 부분이 잘못된 생각, 특히 잘못된 견해에서 온다고 생각합니다. 잘못된 견해는 자기중심적인 생각, 소아小我적 세계관에서 기인하겠지요. 이 소아적 세계관에서 활연히 벗어나, 나와 남, 세간과 출세간이 둘이 아님을 깨우쳐 대아[무아無我]의 길을 따른다면 대부분의 대립과 갈등은 해소된다고 봅니다.

좀 더 정확히 말씀드리면, 소아를 벗어나 대아로 가면 무조건 모든 대립과 갈등이 완전히 해소된다기보다는, 대립하고 갈등해야 할 일과 하지 않아야 할 일을 확연히 구별할 수 있게 된다고 보는 거지요. 즉, '아我와 비아非我의 갈등'에서 오는 대부분의 대립과 갈등은 해소된다는 겁니다. 하지만 이 세상에 현존하는 '생명과 반反생명의 갈등', 예컨대 '자유주의와 전체주의'와의 대립과 갈등 같은 건 여전히 남는다고 봐야겠죠.

그러나 많은 경우, 현실에서 일어나는 대립은 소아적 세계관에서 비롯된 아我와 비아非我간의 대립이기에 대아로 거듭나면 쉽게 해소될 수 있다고 봅니다.

문✎   보현보살의 행원이란 무조건적인 일치, 포용, 용서라기보다는, 해야 할 것과 하지 말아야 할 것, 성장시켜야 할 것과 극복해야 할 것, 정의와 불의를 분명히 알아서 행하는 것이라고 보시는 거지요?

답✎   그렇지요. 나의 견해와 남의 견해가 부딪쳐 발생하는 대립은 자신을 절대시하지만 않으면 풀어나갈 수 있지만, 생명과 반反생명의 움직임이 역사 속에서 대립할 때는 단호하게 반생명을 비판할 수 있어야 한다는 겁니다.

일례로, 히틀러나 스탈린에 대해서는 단호하게 노No라고 대응해야지요. 그러지 못하는 건 올바른 보살도가 아니라고 생각합니다. 잘못된 건 누르고 선한 건 키워주는 것이 올바른 보살도일 테니까요.

'노동행선勞動行禪'으로
일하며 수행한다

문 아주 중요한 지적이십니다. 불교적으로 말하면 정법正法과 사법邪法을 구분할 수 있는 안목이 있어야 한다는 거죠. 그동안 '노동행선勞動行禪'에 대해 자주 이야기하시고 책도 쓰셨는데, 노동행선의 정확한 의미와 그것이 노동현장이나 경제현장의 모순을 해결하는 데 기여할 수 있는지도 알고 싶습니다.

답 대한민국의 선진화가 성공하려면 반드시 국민의식이 선진화되어야 하듯이, 불교의 선진화도 불자들의 마음이 완전히 개벽開闢되어야 가능합니다. 따라서 제도개혁(교육제도와 거버넌스 개혁)과 더불어 새로운 수행법이 제시되어야 하지요. 물론 하늘에서 떨어진 새로운 게 아니라, 이미 부처님께서 가르치신 많은 수행법들 중에서 이 시대에 가장 적합한 수행법이 바로 새로운 수행법이겠지요.

그런 맥락에서, 저는 이 시대 재가불자들의 새로운 수행법은 '노동행선[노동염불勞動念佛 포함]'이어야 한다고 생각합니다. 노동행선이란, 가사 일, 직장 일, 학교공부 등등의 어떤 일을 하든, '지금 여기'에서 하고 있는 일에 마음을 집중해 매순간 최선을 다하는 수행법을 이릅니다. 부처님 면전에 최상의 찬탄으로 불공을 드리듯, 지극한 정성으로 자신의 일에 혼신의 노력을 다하는 수행법인 거죠.

옛 조사의 가르침 중에 '수레가 움직이지 않을 때, 수레를 때려야 하느냐 소를 때려야 하느냐'는 물음이 있지요. 소를 때려야 수레가 움직이듯이, 이 물음의 의도는 실재實在를 통찰하기 위한 마음자세를 역설한 게 아닌가 싶습니다. 이처럼 참선參禪은 '마음을 어떻게 두고, 쓰느냐'에 중점을 두기에, 상대적으로 몸에는 별로 비중을 두지 않습니다.

하지만 제가 노동행선을 강조하는 것은, 노동을 하면서 마음수행을 하면 움직이지 않고 몸을 고요히 유지하는 마음수행인 좌선坐禪보다 더 나은 여러 장점이 있다고 보기 때문입니다.

우선 몸을 움직이면 생산 활동을 할 수 있으니 새로운 가치를 창조하고 이웃을 도울 수도 있지요. 부수적이지만 몸도 건강해지고요. 또한 노동을 통해 연기緣起의 세계를 자각할 수 있고, 중도中道를 실천할 수도 있습니다. 예컨대, 내가 물건을 만들어 남한테 주면 그 사람은 다른 물건을 만들어 내게 주지요. 이 같은 분업과 시장교환을 통해 인간은 중중무진重重無盡의 연기적 관계로 연결되어 있음을 체득하게 되는 겁니다.

실제로, 사회적 노동을 통해 연기의 세계를 몸과 마음으로 동시에 느낄 수 있지요. 노동을 통해 타인과의 상호작용을 터득하게 되니까요. 일례로, 사회적 분업과 노동을 통해 내가 대충 만든 물건(자동차의 부품)이 보이지 않는 무수한 사람들에게 얼마나 큰 해(부품 결함으로 인한 자동차 사고)를 입힐 수 있는지를 현장에서 자각하게 되듯이요.

만해 용운 스님도 '좌선하다 자칫하면 비관, 고독, 독선의 병에 걸리기 쉽다'고 경계하셨지요. "마음을 고요히 한다고 처소를 고요하게 가지면 염세가 될 가능성이 높고, 몸을 움직이지 않으면 독선에 빠질 위험이 있다"고요. 이런 부작용이 노동행선에는 있을 수 없어요. 시끄럽고 복잡한 세상 속에서 일하느라 항상 움직이면서 수행하기 때문이지요. 아니, 노동 그 자체가 선禪이기 때문입니다.

그래서 저는 기왕이면 노동선을 하자는 겁니다. 노동선을 하기 전에 준비단계로서 정좌하고 잠시 좌선을 할 필요는 있겠지만, 어느 정도 마음이 가다듬어지면 기존의 수행방식만 고집하기보다는 곧바로 사회적 노동을 통해 사회적 가치도 창출하면서 마음을 다잡는 공부를 이어가자는 것이지요.

더 나아가, 미혹되지 않은 성성한 마음으로 정성을 다하는 노동과정을 통해 일상의 번뇌와 망상, 즉 탐貪·진瞋·치癡에서 벗어날 수도 있지요. 그리하여 물질과 마음의 세계, 차별과 진여眞如의 세계를 자유롭게 넘나들게 되면서, 세법世法과 불법이 결코 둘이 아님을 저절로 매일 느끼고 배우게 됩니다. 불법이 바로 노동이며, 노동이 불법임을 스스로 깨닫게 되는 거지요.

저는 '하는 일마다 불공드리듯 하면 이르는 곳마다 부처를 본다事事佛供, 處處佛像'는 경구가 지당하다고 생각합니다. 그래서 이 노동행선을 통해 재가불자들도 성불成佛할 수 있으며, 그 결과 이 땅에 불국토佛國土를 일궈 대한민국의 선진화를 성취할 수 있다고 봅니다.

문 ✎　옛 선사들의 '일일부작—日不作하면 일일불식—日不食하라'는 가르침과도 통하는 얘기 같군요. 그런데 실제로 수행은 이어가고 계신지요?

답 ✎　수행을 형식을 갖춰 따로 하지는 않습니다. 다만 지금 하고 있는 모든 일들이 항순중생恒順衆生하는 보살행이 되도록, 하는 일마다 예경제불禮敬諸佛하듯 정성을 다하려고 노력하고 있지요. 또 틈틈이 사무실이나 연구실에서 잠깐씩 생각을 놓고 숨[호흡]을 고르곤 합니다. 어디서든 시간이 나면 때때로 경전을 읽으며 생각을 다스리기도 하고요.

하지만 딱히 시간을 정해 놓고 수행정진을 하진 못합니다. 가능하다면 시간을 정해 매일 108배를 하고 싶습니다만.

저는 현실 속에서 어려움과 갈등에 부딪치게 될 때면 '만일 부처님이라면 이 문제를 어떻게 풀어나가실까', 자문해보곤 합니다. 또한 세상일을 보고, 대처해나갈 때도, '내 안목이 아니라 부처님의 안목이라면, 이 일을 어떻게 보고, 대처해나가실까', 자주 숙고해봅니다.

'선진통일 불자연합' 창립식 때, 관련 인사들, 합창단원들과 함께

문 ✎ 좀 느닷없는 질문입니다만 그냥 단순하게 답해주세요. 윤회
輪回를 믿으십니까? 또 윤회를 어떻게 해석하십니까?

답 ✎ 저는 윤회설의 핵심인 인과因果는 확실히 믿습니다. 하지만
인간 생生의 윤회는 솔직히 잘 모르겠습니다. 자연의 순환에 비춰보면
이해 못할 바도 아니지만, 사람의 생이 바뀌어 연속된다는 교리敎理에
대해선 아직 정리가 좀 덜 돼 있어서요.

여러 모로 판단해볼 때 윤회가 있는 건 맞는 듯싶지만, '윤회의 주
체'가 불분명하고 그 과정이 확실히 드러나지 않았기 때문이죠. 물론
제 생각입니다만. 그러나 불자의 한 사람으로서, 부처님께서 윤회가
있다고 하셨으니 믿음을 낼 수는 있습니다. 결코 거짓을 이야기 할 분

이 아니지 않습니까? 다만 100% 확신하기가 망설여지는 건, 아직 윤회의 주체가 제 손엔 잡히지 않기 때문이에요. 부정이나 긍정을 하기엔 제 자신의 공부가 크게 부족해 어정쩡한 셈이죠.

한편으로는, 윤회의 존재 여부가 내 삶에서 그렇게 중요한 문제인가, 자문해 보기도 합니다. 윤회가 있든 없든, 이 생이 마지막 생이든 아니든, 이 생에서 최선을 다해야 한다는 점에서는 큰 차이가 없지 않을까 싶으니까요.

문 한국 불자들의 선지식인 성철 스님도 윤회를 강조하셨는데요.

답 윤회에 대한 믿음 여부는 신심信心의 차이라고도 볼 수 있겠지요. 그런 의미에서 저는 불교의 핵심원리 중 하나인 윤회도 제대로 알지 못하는 매우 부족한 불자인 셈입니다.

좀 다른 이야기지만, 제가 불교신자라는 사실에 대해 다른 종교를 가진 친지들은 많이 아쉬워하고 안타까워합니다. 저를 좋아하다가도 그 사실 때문에 주춤해지고 마음에 걸린답니다. 알고 보면 이렇게 부실한 불자인데도 말입니다.

문 다음 생에 태어나면 어떤 사람으로 태어나고 싶다는 생각을 해보신 적이 있습니까?

답 있습니다. 다시 태어난다면 더 큰 원력과 능력을 갖춘 정말 대인大人: 義人이 되어, 세상을 위해 의롭고 이로운 일을 하고, 동시에 자기수행도 철저히 하고 싶습니다.

이번 생을 돌이켜보면 상구보리上求菩提도, 하화중생下化衆生도 둘 다 충분히 못했어요. 굳이 어느 쪽이 더 부족하냐고 묻는다면, 사회적 활동보다는 자기수행 쪽이 아닌가 생각됩니다. 다음에 생을 받으면 둘 다 잘할 수 있는 안목과 능력, 원력과 복덕을 갖고 태어났으면 좋겠다는 것이 저의 희망입니다.

문✍ 다음 생에 태어나도 부인과 다시 만나고 싶은 생각이 있으신지요?

답✍ 그건 반반입니다. 전 아내를 매우 좋아합니다만 결혼해서 뭐 하나 잘해 준 게 없어요. 그래놓고 또 만나 다시 함께 살자고 하면 받아줄 것 같지도 않고, 아무래도 제가 너무 뻔뻔스럽지 않겠습니까? 아내에게는 늘 미안하기 때문에 다음 생에도 꼭 다시 만나 살아달라고 일방적으로 말할 수가 없네요.

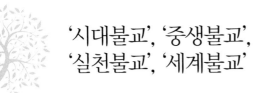

'시대불교', '중생불교', '실천불교', '세계불교'

문 🍃 불교에는 크게 두 가지 유형이 있는데, 하나는 '닦는 불교修行
佛敎'이고 다른 하나는 '쓰는 불교用佛敎'입니다. 쓰는 불교를 가르치신
분이 육조 혜능 스님이지요. 쓰는 불교의 입장에서 반드시 전제되어
야 할 점은, 부처님의 각覺을 자기생명의 내용으로 한다는 큰 믿음입
니다. 그래야만 비로소 쓰는 불교로서 시공을 초월해 시시처처에 드
러날 수 있으니까요.

반면에 닦는 불교는 깨닫는 불교라고도 할 수 있는데, 깨닫기 전에
는 무슨 일을 하기가 어렵습니다. 스스로 제한을 둔다는 말입니다. 그
제한으로 말미암아 딜레마에 빠져 꼼짝달싹 못하거나, 평생 벗어나지
못할 수도 있어요. 우수한 인재들이 자승자박에 묶여 밥값도 못하고
사라지는 까닭이지요.

답 🖋 아는 만큼 실천하지 못한다는 건가요? 저도 증득한 만큼 매일매일 자신의 삶에서 실천하는 것이 대단히 중요하다고 생각합니다.

저는 학문을 하는 사람입니다만, 학문의 길도 '아는 만큼 실천하는 것'이 가장 중요하다고 봅니다. 학행일치學行一致이지요. 실천이 따르지 못하면 학문이 허학虛學이 되고 실학實學이 되지 못합니다. 종교의 경우도, 특히 불교는 더욱 그러하겠지요. 아무리 수승한 가르침이나 깨달음이라도, 종교적 헌신과 보살도[무아]의 행이 따르지 못한다면 공허한 허구의 종교가 될 뿐이니까요.

문 🖋 한국불교를 대표하는 종단이라 할 수 있는 조계종의 주류는 선사상禪思想이지요. 그래서 많은 수행자들이 10년, 20년 넘게 세상과는 오불관언吾不關焉으로 오로지 선수행禪修行에만 몰입하고 있어요. '내가 먼저 깨달은 연후에 세상을 이해하고 제도하겠다'는 사고방식에 푹 젖어 있는 거죠. 이 점에 대해서는 어떻게 생각하십니까?

답 🖋 저는 모든 수행자들이 세상에 대해 오불관언하고 참선수행만 하는 건 적절치 않다고 생각합니다. 물론 그런 분들도 다소는 있어야 할 듯싶고, 그들이 24시간 오로지 수행만 할 수 있도록 도와주는 제도나 장치도 필요하다고 봅니다.

그런데 제가 당혹스러웠던 건, 그렇게 수행만 하는 수행자들이 말년에 의지할 데가 없다는 얘기를 들었기 때문이지요. 그렇다면 그건 종단의 큰 실책이라 생각됩니다. 예를 들어 수행에만 몰입해온 수행자들이 말년에도 정진을 이어갈 수 있도록 보장해줄 경제력이 종단에 없어서일까요? 저 같은 사람이 생각하기에는 무척 의아스런 대목이지요. 이런 문제는 종단차원에서 시급히 해결해야 한다고 봅니다.

그러지 못하니, 젊은 시절엔 수행만 하다가도 나이가 들어 조그만 절의 주지자리라도 생기거나 어떤 신도가 암자라도 지어준다고 하면 수행을 걷어치우게 되는 거지요. 이건 매우 잘못된 현상이에요. 수행승들은 평생 수행만 잘 할 수 있도록 보장해 드려야 할 겁니다.

수행승들 문제는 대략 그렇고요. 제 생각엔 선방에서 오불관언 참선수행만 하는 '수행승'보다는 대중교화를 하는 '교화승敎化僧'들이 훨씬 더 많이 나와야 한다고 봅니다. 늘 일반 대중들과 접하면서 그때그때 그들의 문제를 함께 고민하고 풀어주는 교화승들이 많이 나와야 불국토를 만들어 나갈 수 있다고 생각되니까요.

불법佛法이 중생을 위해 존재한다면, 이런 교화승, 자비승, 전법사, 포교사, 명교사들이 무수히 나와야 합니다. 이들이 종단의 중심이 되어야지요. 보살행이, 포교와 전법이 불교의 생명이라고 보기 때문입니다. 진정한 수행은 포교를 위해서라고 생각해요. 수행을 통해 자기극복이 되고 눈이 열리면 한량없는 보현행이 쏟아져 나오지 않겠습니까.

처음 말씀 드린 대로 전통적인 참선공부를 하는 스님들은 그 길로 제대로 가도록 여건을 만들어 드려야 하지만, 그게 전부가 되어서는 안 된다는 뜻입니다. 수행승도 일부 있고, 교화승은 훨씬 더 많아야 한다는 거죠.

교화승들이 제일 먼저 할 일은 중생의 삶을 정확하게 이해하는 일일 겁니다. 중생 한 사람 한 사람을 살피되, 이 사람들의 관심이 뭐냐? 지금 이 사람들의 '생명의 드러남'을 막고 있는 문제는 뭔가 등을 연구하고 궁리해야 합니다. 그런 다음에 부처님이 가르쳐 주신 진리에 따라, 이러한 시대적·개인적 문제들을 풀어내 그 답을 알리려 노력해야지요.

이 모든 과정을 통해 끊임없이 중생들과 소통하고 대화해야 합니다. 그런데 어떤 식으로 소통하고 대화할 것인가? 트위터나 페이스 북으로, 아니면 전화나 인터넷으로 할 것인가? 교화승의 소통방식도 시대에 따라 크게 달라져야 합니다. 새로운 것들을 배워야 하고, 끊임없이 자기변화, 자기혁신을 이뤄나가야 해요.

현재 우리 불교는 너무 참선 중심, 자기수양 중심으로만 가고 있는 것 같아요. 그렇다고 불법佛法의 이해가 인격의 심화와 비례하는 것 같지도 않고요. 불법의 이해와 믿음은 당연히 자신의 인격과 비례해야할 텐데 그렇지는 못하다고 봅니다. 법상法床에서와 일상日常에서의 모습이 같아야 할 텐데요.

제 견해로는, 우리 불가佛家에서 부처님의 초기법문을 가장 먼저 가르쳐야 한다고 봅니다. 더불어 교화승들이 보다 더 적극적으로 활동할 수 있었으면 좋겠어요. 사실 불법에는 부족한 게 없다고 봅니다. 전쟁, 가난, 차별, 환경, 핵 등 인간사회의 많은 문제들이 불교의 가르침으로 해결될 수 있다고 봐요. 불법 안에 다 들어 있으니까요.

청와대 뒷산에 모셔져 있는 불상(신라 시대에 조성) 사진을 조계사에 증정할 때 사진이다. 청와대 수석으로 있던 당시, 청와대 불상을 훼손했다는 풍문이 나돌아, 직접 가서 확인하고 찍은 사진이다.

그러니 불법만 충실히 설파하면 그 안에서 온갖 사회문제들을 다 해결할 수 있을 겁니다. 밖으로 나돌지 말고 불교신도들부터 부처님의 가르침에 따라 현재를 충실히 살아갈 수 있도록 공부시켜야 해요. 그러자면 자연히 더 많은 포교와 적극적 교화를 해야겠지요.

일반신도들도 무조건 참선 중심으로 이끄는 건 바람직하지 않다고 봅니다. 성향 따라 참선수행에 적응 여부도 다를 텐데, 무턱대고 전부 다 참선 쪽으로 이끄는 건 무리겠지요. 제가 볼 땐 심하게 말하면 선불교는 귀족불교이자 지식인불교입니다. 보통사람들의 불교, 대중불교가 되기는 어렵다고 여겨지거든요. 그래서 그쪽 성향에 맞는 분들만 택하는 게 좋을 것 같아요. 그리하면 나름대로 크게 기여하게 될 겁니다.

문 🖋 우리 불교는 지금껏 민족의 정신적 원동력이 되어왔지만, 오늘날에는 힘을 잃고 변방의 종교로 쇠락해 가는듯한 느낌마저 듭니다. 앞서 누누이 강조하신 전통적 인의仁義, 예의禮義의 정신은 불교를 통해서 가능한 것이었는데 현실을 보면 참으로 안타깝습니다. 이 문제에 대해 많이 고민해오셨을 텐데 한국불교를 다시 일으키는 길, 그 대안은 뭘까요? 재가불자로서 한 말씀 해주시지요.

답 🖋 지금 가장 중요한 쟁점은, 우리 불교가 우리가 사는 세상에 대해 좀 더 체계적이고 과학적·객관적인 이해를 지녀야 한다는 것입니다. 특히 세상에 대한 사회과학적 이해가 부족하다는 생각이 듭니다.

세상이 어떻게 돌아가고 있고, 중생들이 어떤 삶의 질서 속에서 어떤 문제로 고민하며 살아가고 있는지에 대한 사회과학적(정치학적·경제학적·사회학적·역사학적 등등) 이해를 높여야 올바른 중생구제의 방법도 나오지 않을까요? 세상의 흐름에 대한 객관적·과학적 이해가 부족하면 하화중생下化衆生하는 올바른 방향과 방법이 나오기 어렵다고 생각합니다.

하화중생하는 방법과 방향이 올바로 확립되지 않으면, 상구보리上求菩提하는 방법도 제대로 나오기 어렵겠지요. 이 시대 중생들의 여건과 근기에 맞는 포교내용이나 포교방식이 올바로 확립되어야, 중생을 가르칠 종교 지도자들의 역할이 올바로 설정될 수 있고, 그러한 역할을 잘 수행할 올바른 수행방식, 즉 이 시대에 맞는 상구보리의 방식도 제대로 나올 수 있다고 봅니다.

이를 위해서는 특히 승려와 신도 교육의 대대적 개조가 필수적이라고 생각합니다. 그 방향으로 사찰·종단의 운영방식 등도 혁신해 나가야 하고요. 본래, 불교사상은 탁월한 가르침이잖아요. 그 수승한 사상만큼의 구국구세救國救世의 방략이 구체적으로 정립되어야 하지요.

제 견해로는, 우리 불교가 '시대불교', '중생衆生불교', '실천불교', '세계불교'를 목표로 삼아 거듭나야 한다고 봅니다.

'시대불교'란, 부처님의 수많은 진리의 말씀들 중에서 이 시대에 맞는, 시대가 요구하는 가르침을 선별해, 오늘날 중생들이 당면한 문제들에 대한 답을 제시해주는 불교이지요.

물론 불법의 가르침은 시공을 초월한 진리이지만, 그 진리를 시공 속에서 구체적으로 드러내는 일은 이 시대, 이 공간 속에서 사는 불자들의 몫이니까요.

'중생불교'란, 시대적 과제들을 풀어주는 불법의 지혜를 가장 수월하고 효과적으로 중생들에게 전달해주는 불교입니다.

소비자인 중생을 위한 불교여야지 공급자를 위한 불교가 되어선 곤란하다는 거지요. 그러므로 불법을 전할 때는 이 시대를 사는 중생의 고苦를 해결해줄 단순명료하고 구체적인 메시지를 담아야 하며, 그 전달방식도 중생이 이해하고 실천하기 쉽게 중생 친화적People Friendly이어야 합니다. 이해하기 어려운 내용이나 난해한 방식으로 진리를 전달하는 것은 하화중생下化衆生이라고 볼 수 없지요.

'실천불교'는, 말 그대로 불법의 가르침을 생활 속에서 실천하는 불교입니다.

실천이 따르지 않는 종교는 허구지요. 오늘날 우리 사회의 두 가지 큰 병폐는 공리공담空理空談과 언행 불일치예요. 불교계만이라도 여기서 벗어나려면 먼저 승속僧俗이 하나가 되어 공리공담을 배제하고, 실천하기 쉬운 가르침부터 하나씩 실천해나가야 합니다. 반드시 하나의 가르침을 실행하고 난 다음에야, 그 다음 가르침으로 나아가야 하겠지요.

끝으로 '세계불교'란, 21세기 세계화 시대를 사는 중생들의 문제를 풀기 위해서는 불교 또한 세계화되어야 한다는 겁니다.

이를 위해서는, 한국불교의 특장特長을 찾아내 적극적으로 해외에 알리고, 다른 나라의 불교에 대한 이해도 심화시켜야 합니다. 그런 다음엔 우리의 특장과 다른 나라의 장점을 융합시켜 새로운 세계불교를 창조해내야 하지요. 복잡다단한 지구촌의 난제들을 해결하기 위해서는 전 세계의 지혜를 한데 모아야 하니까요.

교육제도와 거버넌스를
개혁해야 불교가 산다

문 🍃   우리 불교가 지향해야 할 4가지 목표를 제안하셨는데, 그렇다면 구체적으로 무엇을 어떻게 고쳐나가야 할까요?

답 🍃   우선 두 가지 제도의 개혁이 시급하다고 봅니다. 교육제도와 거버넌스Governance의 개혁이요.

첫째, 교육제도에 있어서는, 승가와 일반신도의 기존 교육제도를 근본적으로 대폭 개선해야 한다고 봅니다.

먼저, 승가의 현 교육제도를 개혁하지 못하면 21세기 선진불교를 이끌어갈 새로운 불교 리더십의 창출이 어렵다는 점을 지적하고 싶습니다. 특히 세속의 학문을 체계적·종합적으로 공부할 수 있는 기회를 대폭 확산시켜야 합니다. 즉, 불교학이외에 일반 사회과학(정치·경제

등), 인문과학(문학·역사·철학 등) 그리고 자연과학(과학·생명·환경 등) 교육을 강화해야 해요. 말로는 세법과 불법이 둘이 아니라고 설하면서도 정작 세법을 체계적으로 이해하려는 노력은 미미했지요.

세속 학문의 체계적 이해를 통해, 급변하는 세계화·정보화의 흐름을 제대로 파악할 수 있어야 합니다. 중생의 삶의 조건을 이해하지 못한 채, 어떻게 중생의 문제들을 해결해 이 시대를 구원할 수 있겠습니까? 선가禪家에는 불립不立문자를 내세우는 전통이 있지만, 세간世間을 외면해 세속에 무지한 게 바람직하다는 뜻은 아니지요.

불교대학과 승가대학 교육에 세계화교육(외국어·외국역사·외국문화교육 포함)과 정보화교육(IT·BT는 물론, 첨단 과학기술교육 포함)을 대폭 강화시키는 작업도 시급합니다. 세계화 시대에는 우리 불교의 장점을 각 나라의 언어로 설명하고, 그 나라의 불교를 그들 나라의 언어로 이해하고 소통할 수 있어야 하니까요. 또한 21세기 정보화 시대에 첨단 IT 기술을 활용할 수 없다면 문맹과 다르지 않지요. 외국과 소통하지 못하고 IT 기술도 활용할 수 없다면 이 시대의 종교지도자가 되긴 어렵다고 봅니다.

더불어, 불교 교육기관들이 '평생교육' 프로그램을 구비하도록 제도화해야 합니다. 오늘날처럼 급변하는 시대에 학교교육만으론 세상을 따라잡을 수 없으니까요. 그래서 세속에서도 평생교육 기관들을 확산시켜 학교를 졸업하고도 새로운 향상교육을 받을 수 있는 기회를 마련해주고 있지요. 한마디로 21세기는 '평생학습Life-Long Learning'의 시대예요. 승가도 결코 예외일 수 없지요. 불교대학이나 승가대학을 졸업한 승려라도 5년 내지 10년마다 새로운 향상교육을 받을 수 있도록 제도화하지 않으면, 중생들과의 소통능력이 크게 저하될 수밖에 없습니다.

이 같은 교육제도 개혁이 성공하려면 반드시 승가 자격제도와 연계시켜야 합니다. 앞으로는 불교 교리뿐 아니라, 세계화·정보화된 세간의 고등교육도 일정수준 필한 이들에게만 승려 자격이 주어져야 할 겁니다. 기존의 출가 수행자들에게도 평생학습 차원에서 새로운 향상교육의 기회를 적극적으로 제공해야 하고요.

더 나아가 승가 자격제도도 좀 더 세분화시켜, 개인수행에 전념하는 '수행승修行僧'과 중생교화에 역점을 두는 '법사승法師僧' 등으로 분류해 각기 적합한 교육·자격제도를 개발하고, 이 두 제도를 서로 상보상의相補相依적으로 연계시켜야 할 겁니다.

문 교육제도 개혁 다음으로 지적하신 '거버넌스Governance' 개혁은 어떻게 개선해야 할지요?

답 불교의 '거버넌스', 즉 불교종단과 사찰의 조직과 운영원리를 전면적으로 혁신해야 한다고 봅니다.

우선, 종단과 사찰의 조직과 운영을 승속 간의 '일방적·수직적 통치統治'구조에서 '쌍방적·수평적 협치協治'구조로 바꿔나가, 21세기 '신

新불교공동체'로 개조해야 합니다. 이제까지 불교의 모든 제도들은 승가 위주로 조직되어 왔기에 일반신도의 참여(실력 발휘)는 극히 제한적이어서, 불교 발전이 더딘 측면이 있었지요. 한마디로 좀 더 민주화된 '참여·협력형'으로 바꾸자는 겁니다.

각자가 잘하는 분야를 맡아 특화시켜 더 나은 성과를 내게 되면, 그 성과들이 모여 사회 전체의 몫Pie이 커지게 마련입니다. 이것이 모든 조직의 발전원리인 '특화분업과 협력'의 원리, 즉 '협치의 원리'인 거죠.

저는 평소에도, 우리 불교계가 다양한 형태의 수행방식과 교육, 사찰 운영방식 등을 모색해야 하지 않을까 생각해왔습니다. 언젠가 개혁종단이 들어섰을 때, 저도 한번 불려나갔었어요. 의견을 묻기에, "사찰의 살림을 왜 스님들이 맡습니까? 신도 중에 경영학, 회계학, 교육학 하는 사람도 많을 터인데, 그런 이들에게 사찰운영과 회계도 맡기고, 불교입문 기초교육도 맡기면 좋지 않을까요? 스님들이 수행과 교화에 좀 더 전념할 수 있게요"라고 답했지요.

오늘날처럼 다양하게 분화된 전문화 시대에, 스님들이 모든 부문을 도맡아 하는 건 무리이지요. 사람을 대하는 교양의 폭도 넓어야 하고, 전문분야에 대한 기초적 이해가 요구되는 과제들도 많거든요. 예를 들어, 절에 들어오는 제한된 돈[시주금]을 잘 활용하는 일에도 어려움이 많고, 시대에 맞는 새로운 가르침을 제시하는 창의적 활동에도 시간이 많이 걸리지요. 그런데도 일상의 먹고사는 일들에 스님들이 매달리다보니 전반적으로 창의성이 결여되어, 정작 중요한 일들의 처리에는 미흡해지는 겁니다.

때문에, 종단이나 사찰이 지향해야 할 수행이나 교화의 큰 방향은 승가에서 정해야겠지만, 그 일을 효과적으로 추진하고 관리·운영하는 문제는 세간법世間法을 좀 더 잘 아는 일반 신도 중 그 분야의 전문가에게 맡기는 게 바람직하다고 봅니다. 그 대신 스님들은, 일반신도들이 전파할 수 없는 메시지, 오로지 스님들만 설파할 수 있는 메시지를 만들어 전파하는 역할에 집중하면 됩니다. 스님들께는 충분히 수행할 수 있는 여건을 마련해드리고 오로지 진리의 말씀만을 구해야지, 사찰 살림의 부담까지 지게 하는 건 맞지 않다고 봐요.

현재 승가에는 너무 많은 임무들(개인수행, 사찰 운영, 교육기관 관리 등등)이 몰려 있는 반면, 일반신도 중의 우수한 전문 인재들은 불교발전에 제대로 활용되지 못하고 있는 실정이지요. 자신들의 인적자원을 생산적·효율적으로 활용하지 못하는 조직은 발전이 더뎌지게 마련입니다. 따라서 승속 간의 협치구조가 자리 잡게 되면 우리 불교의 선진화도 앞당겨지리라 믿습니다.

문 ✒ 승속 간의 '일방적·수직적 통치'구조를 '쌍방적·수평적 협치'구조로 쇄신해 '신新불교공동체'를 이루는 일이 그리 쉽진 않을 텐데, 구체적으로 어떻게 실행해나가야 할까요?

답 ✒ 승속 간 협치구조의 핵심요소는 '투명성Transparency'과 '설명

'교수 불자회'에서 강연

력Accountability'입니다. 수행승은 수행에, 법사승은 교화에, 그리고 종
단과 사찰의 관리와 경영은 전문신도들에게 맡겨 최선을 다하도록 하
고, 그 과정과 결과는 투명하게 모든 공동체 구성원들에게 보고되어
야 합니다. 결과에 대한 설명도 반드시 따라야 하고요. 그래야 진정한
승속 간의 협치가 가능해집니다. 무신無信이면 불립不立이니까요. 어느
조직이든 투명하지 못하면 부패하게 되고, 설명이 없으면 야합이 발
생하기 마련이지요.

　이 새로운 협치구조를 성공시키려면 승속이 공유하는, 불교발전을
위한 구체적인 중간목표와 과제들을 설정하고, 그 효과적 전략들을
세워야 합니다. 예를 들면, 우선적으로 수행승은 수행에만 몰입할 수

있도록 제도와 환경을 조성해줘야 해요. 수행에 평생을 바친 청정한 수행승들이 노후건강, 경제 등를 걱정하게 만드는 건 한국불교의 제도적 실패이지요.

또한 젊은 세대가 불경이 난해해 불법의 가르침을 잘 이해하지 못한다거나 각종 불교의식에 고루한 이질감을 느껴, 우리 불교가 젊은 세대와 소통할 수 없게 된다면 이 문제는 불교 지도자들 책임입니다. 더 나아가 해외에 일본 불교, 티벳 불교 그리고 남방 불교는 많이 알려져 있어도 한국 불교는 잘 알려져 있지 않다면 이 또한 한국 불교 지도자들의 실책이겠지요.

이처럼 새로운 방략이 정립되려면 여러 부분을 개혁해야겠지만, 그중에서도 가장 중요한 게 생각을 바꾸는 '의식개혁'이라고 생각됩니다. 이 의식개혁은 불교 본연의 '위대한 사상성'을 다시 찾는 데서 출발해야 한다고 봅니다. 현시대의 인류를 이끌어 갈 수 있는 대사상大思想을 종단차원에서 내세워야 해요. 그러자면 스님들 각자가 사람들 생각을 바꿔놓을 수 있는 원숙한 사상가가 되어야겠지요.

그러나 지금 우리 승가의 대부분은 기존의 테두리나 기득권에 안주하고 있다고 여겨집니다. 시대에 잘 맞지 않는 여러 방식들(중생구제 방식, 자기수양 방식, 사찰운용 방식, 종단운영 방식 등)을 과거의 것 그대로 고수하니, 정작 사회에 필요한 요구들에는 적극적으로 대처하지 못하고 새롭게 제기되는 문제들의 해결법을 적시에 제시하지 못하는 겁니다. 때문에 전반적으로 침체되면서 불교가 주변적인 종교로 소외

되어 가는 게 아닌가 싶어 우려되지요.

한마디로, 우리 불교계에도 한번 '종교개혁'이 일어나야 하지 않을까 감히 생각해봅니다. 가톨릭도 처음엔 좋았지만 점차 경직되어가자 개신교인 프로테스탄트가 나왔듯이, 지금 우리 불교계에도 신新불교를 위한 종교개혁이 필요하다고 느껴지니까요.

이런 문제를 일찍이 간파한 분이,《불교 유신론(1910)》을 쓰신 만해 용운 스님이시죠. 저는 그분이야말로 우리 민족, 우리 불교를 위해 시대를 앞서 헌신한, 대인大人이자 의인義人이라고 생각합니다.

문 ✎ 불교계의 '종교개혁'이 거론될 정도로, 사회 제반현상들에 대한 기본적 이해와 자각이 결여되어 있다는 말씀이시죠.

답 ✎ 그렇습니다. 지금 중생들은 어떤 경제적·심리적 고통에 짓눌려 살아가고 있는지를 정확하게 알고 그 원인을 제대로 파악해야, 비로소 불교적 진리와 원리에 입각해 그 사람들을 구제할 수 있는 대안도 나오게 되는 거죠.

거듭 지적하지만, 오늘날의 우리 불교는 하화중생의 올바른 방향과 방법을 제시하지 못하고 있어요. 그러니 불교를 전파해야 할 수도승은 어떠한 준비를 갖춰 어떻게 수도를 해야 하는지에 대한 명확한 답도 정립되지 못하고 있는 거죠. 이 두 과제를 제대로 풀지 못하면, 종단이나 사찰을 어떻게 운영해야 시대적 요구에 부응할 수 있는가에 대한 답도 안 나오게 마련입니다.

불교 본연의
'위대한 사상성'을 되찾아야

문 🖋️　　교수님 말씀을 듣고 있자니, 학자라기보다 이 시대의 선각자가 우리 사회나 불교의 앞길을 밝혀주는 메시지 같다는 느낌이 드는군요. 앞에서, 기독교에 개신교 개혁이 있었듯이 불교계에도 개혁이 필요하다고 하셨는데, 사실 이전에 그런 기회가 있었어요. 바로, 1954년에 시작한 '불교정화 운동'이지요. 이제 돌이켜보니 참으로 소중한 기회를 살려내지 못한 아쉬움이 이는군요.

　당시 대중들은 생각은 급하고 가슴만 뜨거워 멀리 내다보는 지혜를 발휘하지 못해, 열악한 상황과 맞물려 결국 복고 운동으로 끝나고 말았지요. 일제 강점기 이전의 형태로 되돌아가는 걸로 결론 나, 오늘날 150여 개의 종단으로 대분열되는 단초가 되었고요.

오늘날 불교가 힘을 못 쓰는 가장 중요한 원인도 일정부분 그 사태에서 비롯되었다고 봅니다. 조급하지 않게 멀리 내다보는 혜안慧眼으로 착실히 준비했더라면 불교 대개혁을 이끌어 낼 수도 있었을 텐데요. 교수님이 지적하신 그런 개혁을요. 힘이라는 건 응집되지 못하면 역사적 추진체가 될 수 없습니다. 그런 절호의 기회[불교 대개혁]를 아쉽게도 놓쳐버리자, 그 이후로 수차례 말 못할 곤경들이 연속적으로 들이닥쳤지요. 아직도 그 후유증에서 자유롭지 못할 정도로요.

그중에서 지금까지도 뼈아픈 건, 출가수행자들의 시대적 자각이 부족하다는 점입니다. 꼭 학력을 의미하는 게 아니라, 깊은 사고, 나아가 자비심에 있어서요. 혜안[수행의 눈]으로 멀리 내다보고 심사숙고하는 습관이 결여되어 있어요. 이런 맥락에서 교수님 말씀처럼, 불교의, 아니 교단의 사회과학적 관심이 부족하다는 지적에 동의합니다. 어찌 보면 보다 세심한 자비심의 결핍에서 기인하는 것일지도 모르죠. 진정한 자비심으로 세상을 살펴봐야 불교가 서 있는 위치도 올바로 파악될 겁니다.

수행의 좌표 설정도 그런 문제점들에 대한 자각에서 출발해야 한다고 하셨는데, 그 역시 매우 중요한 지적입니다. 그런 문제들 때문에 불교가 사회로부터 매도당해도 할 말이 없게 된 거니까요. 세상은 하루가 다르게 급변해가고 과학기술은 엄청나게 발전하는데 이런 시대를 이끌어갈 인재들이 부족하다고 하셨잖아요. 불교계 사정도 마찬가지지요. 하지만 이런 얘기는 이쯤 마무리하고요.

한용운 시비 기증 시, 백담사 회주 오현 스님과

몇몇 선배들(이용부, 김규칠 등)과 성금을 모아 설악산 백담사에 세운 한용운 선생의 시비
詩碑이다. '나룻배와 행인'이라는 시를 새겨 넣었다. 이 시대에 큰 가르침이 될 좋은 시여
서 선택했다.

좀 외람된 질문입니다만, 교수님께서는 재가불자로서 불사佛事에 얼마나 보시하고 희사하시는지요?

답 🖋 　특정한 절에 정기적으로 얼마씩 보시하는 건 없습니다. 물론 어느 절이든 들러서 참배할 때는 당연히 불전에 헌공은 하지요.

그런데 지금 질문을 받고 보니, 몇 가지 일들이 떠오르네요. 어머니 고향에 산이 하나 있었는데 그걸 '탄허 스님 기념사업회'에 희사했지요. 시가로 수억 원 되는 산이었어요.

강원도 백담사에 한용운 선생의 시비詩碑를 세우기도 했어요. 몇몇 지인들과 뜻을 모아서요. 그 일을 계기로 당시 백담사 회주이신 오현 스님과 인연이 닿게 되었지요. 걸출한 대인大人으로 시인詩人이시기도 한데, 시원시원한 언행이 한용운 선생을 닮았다고 느껴졌어요. 제가 '수도 분할이전' 반대로 국회의원직을 던지고 한나라당을 떠날 때, 전화를 주셔서 나가지 말라고 충고하실 정도로 세상사에도 안목이 밝으신 분이지요. 스님의 충고를 따르지 못해 죄송하지만요.

불사佛事 보시는 아니지만, 집사람이 공장을 짓는다고 지방에 작은 땅을 사놨었는데 안 짓게 되어 그 땅을 '우리민족 서로 돕기'라는 통일 단체에 기부했던 일도 있고요.

학술단체 기금을 기부한 적도 있습니다. '한국 법경제학회'라는 학자들의 학술단체가 있는데, 법경제학을 공부하는 젊은 학자들 중에 우수 논문을 쓴 분을 일 년에 한 사람씩 뽑아 상을 주는 제도를 제가 만들게 되었어요. '위공 법경제학상'이라고요. 위공為公이라면 공을 이롭게 한다는 뜻인데, 제가 좋아하는 '천하위공天下爲公'이라는 공자孔子 말씀에서 따왔지요. 이 상을 위해 기금을 냈던 겁니다.

실은 제가 40대에 '한국 경제학회'로부터 '청남상'이라는 상을 받았던 적이 있어요. 그해에 가장 우수한 논문을 쓴 젊은 학자들에게 주는 상이었지요. 그해 일 년 동안 일곱 편의 논문을 썼던 걸로 기억합니다. 상장과 더불어 작은 금송아지도 받았지요.

그때, '공부를 열심히 하니까 훌륭한 상도 받는구나' 싶어 감동했고 큰 격려가 되었었어요. 그런 감동을 법경제학 분야에서 열심히 공부하는 후배학자들에게도 전해주고 싶은 마음에, '위공 법경제학상'을 만들어 기금을 냈어요. 적어도 일억 원은 있어야 1년에 400~500만 원씩의 상금을 감당할 수 있겠기에, 그렇게 했지요. 금송아지는 가지고 있다가 1998년 아시아 금융위기 때 '금 모으기 운동'에 내놓는 바람에 없어졌어요. 그냥 뒀더라면 요즘처럼 금값이 뛸 때 좋을 뻔했는데요. (웃음)

2006년에 '한반도 선진화재단'을 만들 때도 제 사재를 털어 1억 원 이상을 냈어요. 재벌이나 독지가의 기부금이 아니라 여러 명의 교수들이 십시일반 출연해서 만든 단체로, 대한민국의 선진화와 통일을 위한 정책을 연구하고 그 결과를 국민들에게 알려야겠다는 단심丹心에서 발족했지요.

올해 결성한 '선진통일연합'에도 솔직히 억이 넘게 들어가고 있어요. 물론 '선통연'에서 회비와 기부금을 받기 시작했지만 아직 국민들이 충분히 이해하지 못해, 천원이고 만원이고 성금을 모아주기까지는 시간이 걸릴 테니 그때까지는 몇몇 사람들이라도 사재를 털어 유지해 나가야겠지요.

현재 대학에서 받는 제 월급은 모조리 선진화·통일 운동하는 데 쓰고 있어요. 최근에는 그동안 들었던 노후연금 두 개도 모두 해지했지요. 우리나라가 이렇게 잘 살게 되었는데 설마 굶어죽기야 하겠나 하는 심정으로요. 저는 전혀 걱정 안 합니다. 앞으로 우리나라를 선진화시키고 통일시켜 더 잘사는 나라로 만들면 내 삶도 분명 더 좋아지리라는 확신이 있기 때문이지요.

여하튼 저는 사회를 위해 하는 일이 부처님을 위한 일이기도 하다고 믿습니다. 그래서 보시나 희사금을 꼭 절에만 국한시키지 않고, 사회 전체를 위해 내고 있다고 생각하지요.

문🖋 지금 우리 국민들은 고단하고 살기가 무척 어렵습니다. 물가는 치솟고 비정규직, 최저임금, 일용직 등의 문제에 국제경제 악화까지 겹쳐, 서민들의 삶은 갈수록 힘겨워지고 있어요. 이제 대담을 마무리하면서, 사회지도층의 한 분으로서 우리 국민들에게 따뜻한 위로와 격려의 말씀을 전해주시지요.

답🖋 사실 요즘은 우리나라뿐만 아니라 전 세계가 대단히 어렵습니다. 세상의 극심한 변화에 맞춰 살기가 지극히 힘겨운 상황이지요. 미래가 예측 가능하지 않은, 문명사적 대전환기를 살아가고 있기 때문입니다.

신채호 선생의 말씀처럼, '역사란 우리 국민의 마음이 만드는 것'이지요. 이럴 때일수록 실망하거나 좌절하지 말고 용기와 희망을 되살려 미래를 쌓아올린다면 반드시 빛나는 환한 역사가 열릴 거라고 믿습니다.

앞에서도 언급했듯이, 지금의 어려움을 견뎌내 5년 내지 10년 안에 통일의 시대를 열게 되면, 그리고 그로부터 다시 10년, 15년 안에 동북아 시대를 구축하게 되면, 우리 통일한반도는 반드시 세계 일등 선진국으로 도약하게 된다고 확신합니다.

통일과정에 들어서게만 되면, 지금 우리를 짓누르는 청소년·노인 취업, 양극화와 분배 악화, 경기침체와 국제경쟁력 하락 등등의 난제들이 일거에 해결될 수 있을 겁니다. 통일은 우리의 환한 미래이고 희망이지요.

또한 통일한반도와 동북아 시대를 열게만 되면, 삼국 시대 이래 지난 이천 년 동안의 한반도 역사 속에서 가장 승승장구하는 영광의 시대를 맞이하게 될 겁니다. 아마도 동북아의 용으로 욱일승천하게 되겠지요.

지난 19세기는 영국의 시대였고, 20세기는 미국의 시대였지만 21세기는 동북아의 시대가 될 것이고, 그 중심은 통일된 한반도일 거라고 확신합니다. 지금부터 5년~10년 내에 그런 시대를 만들어낼 수 있는지의 여부는, 바로 우리 국민들의 결단과 단결에 달려 있지요.

그러니 지금 많이 힘겹더라도 인내와 용기를 되살려 꿋꿋이 미래를 개척해 나아가야 합니다. 우리 국민 모두가, 북한과 해외 동포들과 단합해 한마음으로 헤쳐나간다면 반드시 통일시대를 열어젖힐 수 있을 겁니다.

요즘 밖에서는 대한민국을 굉장히 높이 평가합니다. 지난 60년간 온갖 역경을 이겨내고 산업화와 민주화를 성취한 대한민국의 역량을 우러러보고 있지요. 하지만 여기에서 멈추지 말고, 한 번 더 도약해야 합니다. 그건 통일입니다. 새로운 통일한반도의 역사를 보란 듯이 창출해내야 합니다.

그리하면 백년 후, 이 땅의 후손들은 "백년 전, 우리 선조들이 선진화와 통일을 위해 혼신의 힘을 다 쏟은 덕에 우리는 통일된 한반도, 세계일등 선진국가, 세계평화의 초석을 놓은 이 땅에서 이렇게 잘살고 있다"고 자랑스럽게 얘기하게 될 겁니다.

국민 여러분께, 우리 모두 온힘을 모아 그런 가슴 벅찬 미래를 만들어가자고 호소 드리고 싶습니다. 이만 제 이야기를 마칩니다. 고맙습니다.

나라를 구할 의병義兵을 찾는 심정으로

― 학교를 떠나면서 동료교수들과 제자들에게 드리는 글

이 글은 대담 이후에 전격 결행된, 저자 박 세일 교수의 서울대 교수직 이임사離任辭로, 저자의 급변한 근황에 대한 '추가 대담'의 의미로서 덧붙여 게재한다. ―편집자

나라의 안위安危가 크게 걱정입니다. 특히 앞으로 1~5년이 걱정입니다.

외치外治는 100여 년 전 열강들이 각축하는 구한舊韓 말과 같고 내치內治는 1945년 해방 이후의 극심한 좌우대립의 혼란정국으로 빠져드는 것 같습니다. 구한말의 분열은 한일병탄을 가져왔고 해방 후의 대립은 6·25의 참화를 가져왔습니다.

정치지도자들은 지역과 이념을 볼모로 양당제에 안주하여 내부 권력투쟁에만 몰두하고 있습니다. 여기에 승자독식勝者獨食의 정치문화

가 가세해 무한대결의 갈등정치, 국론분열과 국민분열의 정치가 극에
달하고 있습니다. 국가비전도 국가전략도 국가경영도 헌신짝처럼 버
리고, 오로지 선거공학과 인기영합적 정책 포퓰리즘만 난무합니다.

　지도자든 국민이든 모두가 더 이상 이 나라의 주인임을 포기한 듯
합니다. 모두가 객客이 되고 손님이 되어 불평과 불만만을 이야기하
지, 문제를 해결하기 위해 앞장서는 진정한 나라사랑은 잘 안보입니
다. 신채호 선생께서 이야기하신 '정신적 국가'가 해체되고 있습니다.
한마디로 국란國亂의 시기입니다.

　이대로 가면 '21세기 대한민국의 꿈', 동북아에서 통일된 선진일류
국가로, 세계중심국가로 우뚝 서는 꿈은 영원히 무산될지 모릅니다.
우리는 후손들에게 선진화와 통일의 기회를 모두 잃고, 분단된 3류국
가만 물려주게 될지 모릅니다.

　저는 최근 2~3년 동안, 교육과 연구에 전념할 상황이 아니라는 위
기감으로 고민해왔습니다. 마침내, 오늘 저는 평생 연구해온 것과 제
자들에게 가르치던 것을 사회 속에서 구현하고 실천하기 위해 캠퍼스
를 떠나기로 결심했습니다. 나라를 구하기 위해 의병義兵을 찾는 심정
으로 떠납니다.

　저는 그동안 제자들에게 공리공담의 허학虛學을 하지 말고 나라를
사랑하는 마음으로 '실사구시'의 학문을 하라고 가르쳐왔습니다. 항상
진리 탐구와 사회적 실천을 함께 하라고 가르쳤고 그래서 칼을 차고

글을 읽으라고 가르쳐왔습니다. 그리고 옳은 일이면 힘이 들어도 반드시 해야 한다고 가르쳤습니다. 이제 저는 그 말에 대하여 책임을 져야 합니다.

그동안 제게 사랑을 나누고 존경을 보여준 많은 동료교수님들, 그리고 수많은 제자들에게 한없이 고맙고 또한 죄송스럽습니다. 20여년 봉직한 교직을 떠나면서 여러 생각에 만감이 교차합니다.

몸은 비록 서울대학을 떠나더라도 그동안 함께 했던 많은 제자들의 초롱초롱하게 빛나던 눈빛들은 평생 잊지 못할 것입니다. 그 빛나던 눈빛들이 북한과 만주, 시베리아는 물론 동아시아, 나아가 전 세계를 마음껏 뛰어다니면서 자신들의 기량을 한없이 발휘하고, 각자의 아름다운 꿈을 이룰 수 있는 통일된 선진대한민국을 성취하는 날이 오기를 간절히 빕니다.

동료교수님들의 건승과 우리 서울대학의 무궁한 발전을 기원합니다.

2011. 11. 28
박세일 드림

통일의 새벽이 밝아오고 있다

"매달 수입에서 몇 프로나 기부하고 계십니까?"

"왜 군대를 안 가셨습니까? 면제사유가 뭡니까?"

"'선진통일 운동'을 주도하고 계신데, 이 거대 담론에 매몰되어 하루하루 힘겹게 살아가는 서민대중들의 아픈 삶들을 외면하고 계시는 건 아닙니까?"

지난 7월의 오후, 땀이 줄줄 흘러내리는 삼복더위에 구반포의 박세일 교수 연구실 책상에 마주앉아 나는 이렇게 난처한 질문들을 던지고 있었다.

'잘난 인물, 박세일 교수'가 아니라, 수많은 약점과 불완전성을 안고 살아가는 '한 평범한 중생衆生 박세일'의 모습을 있는 그대로 대중들 앞에 드러내보여야 한다는, '질문자'로서의 막중한 책임감 때문이었다.

박 교수는 내 질문 하나하나에, 마치 수험생처럼 진지하게 대답하느라 땀을 흘렸다. 나는 마지막 질문을 던졌다.

"주문처럼 '통일, 통일' 하시는데, 정말 통일이 오는 겁니까? 전문가의 양심으로 솔직하게 말씀해주십시오. 정말 통일이 옵니까?"

"저는 통일의 새벽이 다가오고 있는 걸 확실히 보고 있습니다. 그렇습니다. 통일이 멀지 않았어요. 통일의 새벽이 이미 밝아오고 있지요. 서둘러 준비해야 합니다. 준비하지 않으면, 이 통일의 역사에서도 우리는 제삼자가 되고 맙니다."

내 질문에 조금도 머뭇거림 없이 쏟아내는 박 교수의 대답, 순간 나는 충격을 받았다. 아니, 정확하게 표현하면 전율 같은 걸 느꼈다. '우리의 소원은 통일……', 퇴색해버린 이 노랫말처럼 이제는 공허한 관념으로만 남아 있던 통일에 대한 낡은 생각이 내안에서 무너져 내리는 굉음이 진동했다.

그리고 나는 깨달았다. 통일은 주변정세의 변화나 강대국들의 정책에 의해 결정되는 게 아니라, 우리들의 대망(待望)과 정성에 의해 창출되는 '신념의 산물'이라는 사실을.

이 대담을 통해, 독자들은 이런 신념의 원천을 확인하고 '통일의 신념'을 공유할 수 있을 것이다. 그리하여 이미 성큼 다가온 '통일의 새벽'을 분명 체감하게 될 것이다.

김재영(대담자)

1939년 경남 마산에서 태어나 마산상고와 서울대 사범대학 역사학과, 동국대 대학원 불교학과를 졸업하고 동방대학원 대학에서 불교학 박사학위를 받았다. 서울 동덕여고에서 33년간 봉직했으며 한국외국어대 강사를 역임했다. 1970년 이래 동덕불교학생회와 청보리회를 창립해 40여 년간 지도법사로 활동하고 있으며, 1984년부터 동방불교대학 교수로 '포교론'을 강의하고 있다. 1999년부터 안성 도솔산 도피안사의 옥천선방玉川山房에서 수행연구, 정진중이다.

법명은 혜공慧空, 호는 무원無圓. 저서로 《룸비니에서 구시나가라까지》, 《은혜 속의 주인일세》, 《무소의 뿔처럼》, 《365일 부처님과 함께》, 《우리도 부처님 같이》, 《민족정토론》, 《내 아픔이 꽃이 되어》, 《이 기쁜 만남》, 《나는 빛이요 불멸이라》, 《광덕 스님의 생애와 사상》, 《판소리 불타전》, 《판소리 부모은중경》, 《초기불교 개척사》, 《붓다의 대중견성운동》, 《인도불교성지 순례기도문》, 《히말라야를 넘어 인도로 간다》가 있다.

이 나라에 국혼國魂이 있는가

　새해를 맞이하여 사회 곳곳에서 우리나라의 국격國格을 높이자는 이야기가 나오고 있다. 천만 번 지당한 말이다. 그런데 국격을 논하기 전에 "과연 이 나라에 국혼은 있는가?"부터 묻고 싶다.

　다시 말해 이 나라 지도자들은 위민爲民과 선공후사先公後私의 정신으로 나라를 이끌고 있는가, 지식인들은 올곧은 선비정신으로 사회의 정론과 공론을 세우고 있는가, 기업인들은 사업보국事業報國의 일념을 지니고 뛰고 있는가, 우리 국민 모두는 나라와 겨레, 역사와 국토에 대한 넘치는 자부심과 사랑의 마음을 가지고 있는가, 그래서 이 땅의 국가기백이 하늘로 치솟고 민족정기가 추상같이 살아 있는가.

　국혼을 살리려면 우선 두 가지를 살려내야 한다.

　하나는 '자주독립의 주인정신'이고 다른 하나는 '애국애족의 마음'이다. 지도자와 국민들에게 자주독립의 주인의식과 애국애족의 마음이 없으면 그 나라는 이미 혼을 잃고 정신을 빼앗긴 나라가 된다.

　첫째, 지난 60년간 우리나라에 자주와 독립의 정신이 강해졌는가

아니면 약해졌는가. 내가 보기에는 갈수록 약해져 왔다. 사대주의事大
主義적 사고가 더 많아졌다.

지금 이 나라의 정치 지도자들과 학자들이 미국과 중국에 가서 한
반도의 통일에 대해 어떻게 생각하느냐는 질문을 많이 하고 다닌다.
이것이 정녕 제정신으로 하는 질문인가? 한반도의 통일이 누구의 문
제인가? 그들의 문제가 아니라 우리의 문제다. 그렇다면 왜 그들에게
가서 우리 통일에 대한 찬반을 묻는가? 찬성하면 통일하고 반대하면
안 하겠다는 말인가?

물론 미국과 중국이 한반도 통일 문제에 영향력을 갖고 있는 것은
사실이다. 우리가 그들의 생각을 알고 그들을 통일 방해 세력이 아닌
통일 우호 세력으로 만들어가는 것은 물론 중요한 일이다. 그러나 일
부의 행태를 보면 아예 이 민족적·국가적 과제를 미국과 중국에 맡겨
버린 듯한 자세다. 혼이 없다고 할 수밖에 없다.

한반도의 당당한 주인으로서 왜 우리의 통일의지와 추진전략을 밝
히고 그들에게 우리 통일에 협조할 것을 요구하지 않는가. 왜 분단이
아니라 통일이 동아시아의 평화와 발전의 필수조건임을 주장하고, 미
국과 중국에도 이익이 됨을 설득하지 않는가. 한마디로 이 땅에 주인
은 없고 객客만 들끓고 있기 때문이다. 신채호 선생 말씀처럼, '형식적
국가'는 커졌으나 '정신적 국가'는 약해졌기 때문이다.

둘째, 지난 60년간 우리 사회에서 애국애족의 마음이 더 많아졌는
가 아니면 적어졌는가. 내가 보기에는 적어졌다.

우리 사회의 기성세대들은 애국심에서 솔선수범을 보이지 않고 있다. 돈, 권력, 지식을 가질수록 오히려 극단적 개인주의가 늘어나고 있다. 또한 우리는 차세대 청소년들에게 올바른 역사교육을 하지 않고 있다.

본래 애국심은 나라의 역사에 대한 자긍심과 자부심에서 오고, 이는 올바른 역사교육에서 나온다. 그런데 오늘날 우리 교육 현장에서는 대한민국의 역사를 비하하고 공격하는 좌파적 역사교육이 공공연히 이루어지고 있다. 대한민국의 역사는 외세外勢 지배와 반反민족의 역사라고, 정의가 실패하고 기회주의가 득세한 역사라고 가르치면서, 어떻게 우리 차세대들에게 자주의 정신과 애국의 마음을 기대할 수 있겠는가.

이 나라에 애국애족의 마음이 조금이라도 있다면 어떻게 북한동포의 고통을 이렇게 철저히 외면할 수 있는가. 보수주의자들은 통일의 비용이 두려워, 그리고 진보주의자들은 평화를 내세워 통일을 피하고 있다.

왜 보수는 통일의 가치와 이익은 보지 않는가. 통일이 이 나라를 두 배, 세 배로 키울 활로를 제공할 것이란 사실을 왜 보지 않는가. 왜 진보는 분단 위의 평화가 북한동포에게는 끝없는 고통이라는 사실을 애써 외면하는가.

국격은 무척 중요하다.

그러나 국격은 이미지로 이벤트로, 혹은 선전과 홍보로 높아지는 것이 아니다. 국격을 높이려면 국혼부터 먼저 살아나야 한다. 자주독립의 주인 된 통일정신과 애국애족의 마음이 살아나야 한다. 그리고 우리 스스로에게 정직하게 물어야 한다. 통일을 못 이룬 분단국가가 과연 통일 이전에 진정한 국격을 가질 수 있는가?

조선일보 2010. 1. 29

국민께 드리는 글

– 국회를 떠나며

존경하는 국민 여러분, 저는 이제 국회를 떠나려 합니다.

저를 뽑아주신 국민 여러분께 송구스러운 마음으로 엎드려 사죄의 말씀을 드립니다.

지난 1년간의 의정생활을 돌아보면 부끄럽고 괴로웠던 날들이 많았습니다. 국회의원의 책무는 '국가 이익'을 우선하고 '국민의 의사'를 국정에 올바로 반영하는 것입니다. 대통령과 정부의 '독선과 독주'를 견제하는 것입니다.

그러나 우리 정치는 '국민의 의사'는 묻지 않고 대통령의 눈치나 살피며 당리당략을 위해 '국가 이익'을 서슴없이 저버리는 경우가 적지 않았습니다. 이러한 현실에 깊은 회의를 느꼈습니다. 국회의원 이전에 국민의 한사람으로서 모욕감과 분노를 느낀 경우도 있었습니다.

저는 최근 여야 합의로 '수도분할 법'이 통과되는 것을 지켜보면서, 마침내 국회의원직을 국민 여러분께 되돌려드려야겠다는 결심을 하게 되었습니다. 국회의원으로서, 야당의 정책위의장으로서 국민적 고

통과 국가적 재앙이 될 '수도분할 법'을 막지 못한 책임감을 통감하면서, 국민들께서 국회의원으로서의 저에게 맡긴 기본책무를 더 이상 수행할 수 없다는 판단에 이르게 된 것입니다.

첫째, '수도분할 법'은 위헌적 법률입니다. 지난해 헌재 판결의 취지는 수도이전은 반드시 '국민적 합의와 동의'를 거쳐야 한다는 것이었습니다. 각종 여론조사에서 볼 수 있듯이 국민 다수는 수도이전이나 수도분할에 대해 반대하거나 이의를 제기하고 있습니다. 그런데도 여야는 '수도이전 법'보다 더 많은 문제점을 가진 '수도분할 법'을 국회에서 통과시켰습니다. 여야 지도부는 국민의 의사와 동의를 구하는 최소한의 절차도 없이 막후합의로 강행처리했습니다.

이 '잘못된 법'을 통과시킨 여야 의원들은 '수도분할 법'이 가져 올 국민적 고통과 국가적 재앙에 대해 깊이 반성하고 반드시 책임을 져야 합니다. 만일 이 법률이 또 다시 위헌판결을 받게 된다면 이 법을 통과시킨 국회는 스스로 해산하고 국민의 심판을 받아야 마땅할 것입니다.

둘째, '수도분할 법'은 국가 이익을 우선하기보다는 여야 간 당리당략을 앞세운 정략적 타협의 기형적 산물입니다. 국가발전이나 국리민복을 위한 입법이 아니라 특정지역을 의식한 여야 간의 선거 전략, 득표 전략의 산물입니다.

그런데 헌법 제46조 제2항은, 국회의원은 당리당략이나 지역 이익을 국가 이익에 우선 시켜서는 안 된다고 분명히 규정하고 있습니다.

많은 전문가들이 '수도분할 법'은 국가 경쟁력을 떨어뜨리고 국민적 고통과 비용만을 높여 결국은 국민적·국가적 재앙을 가져올 망국의 법으로 보고 있습니다. 수도분할은 (1) 엄청난 국민적 불편과 고통은 물론, (2) 행정의 비효율과 낭비를 가져오고, (3) 수도와 국가의 국제 경쟁력을 저하시킬 것입니다. (4) 만약 남북관계가 지속적으로 발전할 경우에는 분명히 '제2의 새만금' 사업이 될 것입니다.

이처럼 엄청난 국가적·국민적 재앙이 예상되는데도, 어떻게 '수도 분할 정책'이 올바른 국토의 균형발전 전략이며 충청도 발전 전략이 될 수 있습니까?

올바른 국토 균형발전을 위해서는 (1) 먼저 21세기 동북아 시대에 걸맞은 한반도 공간 전략을 수립해야 하고, (2) 중앙정부에서 지방자치단체로 예산과 권한을 분권화해야 하며, (3) 지역의 특화와 자립 전략을 우선적으로 세워야 합니다. 그리고 충청지역의 진정한 발전을 위해서 필요한 것은 지역의 특성에 뿌리내린 '교육기업도시'이지, 정략적 타협의 산물인 '분할행정도시'가 아닙니다.

셋째, '수도분할 법' 통과는 3권 분립의 원칙 아래에서 정부의 독주와 독선을 감시·견제·비판하여야 할 국회의 본래 사명을 포기한 입법입니다.

특히 놀라운 것은 여당이 완전히 '거수기 정당' 노릇을 했다는 사실입니다. 아무리 청와대와 총리실이 지시하였다고 해도 헌법기관으로서의 국회의원이 지녀야 할 진지한 고뇌의 흔적도 없이 기본 책무조차 포기하고 말았습니다. 소위 이 땅의 민주화를 위해 몸을 던졌다는 세력들이 다수를 이루고 있는 여당의 수준이 이 정도입니까? 앞으로 이 '수도분할 법'이 끼칠 국민적 · 국가적 재앙에 대해 집권정당으로서 어떻게 책임질 것입니까?

더 답답한 것은 야당이 정부와 여당의 잘못을 견제 · 비판하지 못하고 무기력한 '들러리 정당'이 되었다는 사실입니다. 야당이 야당의 역할을 포기한 셈이 되었습니다. 모든 일에는 절충해야 할 것이 있고 원칙을 지켜야 할 것이 있으며, 서로 협조해야 할 것이 있고 견제해야 할 것이 있습니다. 그러나 야당은 원칙을 지켜야 할 것을 절충했으며 견제해야 할 것을 협조하고 말았습니다. 소금이 소금의 맛을 잃으면 사람들이 버리듯이, 야당이 그 맛을 잃으면 국민들이 던져 버린다는 엄중한 역사의 심판을 명심해야 합니다.

앞으로 여당은 2007년 대선에서 가능하면 많은 지역에서 몰표를 얻기 위해 국가 이익보다는 지역 이익을 부추기는 여러 가지 인기영합적 '사탕발림 정책'을 내놓을 것입니다. 정부는 수도분할에 그치지 않고 정부산하의 공공기관 190개를 지방에 나누어주려고 합니다. 이미 '수도분할 법'에 손들어준 야당은 무슨 명분으로 반대하겠습니까.

우리나라 전체 발전의 큰 그림보다는 당장 눈앞의 유권자만 의식하는 정부와 정당들이 지역 이익을 우선시하는 지자체 간의 갈등을 어떻게 조정하고 설득하겠습니까? 엄청난 비효율과 낭비, 지역 간의 사회적 갈등과 정치적 야합 앞에 '올바른 국가경영'은 무릎을 꿇는 일이 일어나고 말 것입니다.

21세기 국가발전의 지름길은 '자유와 세계경쟁'입니다. '평등과 국내분배'는 국가 쇠락으로 가는 지름길입니다. 우리나라 같은 작은 나라가 세계경쟁에서 이기고 '선진화'하려면 불가피하게 '특화와 집중'을 해야 합니다. 무조건 지방으로 행정부를 이전하고 전 지역에 공공기관을 골고루 나누어 주면 '균형개발'이 되는 것이 아니라, 엄청난 비효율과 혼란을 가져오고 국가와 사회를 '하향 평준화'시킬 뿐입니다.

많은 나라들이 선진국의 문턱에서 주저앉은 것이 바로 이러한 '인기영합적 평등주의적' 국가 정책 때문이었습니다. 결국 남은 것은 세계경쟁에서의 패배와 3류 국가로 전락한 국민들뿐입니다. 만일 이런 일이 우리에게 일어난다면 그 망국의 책임을 누가 질 것이며, 번영 대신 낙후를 물려줄 수밖에 없다면 우리 후손에게 어떻게 고개를 들 것입니까?

저는 이번에 통과된 '수도분할 법'이 바로 '나라를 망치는 전주곡'인 것 같아 잠을 이룰 수 없었습니다. 국가의 운명보다는 대통령과 정부의 손짓만 쳐다보는 여당, 정부의 독선과 여당의 독주를 막지는 못할지언정 들러리까지 서주는 야당, 그 어느 곳에서도 제가 국회의원으로서의 사명을 다할 수 있으리라는 희망을 발견할 수 없었습니다.

제1야당의 정책위의장으로서 국가적 재앙인 '수도분할 법'을 저지하도록 당내 지도부를 설득하지 못한 데 대해 책임을 지고 당직의 사의를 표하는 것만으론 부족하다고 생각했습니다. 이 잘못된 '수도분할 법'을 통과시킨 국회에 그 일원으로 자리를 차지하고 있다는 것 자체가 역사와 국민에 대한 도리가 아니라고 생각하게 됐습니다.

국민 여러분! 지금 우리나라에는 시대가 요구하는 '국민 통합의 개혁'이 아니라 국력을 소진시키는 '국민 분열의 개혁'이 너무 많습니다. 발전을 위한 '합리와 이성'의 개혁이 아니라 '감성과 오만'의 개혁이 너무 많습니다. 우리의 현대사를 '발전·계승'하려는 노력보다 대한민국의 역사를 '부정·청산'하려는 움직임이 너무 많습니다. 국민을 사랑하고 역사를 소중히 하기보다는 국민을 무시하고 역사를 모독하는 태도를 더 많이 보이고 있습니다. 정부의 오만과 여당의 독주, 이에 원칙 없이 타협하는 야당의 무기력 앞에 저는 숱한 분노와 좌절감을 맛보았습니다.

이런 상황에서 나름대로 노력을 했지만 결국 돌아온 것은 '수도분할 법' 통과라는 최악의 결과뿐이었습니다.

이제 저는 여의도를 떠나고자 합니다.

저는 비록 국회를 떠나지만 국민 여러분들로부터 떠나지는 않겠습니다. 국회 밖에서 나라를 위해 할 수 있는 일이 무엇인지 열심히 찾아

보고, 그 일을 성실히 하겠습니다. 국민들께서 그동안 저와 한나라당
에 보내주신 사랑과 기대와 지지에 대하여 그 은혜의 '만분의 일'이라
도 갚도록 노력하겠습니다. 국민이 부유해지고 나라가 편안해지는 일
이라면 아무리 작은 일이라도 최선의 노력을 다하겠습니다.

국민 여러분 한분 한분의 건강과 가내평안을 기원합니다.

2005. 3. 15
박세일 드림

《창조적 세계화론》에 대한 서평

평자는 2년 전 박세일 서울대 교수의 삶과 연구를 다룬 글에서 그를 '경세가'經世家라고 부른 바 있다. 경세가란 학문과 정책을 동시에 담당하는 사람, 예를 들면 조선시대 사대부와 같은 존재를 말한다. 뜻을 이룰 수 있는 상황이면 세상에 나아가 경륜을 펼치지만, 그렇지 않으면 물러나 학문 연구에 전력을 다하는 이들이 경세가다. 경세가로서 박세일 교수의 그동안 연구를 결산하는 책이 나왔다. 《창조적 세계화론》이다. 이 책은 김영삼 정부의 정책을 총괄했던 정책기획수석이 아니라 사회과학 연구자로서 박 교수의 존재를 널리 알린 책 《대한민국 선진화 전략》 2006과 잇닿아 있다.

《대한민국 선진화 전략》에서 박 교수는 우리 사회가 이제 건국 · 산업화 · 민주화를 넘어서 선진화의 과제를 안고 있다고 주장해서 큰 관심을 모았다. 그는 이른바 '공동체 자유주의'에 기반한 교육 · 문화, 시장능력, 국가능력, 시민사회, 국제관계의 선진화를 통해 부민덕국富民德國의 선진일류국가 기획을 제시한 바 있다.

평자가 《대한민국 선진화 전략》을 주목했던 이유는 이 책에서 제시

된 '선진화론'이 우리 사회 보수세력에 새로운 국가비전을 제공했다는
점에 있었다. '민주화'를 국가비전으로 제시한 민주화세력에 맞서, 보
수세력은 '선진화'를 내걸어 2007년 대선 이후 큰 정치적 성공을 거둬
왔다. 이 점에서 박 교수는 수사학적으로 표현하자면 보수세력의 '숨
은 신神'과도 같은 존재였다.

《창조적 세계화론》은 《대한민국 선진화 전략》의 후속편이라는 의미
를 갖는다. 방대한 내용이 담겨 있는 800쪽에 가까운 책을 요약하기란
쉽지 않다. 하지만 박세일 교수의 문제의식은 명료하다. 그것은 현재
우리 사회가 안고 있는 최대 목표가 21세기 한반도의 선진화와 통일을
위한 세계화를 적극적으로 성취하는 데 있다는 것으로 집약된다.
　이를 위해 박 교수는 두 가지 과제를 제시한다. 세계화라는 변화에
대한 객관적이고 심층적인 분석과 이를 전제로 한 국가 전략의 수립이
하나고, 과거 산업화 시대와는 전혀 다른, 21세기에 걸맞은 선진화 전
략 및 모델을 찾아내는 일이 다른 하나다. 이를 이루지 못한다면 우리
사회는 결국 중진국에 머물거나 후진국으로 추락해 선진국 진입에 실
패하게 될 것이라고 박 교수는 경고한다.

　이러한 문제의식 아래 이 책은 세 가지 내용을 펼쳐 보인다. 한반도
의 통일전략과 동아시아 구상, 세계화가 가져올 변화와 그것이 제기
하는 정책과제, 그리고 대한민국의 선진화를 위한 새로운 발전모델

및 전략이 그것이다. 이중에서 평자가 특히 주목한 것은 선진화 발전 모델로 제시된 이른바 '서울 컨센서스Seoul Consensus'다.

지금 세계를 좌우하고 있는 '워싱턴 컨센서스'나 새롭게 부상하는 '베이징 컨센서스'를 떠올리게 하는 '서울 컨센서스'는 이 책의 결론이자 백미다. 그것은 글로벌 스탠더드의 변화를 감안하고 한국의 지난 산업화 성공 역사도 참조하여, 우리 사회의 역사·문화·전통·의식에 맞는 우리 나름의 새로운 '창조적 세계화' 전략을 지칭한다. 그리고 '서울 컨센서스'의 '10대 발전전략'을 박 교수는 구체적으로 제시하고 있다.

이 책에서 박세일 교수는 선진화의 방향을 '창조적 세계화'로 명명하고, 이를 10대 발전전략으로 구체화함으로써 선진화 담론을 더욱 풍성하게 하는 동시에 그 설득력을 높이는 데 성공하고 있다. 평자 역시 3년 전 민주화 이후의 새로운 시대정신으로 '지속가능한 세계화'를 제시한 바 있지만, 박 교수처럼 이렇게 풍부하면서도 치밀한 내용을 펼쳐 보인 것은 아니었다. 철학으로서의 '공동체 자유주의', 국가비전으로서의 '창조적 세계화', 그리고 발전전략으로서의 '서울 컨센서스 10대 전략'을 제시함으로써 박 교수는 선진화론을 완성하고 있다.

《창조적 세계화론》은 한마디로 21세기 한국 사회에 대한 사회과학적 분석의 뛰어난 교과서이자 정책대안 탐구의 탁월한 지침서다. 질주하는 세계화에 대한 분석에서 시작해 현재 우리 사회의 최대 현안인 일자리 창출에 이르기까지 이 책은 한국 사회 분석과 대안 모색의 거의 모든 것을 망라하고 또 생산적으로 종합하고 있다.

하지만 아쉬움이 전혀 없는 것은 아니다. 이론적·담론적 측면에서 보면 창조적 세계화론은 중도보수(박 교수의 표현을 빌리자면 우파진보)의 대안론이다. 박 교수 역시 양극화 해소로 대표되는 사회적 약자 보호에 주목하고 있지만, 무게 중심은 어디까지나 성장과 개방, 그리고 국가에 맞춰져 있다. 서울 컨센서스 10대 전략에서 분배·환경·거버넌스가 다뤄지고 있지만, 평자가 보기에 이 이슈들에 대한 더욱 전향적인 배려가 요구된다.

정치적·정책적 측면에서 보면 현실과 이상의 거리를 생각하지 않을 수 없다. 비전과 전략을 담는 그릇으로서 최근 우리 사회의 정책 환경은 창조적 세계화를 추진하는 데 결코 우호적이지 않다. 사회통합의 제고를 포함한 정책 환경의 개선에 대한 논의가 좀 더 보완됐으면 하는 바람을 갖게 된다.

처음의 이야기로 돌아오면, 경세가란 '아카폴리Aca-Poli'를 지향하는 사람이다. 아카폴리는 '아카데미즘'과 '폴리시 스터디스'(Policy Studies·정책 연구)를 적극적으로 결합한다는 의미다. 격변하는 세계 사회와 한국 현실을 볼 때 현재 우리 사회과학에 가장 중요한 과제는 아카폴리적 문제의식을 진전시키고 거기에서 나온 대안을 구체화하는 것이다.

우리 사회에서 박세일 교수는 최초의, 그리고 가장 뛰어난 아카폴리의 사회과학자라고 할 수 있다. 연구자는 물론 정책결정자, 그리고 우리 사회의 미래를 고민하고 이끌어갈 젊은 세대들이 반드시 읽어보기를 권한다.

김호기(연세대 교수)

이 글은 조선일보(2010. 2. 20)에 실린, 저자의 저서 《창조적 세계화론
(서울대 출판문화원, 2010. 2)》에 대한 김호기 교수(연세대 사회학과)의 서평이다. —편집자

창조적 세계화론, '서울 컨센서스 10대 전략'

오늘날 우리는 문명사적 대大전환의 시대에 살고 있습니다. 지난 200년간의 산업화·근대화 시대를 지나, 21세기 세계화·지식정보화 시대에 들어선 것입니다.

이처럼 세계화는 이미 우리 삶의 일부가 되고 있기에, 세계화를 찬성할 것인지의 논쟁은 사실 공론空論에 불과합니다. 물론 세계화가 여러 문제점들을 야기한 단점도 있지만, 전반적으로 볼 때는 발전과 진보를 가져온 장점이 훨씬 더 많은 게 사실이지요. 따라서 이 대변화의 시대에는 우리도 크게 변해야 살 수 있습니다. 창조적이고 자주적인 대응이 필요하다는 거지요.

하지만 대전환의 시대에 정작 변화의 앞날은 불투명하다는 게 문제입니다. 참고할 교과서나 로드맵도 별로 없지요. 우리뿐 아니라 전 세계적으로 전혀 새로운 상황이 전개되고 있으니까요. 때문에 단지 현장과 현실을 중시하면서 실험적·창조적으로 대처해나갈 수밖에 없습니다. 그런 맥락에서, 앞으로의 선진화는 '창조적 세계화'를 지향해야 할 겁니다.

특히 우리의 경우는 더욱 절박하지요. 지난날, 후진국에서 중진국으로 진입하는 과정에서는 우리보다 앞선 중진국이나 선진국들이 '발전모델'이 될 수 있었지만, 이제 중진국의 선두주자로서 선진국 진입을 눈앞에 둔 단계에서는 더 이상 발전모델을 찾아내기가 어렵기 때문입니다. 이제는 우리 스스로 선진적 발전모델을 창출해내야만 하는, '자기주도적인 창조적' 발전단계에 도달한 셈이지요.

이 '창조적 세계화'의 모델, 즉 선진화를 위한 새로운 국가발전 전략으로 제가 제시한 대안이 바로 '서울 컨센서스Seoul Consensus'입니다. 기존의 '세계화론'은, 세계화의 현실과 정책경험, 교훈을 국가발전 전략 차원에서 이론적·체계적으로 정리한 것입니다. 이 '세계화론'을, 글로벌 스탠더드의 변화를 감안해 우리 사회의 역사·문화·전통·의식에 맞게 수정·보완해서 대한민국이 지향해야 할 방향과 전략을 제시한, 우리 나름의 '창조적 세계화론'인 것이지요. 물론 선진국으로 도약하려는 중진국이나 후진국들에게도 도움이 되리라 봅니다.

지금 세계를 좌우하고 있는 '워싱턴 컨센서스Washington Consensus'는 한마디로 선진국들이 자신들의 정책경험과 그 경험의 이론적 정리를 일반화한 것으로, 그들과는 상황이 다른 중진국이나 후진국에게도 그대로 적용하긴 어렵습니다. 따라서 '공동체 자유주의'에 기초한 10가지 발전 패러다임을 신新발전전략으로 제시하게 된 거지요.

'워싱턴 컨센서스'는, 세계화 시대의 국가발전 전략, 특히 후진국의 발전전략에 대해, 1980년대 미국의 주류 경제학자들과 워싱턴의 IMF, World Bank 등의 국제기구 연구자들 사이에 이루어진 일종의 '보이지 않는 합의'를, 1989년 윌리엄슨John Williamson 박사가 하나의 논문으로 정리해 '보이는 합의'로 만들어 명명한 것입니다.

세계화 시대의 발전모델로 제시된 워싱턴 컨센서스는 대략 세 가지로 요약될 수 있습니다. 첫째, 거시경제의 안정성을 지켜라Stabilize. 둘째, 경제를 자유화하라Liberalize. 즉, 대외경제는 개방화하고 대내경제는 규제완화를 하라. 셋째, 사유화 내지 민영화하라Privatize. 즉, 정부·기업 등의 각종 공공사업은 가능한 한 사유화 하고 민영화하라.

후진국들은 이 세 가지 방향으로 노력해야 경제 발전을 이룰 수 있다고 역설했지만, 정작 이를 가장 충실히 따른 라틴 아메리카 국가들의 발전성과(연 평균 1.1%)는 기대 이하였습니다. 반면, 워싱턴 컨센서스가 제시한 방향과는 많이 다른 정책들을 채택한 중국, 인도, 베트남의 발전은 매우 빨랐지요.

그래서 나온 것이 '제2차 워싱턴 컨센서스'입니다. 즉 시장정책 중심이었던 제1차 워싱턴 컨센서스가 제대로 작동하지 못한 주요인이 후진국의 제도Institution 부실일지도 모른다는 문제의식에서 '제도개혁 중심'의 새로운 안을 제시하게 된 것이죠. 의도대로, 제1차 컨센서스보다는 진일보한, 후진국의 문제들에 대한 보다 구체적이고 실질적인 정책건의라고 볼 수 있습니다.

이처럼, 오늘날 미국의 주류 경제학자들과 IMF, World Bank 등이 세계화 시대의 후진국 발전 전략으로 제시하는 정책 방향들은, 제1차 컨센서스와 제2차 컨센서스를 합친 것이라고 보면 무방합니다. 1997년 아시아 금융위기 때도 그러했고, 요즈음 IMF 금융지원의 정책 조건(조건부 지원 정책)도 크게 보면 대부분 제1, 2차 워싱턴 컨센서스의 결합에 기초해 있지요.

그렇다면 과연 이 제1, 2차 워싱턴 컨센서스가 후진국이나 우리나라 같은 중진국의 발전 전략으로도 적합한 것일까? 최선이라고 보아야 할까? 전반적인 방향에선 크게 틀린 건 아니지만, 몇 가지 기본적인 문제가 있다고 봅니다.

첫째, 우선 가장 큰 문제는 장기적 정책방향으로는 옳더라도, 이 정책들을 일률적으로 경직되게 적용하려 들었다는 점입니다. 특히 IMF가 그동안 이런 우愚를 많이 범했어요. 선진국의 시장·제도 속에서 나온 정책을 이론적으로 바람직하다는 이유 하나로, 후진국의 구체적 조건들에 대한 이해도 없이 일방적으로 강제한 경우가 많았기 때문입니다.

둘째, 워싱턴 컨센서스에는 정책의 우선순위가 없습니다. 정책 논의에서는 어느 방향으로 갈 것인가 못지않게 무엇부터 시작할 것인가도 중요한데, 우선순위를 정하는 기준도 없이 최상의 정책들을 모두 단칼에 해내야 한다는 식이어서 현실적이지 못하고 역작용만 불러왔어요.

셋째, 제2차 워싱턴 컨센서스에서 제도개혁을 중시한 것은 맞는 방향이었지만, 선진국의 수준 높은 제도들을 단순 나열하는 것만으로는 후진국에 크게 도움이 되지 못합니다. 정작 관건은 '어떻게' 바람직한 제도개혁을 해 내느냐는, 보다 어려운 문제이니까요.

그러나 이런 문제점들에도 불구하고 후진국들이 나아가야 할 큰 정책방향과 개선할 제도 등을 잘 정리해놓았다는 점에서 나름대로 가치와 의미는 있다고 봅니다.

워싱턴 컨센서스에 대한 이런 비판들이 이어지자, 비판적 시각을 지닌 미국의 일류 학자들, 스티글릿츠Joseph Stiglitz, 폴 크루그먼Paul Krugman, 제프리 삭스Jeffrey Sachs 등이 2004년 바르셀로나Barcelona에 모여 '워싱턴 컨센서스 이후의 컨센서스'를 만들어 보려는 모임을 가졌지요. 이들이 후진국의 발전전략으로 새로운 패러다임을 논의해 제시한 것이 바로 '바르셀로나 발전과제The Barcelona Development Agenda' 입니다.

워싱턴 컨센서스의 후진국 발전전략이 너무 성장과 효율 위주인 것에 대한 반성에서 출발한 '바르셀로나 선언'은, 소득 분배나 형평의 문제, 나아가 환경의 문제 등에도 정책의 우선순위를 두어야 한다고 제시했습니다. 그러면서도 재정·통화 정책의 안정은 중요하다고 보는 면은 워싱턴 컨센서스와 크게 다르지 않지요.

그러나 금융의 안정 특히 국제금융의 안정을 위한 국제금융기구의 개혁문제 등에 대해서는 훨씬 적극적으로 개혁적 입장을 취하고 있습니다. 또한 제도의 중요성을 강조하면서도 무조건 선진국 제도를 모방하는 것보다 후진국들의 조건에 맞는 제도 고안을 강조하고 있지요. 그리고 워싱턴 컨센서스가 시장의 역할에 중심을 둔 정책 제안이 많은 데 비해, 시장과 국가의 역할분담의 중요성, 그 균형의 중요성을 강조해, 시장에만 맡겨선 안 된다는 입장이 확실합니다.

하지만 바르셀로나 선언은 워싱턴 컨센서스를 대체 내지 대신하기보다는 보완하는 입장이라고 봐야 할 겁니다. 완전히 새로운 패러다임의 제시보다는 기존 패러다임을 보완하는, 좀 더 균형적인 시각을 부여하는 수준에서 끝났다고 여겨지니까요.

이제까지, 세계화 시대의 후진국·중진국들의 발전전략(패러다임)에 대한 선진국 중심의 논의들을 간단히 살펴보았고, 이러한 논의를 배경으로 이에 관한 제 제안을 정리해보지요.

앞에서도 밝혔듯이, 제가 제안하는 것은 기존의 단순한 '세계화론'이 아니라 '창조적 세계화론'입니다. 따라서 과연 창조적 세계화론의 발전모델은 무엇이며, 발전전략은 어떤 것인지를 제시해야 하겠지요. 특히 중진국의 선두주자가 된 대한민국이 한 번 더 도약해 선진국에 진입하려면 어떤 창조적 세계화 모델과 전략을 가져야 하는지 답해야 할 겁니다.

이를 위해서는 첫째, 미국·독일·일본 등 지금의 선진국들이 초·중기 발전단계에서 많이 참조했던 '역사학파(Friedrich List 등)'나 '제도학파(John Commons 등)'의 견해를 참고해야 한다고 봅니다.

둘째, '제1, 2차 워싱턴 컨센서스'와 이를 보완하는 '바로셀로나 선언'의 내용도 당연히 참고해야 합니다. 셋째, 특히 중요한 건 1960~80년대 대한민국의 성공적 경제발전의 경험, 즉 동아시아 발전모델과 특히 그 정책경험의 교훈들을 중시해야 할 겁니다.

우선 신자유주의Neo-Liberalism에 대해 간단히 정리해보지요. 신자유주의는 본래 밀튼 프리드만Milton Friedman이나 하이에크Friedrich von Hayek 등에 의해 경제이론 내지 경제사상으로 출발해, 영국의 대처 Margaret Thatcher나 미국의 레이건Ronald Reagan 시대에 지배적 경제 정책으로 자리매김했습니다.

주요 내용은, 첫째, 자유시장에 대한 신뢰가 매우 강하고 작은 정부를 선호합니다. 둘째, 기업가 정신의 중요성을 강조하고 노동조합에 대해서는 비우호적 입장을 취합니다. 셋째, 공기업 등 공공부문의 사유화나 민영화가 바람직하다고 봅니다. 넷째, 감세, 교육 등을 중시하는 '공급 측 경제학Supply Side Economics'의 입장을 취해 총수요Aggregate Demand를 중시하는 케인지안Keynesian의 정책에 반대합니다.[1]

다섯째, 경제 성장의 효과는 한 나라나 지역이 앞서 발전하면 다른 나라나 지역에도 그 발전 효과가 전파된다고 봅니다.

엄격하게 보면 신자유주의는 워싱턴 컨센서스와는 다릅니다. 특히 역사적 발전배경을 보면 그렇지요. 신자유주의는 1950~60년대에 구미에서 발전한 복지국가Welfare State의 비효율과 불공정을 배경으로 태동한 사상·정책이자, 세계화로 치열해지는 국제경쟁을 배경으로 등장한 사상·정책입니다. 기본적으로 20세기 후반, 21세기 전반에 선진국이 선택해야 할 바람직한 정책방향에 대한 사상이므로, 앞서 설명한 워싱턴 컨센서스와는 역사적 등장 배경이 다르지요.

뿐만 아니라 그 내용에서도 사실 차이가 있습니다. 물론 전반적으로 자유시장경제의 중요성을 인정하거나 공기업의 사유화·민영화를 주장하는 부분 등에서는 차이가 없지만, 신자유주의는 금융의 자유화와 공급능력을 높이기 위한 세금감면, 최소정부Minimalist State 그리고

---

(1) '공급 측 경제학'은 경제발전이나 침체를 벗어나기 위해 시급한 것이 경제의 공급능력을 높이는 데 있다고 보는 입장이다. 생산물에 대한 수요는 있는데 공급능력이 딸려 경제가 충분히 활성화되지 못하고 있다고 보는 것이다. 반면, 케인즈를 대표로 하는 '수요 측 경제학'은 경제침체의 원인이 경제의 공급능력이 딸려서가 아니라 수요가 부족하기 때문이므로 총수요를 높여야 경제가 침체에서 벗어나 발전하게 된다는 입장이다.

통화주의Monetarism 등을 주장하는 반면, 워싱턴 컨센서스에는 그런 주장이 없습니다.[2] 즉, 신자유주의는 역사적으로 선진국 경제 정책의 지도적 사상이고, 워싱턴 컨센서스는 후진국에 개발금융 지원이나 원조를 하는 국제기구들이 개도국에 제안하는 정책 지침으로 출현한 것입니다.

그런데도 일반적으로, 특히 언론에서는 양자를 구별하지 않고, 선진국이나 국제기구들이 개도국에 건의한 정책들을 비판할 때면, 워싱턴 컨센서스를 신자유주의라는 명칭으로 한데 묶어 비판하는 경향이 강하며 관례화 되어왔습니다.[3] 물론 자유시장 중시나 정부역할의 축소 등에서 보면 전혀 관련이 없지는 않지만, 이론적으로나 역사적으로는 엄연히 다르다고 봐야 합니다.

여하튼 오늘날 신자유주의는 선진국과 IMF, World Bank 등의 국제기구가 주도하는 세계화에 대한 비판에서 주요 타깃이 되어왔습니다. 그 명칭이야 어떻든 간에, 이제 선진국이나 국제기구가 제시해온 기존의 개도국 발전 전략을 대체할 새로운 전략, 새로운 발전 패러다임

(2) 신자유주의와 워싱턴 컨센서스의 뿌리가 같다고 보는 견해에 대해, 특히 Williamson 은 크게 불만이다. Pedro-pablo Kuczynski and John Williamson edited, 《After Washington Consensus: Restarting Growth and Reform in Latin America, Institute for International Economics, 2003》, 특히 326쪽.
(3) 특히, 우리나라 언론이나 비경제학 분야인 정치학·사회학 등의 담론에서 양자를 전혀 구별하지 않는 경향이 강하다. 왜 그럴까?

을 제시하려 합니다.

그 명제는 '신자유주의에서 공동체 자유주의로의 발전' 또는 '워싱턴 컨센서스에서 서울 컨센서스로의 발전'이라 이르기로 합니다. 이 '서울 컨센서스 10대 발전전략(패러다임)'의 특징을 요약하면 다음과 같습니다.

첫째, 정신자본Mental Capital을 중시해야 합니다.

국가와 경제발전의 핵심은 도덕성을 갖춘 지도자의 '비전'과 '국민의 열정'에 있습니다. 모두 하나가 되어 '하면 된다는 정신'으로 똘똘 뭉칠 때, 그 나라의 생산력과 생산성이 오르게 되어 있지요. 우리가 산업화에 성공한 큰 이유 중의 하나도 지도자의 비전과 솔선수범 그리고 바로 '새마을 운동' 등에서 나타난 근면, 자조 등의 정신자본입니다.[4] 따라서 대한민국이 한 번 더 도약해 선진화를 이루기 위해서도, 혹은 다른 중진국이나 후진국들이 경제성장에 성공하기 위해서도, 그 사회 국민의 열정과 의지를 활성화하고 조직해 내야 합니다. 물론 이 일은 그 나라의 정치리더십과 각계각층의 지도층이 해내야 하고, 국민교육이 중요한 기여를 할 수 있겠지요.

다음으로 중요한 것이 '공동체에 대한 사랑'입니다. 개개인이 자신

---

(4) 정신자본Mental Capital이란 용어를 처음 쓴 학자는 독일의 Friedrich List이다. 그가 1841년에 쓴 《The National System of Political Economy》에서 국민경제의 형성과 발전에 있어서 이 정신자본의 중요성을 강조하고 있다. 크게 공감한다.

의 조국에 대한 사랑과 공동체에 대한 자부심을 가질 때 경제발전의 동인이 극대화된다는 거죠.[5]

국가와 경제발전에서 가장 악영향을 미치는 것이 공동체의식의 약화이고 공동체연대의 해체입니다. 공동체의식의 약화는 자주 천민적 경제행태인 극심한 물질지상주의, 극단의 이기주의 등에서 기인하며, 반드시 '직업윤리와 노동철학의 표류'를 가져오지요. 그래서 성실·근면·정직의 덕이 사회에서 점점 사라지고 한탕주의와 기회주의만 팽배하게 되어, 더 이상의 국가발전은 기대하기 어렵게 됩니다.

둘째, 지구촌과 긴밀히 연결되고 통합해야 합니다.

세계화 시대에 모든 발전의 계기는 '과학기술의 발전'과 '세계시장의 확대'입니다. 따라서 세계시장에 적극적으로 참여해 보다 긴밀히 연결되고 보다 깊숙이 통합되어야 하지요. 무역은 자유무역을 원칙으로 하는 게 옳습니다.

그러나 자유무역을 주장한다고 해서 '협치적協治的 산업정책'까지 부

---

(5) 나라에 대한 사랑은 어디서 오는가? 한마디로 자기나라의 역사에 대한 자부심과 자긍심에서 온다. 따라서 대한민국의 역사를 무조건 비하하고 공격하는 태도는 크게 잘못된 것이다. 우리사회에 대한민국 역사는 정의가 실패한 역사라고 비하하는 자기 부정적 역사관이 존재한다. 이 역사관은 소위 수정주의Revisionism라고 불리우는 신 마르크스Neo-Marxism적 역사관인데, 역사적 사실에도 맞지 않지만 나라발전에도 크게 유해하다. 이러한 자학적 역사관은 국민의 애국심을 약화시키고 나아가 국가발전의 동력인 정신자본을 파괴하는 역할을 하기 때문이다.

정해서는 안 됩니다. 협치적 산업정책에는 두 가지 분야가 있습니다. 하나는 민民과 관官이 개별산업이 당면한 애로와 문제점들을 함께 연구하고 풀어나가는 노력입니다. 또 다른 하나는 앞으로 올 산업구조의 변화를 감안해 어떤 인력양성, 어떤 R&D 투자 등을 준비해야 하는지, 관과 민이 정보를 공유해 함께 연구하며 공동 대응해나가는 노력이지요. 이러한 노력은 자유무역의 추진에서도 반드시 필요한 산업정책적 과제이기도 합니다.

국제금융에 대해서도 자유화를 원칙으로 하는 것이 옳습니다. 외국인 직접투자를 비롯해 중장기 자본의 이동에 대해서는 모두 자유화해야 합니다. 다만 단기자본의 급격한 이동으로 인한 경제의 불안정성을 줄이기 위해 국가에 들어오는 단기자본에 대해서는 세금이나 거치금金据置 요구 등을 통해 일정한 제한을 가해서, 단기자금 흐름의 속도와 폭을 줄이고 그 대신 중장기 자본으로의 전환을 유도하는 것이 옳습니다. 일단 세금이나 거치금을 내고 들어온 단기자본이 나가는 경우에는 제한을 가하지 않는 것이 옳을 겁니다.

셋째, 투자경제를 만들어 '공생적 발전'—성장, 분배, 환경의 조화를 도모합니다.

경제발전을 위해 가장 중요한 것은 생산성 향상을 위한 투자이며, 가장 시급한 것이 고율高率의 투자경제를 조성하는 일입니다. 국내저축을 최대한 동원하고 해외저축까지 동원해 가능한 투자의 질과 규모를 극대화해야 합니다. 이를 위해 무엇보다 먼저 투자 극대화를 위한 사회경제적 환경과 제도적·법적 환경을 개선해, '투자 극대화의 투자 경제'를 이뤄야 합니다.

그 다음으로, 앞으로는 경제발전의 목표를 성장, 분배, 환경을 골고루 배려하는 '공생적 발전'에 두고 추진하는 것이 옳습니다. 산업화 시대의 후진국에서 중진국으로 올라올 때까지는 '성장위주의 발전전략'이 나름의 가치와 유효성이 있었지요. 그러나 이제 세계화 시대를 맞아 선진화를 목표로 한다면 '공생적 발전론'으로 한 단계 높아져야 합니다. 그래서 성장률을 높이는 것과 동시에 체계적인 분배개선의 정책이 함께 추진되어야 하지요.

좀 더 구체적으로 보면 분배개선 정책은 두 가지 부문으로 나뉠 수 있습니다. 하나는 소위 '항아리 형 경제구조', 즉 중산층을 늘리기 위해 저면底面이 넓은 경제구조Broad Based Growth를 만드는 성장 전략의 추진이고, 다른 하나는 절대 빈곤층에 대한 공적 부조扶助와 사회적 위험을 줄이기 위한 사회안전망의 강화 정책입니다.

여기서 저변이 넓은 경제발전 전략이란, 일부 대기업 주도의 발전보다는 수많은 중소기업들과 영세자영업들이 적극 참여하는 발전을 의미하지요. 이를 위해 무엇이 이들 중소기업과 영세자영업의 발전과 성장참여를 제한하고 있는지를 잘 분석해 그 대응책을 만들어야 합니다.

그리고 앞으로는 '환경문제'에 대해서도 정책의 우선순위를 높여야 합니다. 특히 지구 온난화 문제의 경우, 탄소세 도입 등 좀 더 적극적으로 노력해야 하며, 환경문제를 위한 국제협력에 앞장서야 합니다. 환경문제는 물론 효율의 문제는 아니지요. 그러나 이제는 환경문제에 대한 정부지출의 확대가 단순한 소비 내지 반反성장이 아니라, 장기적으로 성장을 보다 지속가능하게 하기 때문에 성장 친화적이라는 점도 고려되어야 합니다. 더 나아가 환경산업, 환경기술 그 자체가 인류의 미래 산업이고 미래기술이기도 합니다.[6] 따라서 이 분야에 적극적으로 투자를 확대하는 것은 성장과 환경 모두에 도움이 되는 일석이조의 효과가 있는 거지요.

넷째, 완전 고용률Full Employment Rate을 목표로 해야 합니다.

여기서의 완전 고용률이란 단순히 실업률 제로의 의미가 아니라, 고용률을 최고 수준으로 높이는 것을 말하지요. 즉 학업이나 가사 등을 위해 취업을 원치 않는 이들을 제외하고는, 취업을 원하면 원칙적으로 모두 취업할 수 있게 되는 상태를 의미합니다. 우리나라는 특히 이 고용률이 다른 선진국에 비해 낮은 편입니다. 취업 가능성이 낮다고 우려해 구직활동을 하지 않는 소위 비非자발적 비非경제활동 인구가 많기 때문이지요. 이들은 통계적으로 공식 실업자에는 포함되지 않기 때문에, 단순히 공식 실업률 제로만을 목표로 정책을 추진하면

---

(6) 앞으로의 경제성장은 환경산업과 환경기술을 중시하는 소위 '녹색 성장Green Growth'으로 갈 수밖에 없다. 최근에 우리나라에서도 이 문제에 대한 논의가 많아지고 있다. 아직은 여러 가지로 미흡하지만 문제 제기 자체는 올바르다고 본다.

이들의 문제가 해결되지 않습니다.

그동안 우리 경제의 목표는 '성장률 극대화'였지요. 그러나 앞으로는 '고용률 극대화'에 경제 정책의 우선순위를 두어야 합니다. 세계화 시대에는 구조적으로 지속적인 고용불안, 비정규직 증가, 평생학습의 필요성 증가 등의 문제점들이 발생하기 마련이므로, 소위 '위험사회 Risk Society'가 조성됩니다. 이 위험사회를 '안심사회'로 바꾸는 최선의 정책이 바로 '완전 고용' 정책입니다. 이 정책은 적극적 노동시장 정책인 교육훈련 정책과 사회복지 정책들을 유기적으로 잘 연계해, 이른바 평생고용, 평생교육, 평생복지의 삼각망을 잘 구축해야 성공할 수 있습니다.

일반적으로 '거시경제의 안정'을 경제발전의 필수적 요소라고 보기에, 워싱턴 컨센서스나 바르셀로나 선언에서도 거시경제의 안정성을 강조하고 있지요. 옳은 입장이라고 봅니다. 그런데 거시경제의 안정성을 평가할 때 재정의 균형, 통화정책의 안정과 그로 인한 낮은 물가 상승률의 달성만으로 만족해서는 안 됩니다. 재정과 통화 이외에 고용을 반드시 넣어, 높은 고용율의 안정적 유지를 거시 정책의 주요목표 중 하나로 다뤄야 합니다.

다섯째, 세계화 부문과 비非세계화 부문을 병립·발전시켜야 합니다.

일반적으로 세계화 부문은 교역재 부문Tradable Sector이고, 비세계화 부문은 비교역재 부문Non-Tradable Sector이라고 볼 수 있습니다. 지난 산업화 시대에는 세계화 부문, 즉 교역재 부문의 발전에 모든 국력을 집중했으며, 대부분이 국제 경쟁력이 높은 대기업 중심으로 이루어졌지요. 따라서 수출을 주목표로 하지 않고 내수시장을 목표로 하는 중소기업이나 영세자영업 부문들은 낙후되어 왔습니다.[7] 동시에 서비스 산업 부문도 그동안은 세계화되지 못한 내수 중심의 부문이 대부분이어서 발전이 더뎠어요.

이 같은 과정 속에서 세계화 부문과 비세계화 부문이라는 이중구조가[8] 지속적으로 유지되고 축적되어 왔으나, 이제 선진화 시대에는 이격차를 줄이는 정책을 적극 추진해야 합니다. 이를 중요시하는 데는 다음과 같은 이유가 있습니다.

(7) 중소기업 부문에서도 수출을 목표로 하는 경우에는 높은 성장을 보여 왔다. 직접수출을 목표로 하든, 수출대기업에 부품을 납품하는 간접적 형태이든, 수출과 관련되는 세계화된 중소기업은 내수시장만을 목표로 하는 중소기업보다 발전이 빨랐다.

(8) 세계화 부문이 비세계화 부문보다 성장이 빠른 가장 큰 이유는 세계에서 가장 발전이 빠른 나라 · 지역 · 산업과 연계할 수 있기 때문이다. 지구촌 전체에서 가장 역동적으로 성장하는 나라 · 지역 · 산업과 연계하기 때문에 그들의 높은 성장률과 비슷한 수준의 발전을 이루어낼 수 있다. 반면에 비세계화 부문의 발전은 내수시장 성장률의 한계를 넘어서지 못해 상대적으로 낙후될 수밖에 없다. 따라서 세계화는 이극화二極化 내지 양극화兩極化를 불가피하게 수반한다는 주장이 나올 수 있다. 사실이 이러하다면 단순한 경기회복은 결코 양극화의 해소를 가져올 수 없으며, 별도의 구조적 정책이 필요하게 된다. 이러한 문제점을 잘 제기한 책이, 水野和夫의《사람들은 왜 글로벌 경제의 본질을 오해하는가?, 일본경제신문출판사, 2007》이다.

(1) 비세계화 부문이 세계화 부문에 들어갈 인풋input을 생산하는 경우
   가 많습니다.

(2) 일자리를 가장 많이 산출할 수 있는 부문이므로 고용률을 높여 나
   가는 데 결정적으로 중요합니다. 뿐만 아니라, 비세계화 부문의 수
   준이 삶의 질을 결정하는 데도 중요하게 작용합니다. 국민들의 삶
   의 질은 대부분 교육·의료·도시환경·문화예술 등의 비세계화
   부문의 수준에 의존하기 때문입니다.

(3) 세계화 시대의 소득 분배의 악화, 혹은 양극화의 주요이유 중 하나
   가 바로 세계화 부문과 비세계화 부문 간 격차의 증대에 있습니다.
   따라서 정부의 각별한 정책적 지원이 필요합니다. 어떤 지원이 필
   요한지는 비세계화 부문이 상대적으로 낙후된 원인부터 분석해보
   면 답이 나올 겁니다. 예컨대 수요 부족인지 공급 측 애로인지, 공
   급 측 애로도 필요인력 부족인지, 서비스 산업에 대한 정부의 과다
   한 규제 때문인지, 필요자금의 공급 부족인지 등등을 살펴봐야 할
   겁니다.

(4) 세계화 시대의 큰 도전 중 하나가 소위 주기적인 국제 금융위기와
   그로 인한 주기적인 세계 실물경제의 급격한 침체입니다. 물론 과
   학기술의 발전으로 인한 무역에서의 비교우위의 변화, 그로 인한

산업구조 조정도 때로는 큰 고통이 되는 것이 사실입니다. 그러나 승자도 있고 패자도 있기에, 무역으로 인한 구조조정의 고통을 발전을 위한 과정이나 도약의 비용으로 봐야 하지요.

그러나 국제 금융위기의 경우, 금융위기로 인한 실물경제의 침체는 승자는 거의 없고 패자만이 다수인 경우가 일반적입니다. 특히 후진국이나 중진국의 경우는 더욱 그러합니다. 그래서 세계화 시대 발전 전략의 주요 목표 중 하나로, 국제적 금융위기나 경제 침체로부터 자국의 '경제 안정성'을 확보하는 문제가 대두되는 거지요. 물론 이미 우리가 세계화 시대에 살고 있기 때문에 해외의 변화로부터 절대적 안정성은 확보할 수 없지만, 국가의 노력 여하에 따라 상대적 안정성은 확보할 수 있습니다. 이 상대적 안정성의 확보, 다시 말해 '대외 의존성의 상대적 축소'를 위한 주요 정책방향의 하나가 바로 비세계화 부문, 즉 내수 부문의 규모를 키우고 발전시키는 것이지요.

따라서, 이제는 과거 산업화 시대처럼 세계화 부문을 위해 비세계화 부문을 희생하는 정책에서 벗어나 세계화와 비세계화 부문의 병진·발전을 도모해야 합니다.

여섯째, 교육 개혁과 과학기술 발전에 전력투구해야 합니다.

경제는 한마디로 생산력이고, 생산력을 높이는 최선의 방법은 교육과 과학기술입니다. 때문에 교육과 과학을 최우선 국가 정책으로 삼아야 합니다. 우선 교육은 최선의 성장 정책이자 분배 정책으로, 국민 삶의 질을 높이는 정책임을 명심해야 합니다. 그래서 오늘날 지구촌의 모든 나라들이 교육의 질과 양을 세계 최고 수준으로 향상시키려는 치열한 교육 개혁 경쟁을 벌이고 있는 겁니다.

이러한 교육 개혁을 전제로, 다음에는 과학기술에 최우선 투자를 해야 합니다. 인류의 부의 원천은 시장·분업의 확대와 과학기술의 발전입니다. 특히 우리나라에서는 이 과학기술의 발전이 매우 중요합니다. 왜냐하면 앞으로의 지속적 경제발전을 위해서는 중진국·산업화 시대와는 근본적으로 다른 새로운 비교우위를 창출해야 하기 때문이지요.

이제 대한민국은 더 이상 상대적 저임금이라는 비교우위에 의지해 수출 위주 정책을 펼칠 수 없습니다. 중국과 인도의 대두로 저임금 경쟁 시대는 물 건너갔고, 게다가 동유럽제국의 시장경제 편입과 세계 시장 경쟁 참여까지 고려하면 더욱 그렇지요. 이제는 저임금이 아니라 고생산성 경제를 이뤄내야 합니다. 따라서 교육과 과학기술 투자를 획기적으로 늘려 생산성과 생산력 수준을 한 단계 더 올려서 고高생산성 경제를 창출하거나, 아니면 추락해버리는 두 가지 길 밖에 없다고 봅니다.

그런데 문제는 아주 특별한 고생산성 경제를 만들어야 한다는 데 있습니다. 다른 나라가 모방하기 힘든 창조적이고 혁신적인 고생산성 경제를 창출해내야, 비로소 선진국형인 수평적 국제 분업Horizontal Division of Labor이 가능해지기 때문입니다. 한마디로, 미국이 큰 정밀기계를 잘 만들면 우리는 작은 정밀기계를 잘 만들어 서로 교환하는 식의 수평적 국제 분업이 되어야 한다는 의미지요. 그래야 세계화 시대의 선진화에 성공할 수 있으며, 이를 위해 대폭적인 교육 개혁과 과학기술 입국 노력이 필요합니다.

일곱째, 정부의 적극적 역할－협치協治**와 분권**分權**이 중요합니다.**

세계화 시대라고 정부의 역할이 크게 줄어드는 건 아닙니다. 정부기능 중에서 시장질서 정책, 즉 반反독점 정책과 소비자보호 정책이 필요하다는 점에는 이론이 없지만, 산업 정책은 바람직하지 않다는 견해가 있는데 이것은 잘못된 생각이지요. 현실적으로 산업 정책 없이는 정보비용과 조정비용의 문제를 시장이 쉽게 풀 수 없는 경우가 많기 때문입니다.

정보비용Information Cost이란 수익성과 장래성이 있는 분야를 쉽게 알기 어렵기 때문에 발생하는 비용이며, 조정비용Cordination Cost은 기업 간의 분업과 협력 등의 조정이 사실상 어려워서 발생하는 비용입니다. 이러한 정보비용과 조정비용의 문제는 시장에 맡긴다고 저절로 해결된다는 보장이 없으므로, 특히 우리나라 같이 아직 중진국 수준에서 선진화를 위해 노력해야 하는 발전도상 국가의 경우에는 정부의 적극적 노력이 더욱 필요한 거지요.

이와 더불어 정부의 역할 중에 중요한 것이 '사회통합의 기능'입니다. 세계화 시대의 사회통합 기능은 사회적 약자에 대한 보호, 즉 효과적인 사회안전망의 구축과, 사회적 갈등 해결 메커니즘의 제도화와 합리화에 적용되어야 합니다.

요약하면 세계화 시대에 산업 정책이 없으면 국가발전의 효율화를 기대하기 어렵고, 사회통합 정책이 없으면 국가발전의 안정화를 기대하기 어렵다는 거지요. 다만 그 노력의 방식이 산업화 시대와는 확연히 다른, 협치와 분권의 방식을 따라야 한다는 겁니다.

'협치의 방식'이란 정부와 민간이 정보를 교환하고 의견을 나누며 당면문제를 파악하고 분석해 그 대안을 함께 찾아가는 방식입니다. 그 과정에서 정부와 민간의 역할 간에 여러 유형의 분업관계가 형성될 수 있지요.

동시에 이제는 '분권의 방식'이 필요합니다. 즉, 가능한 한 현장에 접근해 문제를 풀어나가야 한다는 겁니다. 현장에서 혹은 가장 가까운 곳에서 민과 관이 만나 정보를 나누고 문제를 파악해 대안을 찾는 방식으로 정부의 역할이 강화되어야 하지요. 한마디로 분권의 방식으로 협치를 해야 한다는 겁니다.

여덟째, 자유민주주의를 성공적으로 정착시켜야 합니다.

세계화 시대의 경제 성장과 국가발전을 위해서는 반드시 자유민주주의를 성공적으로 정착시켜야 합니다. 단순히 정치제도로서의 자유민주주의가 아니라 국가의 성공 여부를 가리는 중요한 실험대로서 자유민주주의를 다뤄야 합니다. 자유민주주의가 성공하지 못하면 세계화나 선진화에도 결코 성공할 수 없습니다.

(1) 우선 자유민주주의가 성공해 법치주의가 확립되어야 경제가 발전할 수 있기 때문입니다.

(2) 자유민주주의가 정착되어 지도자의 리더십이 국민을 하나로 통합해 뚜렷한 비전과 희망을 줄 수 있어야 경제발전을 이룰 수 있기 때문입니다.

(3) 자유민주주의가 성공해야 소위 포퓰리즘의 덫에 빠지지 않고 국가발전을 위한 제도개혁을 성공시킬 수 있기 때문입니다.

(4) 자유민주주의가 확립되어 이성과 합리에 기초한 대화와 토론으로 사회적 갈등 문제를 푸는 문화가 일반화되어야 독재를 막을 수 있기 때문입니다.

아홉째, 현장주의現場主義**와 역사주의**歷史主義**를 강화해야 합니다.**

모든 발전 정책 추진에 있어서 현장주의와 역사주의를 강화해야 합니다. 세계화 시대에는 새로운 모델도 만병통치약도 없다고 봐야 합니다. 그 이유는 두 가지이지요. 하나는 우리가 이미 중진국의 선두주자에 올라 이제는 선진국을 지양해야 하므로, 자기 나름의 길을 찾아 자기 식의 선진국을 만들어 갈 수밖에 없기 때문입니다. 또 다른 이유는, 21세기 세계화·지식정보화 시대는 선진국들도 교과서나 정답이 없는 불확실성의 시대이기 때문이지요.

어떻게 할 것인가? 우선 현장으로 가야 합니다. 그리고 역사를 참고해야 합니다. 우선 현장에 가서 현장의 민간 관련자와 행정 책임자들이 함께 정보교류와 의사소통부터 해야 하지요. 그러는 과정에서 문제의 핵심이 파악될 수 있으니까요. 이것이 바로 '현장주의'입니다.

이렇게 현장의 문제를 현장 자체에서 파악한 후, 그 문제를 해결하기 위해서는 지금까지 현장에서 이뤄져온 '정부 정책의 역사'를 살펴봐야 합니다. 일반적으로, 한 정책이 성공하려면 필요한 수많은 조건들이 상당 부분 그 현장의 관행과 문화 속에 녹아 있기 때문입니다. 바로 거기서 역사의 교훈과 앞으로의 바람직한 방향을 찾아내야 합니다. 이것이 '역사주의'이지요. 현장의 관행과 문화를 알면 그 정책은 성공하기 쉽고 모르면 실패하기 쉽습니다.

선진국의 좋은 이론들이나 제도가 후진국에 도입되어 실패하는 주된 이유는, 대부분의 경우 이론과 제도가 잘못되어서가 아니라, 현장의 관행과 문화를 몰랐거나 현장 정책의 역사에 대한 이해 부족으로 현장의 문화나 조건에 맞지 않았기 때문입니다.

물론 경제발전의 일반 이론이 존재하지만, 그 이상의 구체적인 정책은 나라마다 정답이 다 다를 수 있으니까요. 예를 들어 정치안정이 안 되는 것도 나라마다 그 주된 장애요인이 다를 겁니다. 따라서 정작 중요한 것은 남을 모방하거나 흉내 내는 것이 아니라 자신의 문제를 찾아 이에 대처하는 일입니다. 무엇이 가장 큰 장애인지 면밀히 탐색해 과거정책의 역사를 참조하면서 자신의 답을 찾아내야 하지요.

이처럼 '창조적 세계화' 정책에서는 나라마다 정책의 자기 주체성을 확보하는 일이 대단히 중요합니다. 물론 이웃나라의 이론이나 정책경험도 배우고 참조해야 하겠지만, 결국은 자기의 문제를 스스로 찾아, 자기 나름의 답으로 대처해나가야 합니다. 그런 전략을 성공시키려면, 이웃나라들의 보편적 경험과 자기나라 현장의 특수상황을 중시하면서, 자국自國의 역사적 정책경험도 존중해야 할 것입니다.

열째, '세계전략'을 세워야 합니다.

세계화 시대는 국내와 국외의 구별이 큰 의미가 없는 시대이므로, 국내 정책과 국제 정책이 긴밀하게 유기적으로 연계되어야 합니다. 우리나라의 경우, 후진국에서 중진국으로 도약하는 시기가 냉전시대였기에 우리만의 독자적 세계전략이 없이 미국의 세계전략에 편승해 발전해왔지요. 그것이 '사고의 관습'이 되어 냉전이 끝나고도 독자적 세계전략을 확립하려는 노력이 상대적으로 약한 것 같습니다. 이래선 절대 안 됩니다. 이제는 고유의 세계전략과 세계경영이 없으면 나라 경영과 발전이 어려운 시대기 때문입니다. 때문에 세계비전과 전략을 세워야 합니다.

세계전략의 몇 가지 주요 방향을 제시해보겠습니다.

(1) 자유주의적 세계경제 질서가 발전하도록 적극 지지하고 지원해야 합니다. 특히 자유무역의 발전이 인류 모두에게 이익이 됨을 앞장서 지지해야 하며, 그런 의미에서 세계화 역시 지지해야 할 것입니다. 따라서 어떤 형태의 반反세계화도 반대해야 합니다. 다만 보다 민주적이고 지속가능한 세계화로 만들기 위한 개별국가의 노력은 존중되어야겠지요.

(2) 세계화가 야기하는 지구촌의 많은 문제들을 공정하고 효율적으로 해결하기 위한 세계 통치구조Global Governance의 개혁에 좀 더 적극적으로 앞장서야 합니다. 지구촌의 온난화 방지, 금융의 불안정성 낮추기, 핵과 대량살상무기 확산 방지, 절대빈곤 감소 등을 위한 노력에 보다 적극적으로 나서야 합니다.

(3) 세계 대국으로 떠오르는 중국과 긴밀히 연계해 함께 발전해야 합니다. 그러나 중국의 부상은 새로운 기회임과 동시에 새로운 도전이기도 합니다. 과거 동아시아 역사를 돌아보면, 중국이 중화질서를 내세워 패권적 대외관계를 추구한 경우가 많았기 때문입니다. 이런 잘못된 역사가 반복되지 않도록, 동아시아의 국제관계가 독립된 주권국가들 간의 호혜평등의 '자유주의적 국제주의Liberal

Internationalism'에 기초한 선린의 관계가 되도록 노력해야 할 것입니다. 이에 성공하지 못하면 동아시아의 평화와 번영은 대단히 어려워질 겁니다.

장기적으로 동아시아가 평화와 공동번영의 길로 나아가기 위한 제도적 장치 중의 하나는 '동아시아 공동체East Asian Community'가 될 것입니다. 유럽연합EU의 경험을 참조하면서 경제와 문화 분야부터 시작해, 점차 사회와 정치·군사 분야까지 동아시아 공동체 확대와 심화에 적극 노력해야 합니다. 그리고 이런 움직임에 우리나라가 앞장서야 한다고 봅니다.

(4) 이 같은 동아시아의 번영과 발전을 위해, 더불어 우리 민족의 숙원을 풀기 위해서도 앞으로 북한의 변화(위기상황)는 반드시 남북통일의 방향으로 진행되어야 합니다. 즉, 북한의 변화와 그 이후의 사태 진전에 이웃 4강의 입김이 일방적으로 작용해, 만에 하나라도 열강에 의한 한반도의 분단이 되풀이 되어서는 결코 안 된다는 겁니다. 한민족의 불행일 뿐 아니라, 동아시아의 평화와 번영을 영원히 불가능하게 만들기 때문이지요.

따라서 우리에게는 특히 이 문제에 대한 적극적인 세계전략이 필요합니다. 대한민국과 동아시아의 번영과 평화를 위해 북한의 변화는 반드시 남북 간의 민족통일로 이어져야함을, 구체적 자료를 통해 이웃 4강들에게 적극적으로 설득해나가야 합니다.[9]

이상의 '창조적 세계화'를 위한 '서울 컨센서스 10대 발전전략'은 우리나라를 위해 구상한 국가전략이지만 기본적으로는 선진국으로 도약하려는 '중진국 발전모델'이므로, 여타 후진국들이나, 특히 중진국들이 참조해도 좋을 보편성을 지녔다고 생각됩니다.

그래서 언젠가는 이 '서울 컨센서스'가 '워싱턴 컨센서스'를 대체할 수 있는, 아니면 적어도 크게 수정·보완하는, 21세기 '새로운 발전 패러다임'으로 자리매김할 수 있기를 기대해봅니다.

《창조적 세계화론》에서 발췌

－편집자

---

(9) 물론 이런 생각은 반드시 북한에 사는 우리 동포들에게 전달되어야 한다. 그리고 그들과 한반도의 바람직한 미래에 대해 적극적 합의를 만드는 것이 중요하다. 북의 변화를 한반도 통일로 연결시키려면 적어도 세 가지 조건이 필요하다고 생각한다. 첫째는 남한 국민의 의지와 열정, 둘째는 북한동포의 적극적 동의 내지 합의, 셋째는 이웃 4강의 이해와 협조이다.

통일에 대한 오해와 진실

1. 그동안 우리나라에 통일 정책이 있었다?

(1) 통일 정책(현상타파)은 없었고, 분단관리 정책(현상유지)뿐이었다.

▶ 50년대: 무모한 북진 통일론

▶ 60년대~90년대: 선先건설 후後통일 정책

▶ 국민의 정부(햇볕정책)~참여정부(평화번영 정책): 평화(현상)유지 정책

▶ 이명박 정부(화해·상생 정책): 분단관리 정책

(2) 보수의 봉쇄 정책과 진보의 화해 정책은 둘 다 북한의 적극적 변화가 목적이 아니었다. 북한 지도층과 주민을 분리해 대응하지 않았다.

2. 통일 비용이 너무 많이 든다? 우리가 감당하기 어려울 정도로?

(1) 통일 비용은 얼마든지 적정수준에서 관리할 수 있다.

① 통일 비용에는 소모적 비용이 아니라 미래의 편익이나 투자의 편익이 포함되어 있다. 그런데도 투자를 비용으로 간주해 과다 추정

하는 경향이 있다.

② 통일 비용의 산정기준을 새롭게 설정해야 하며, 북한 재건에 투자
되는 비용은 통일 비용에서 제외해야 한다.

▶ 통일 비용(초기): 위기관리 비용 + 시스템통합 비용

▶ 투자 비용(중·장기): 신新통일국가 건설(북한 재건) 비용

(2) 독일 통일은 실패한 예이다.

① 구舊동독 지역의 경제력 및 소득수준 향상을 목표로 설정(서독 지역
의 33%였던 동독 지역의 1인당 GDP가 2009년에는 70%로 상승).

② 동독 자산의 과대평가, 1대1 화폐통합, 구舊동독 주민의 높은 임금
보전, 토지 소유권 반환 등으로 통일 비용 증가.

(3) 통일의 편익이 수백 배 더 크다. - 경제시너지, 자원, 인력, 시장

① 통일편익=(분단비용 감소+통일의 이익) - 통일비용

② 통일 후 10년 동안의 통일편익(2,197억 달러)이 통일비용(1,579억 달
러)보다 627억 달러 상회(현대경제연구원, 2010. 10. 31).

③ 남북경제 통합의 시너지 효과: 인구 8,000만 명으로 노동력 확대,
북한의 지하자원(약 7,000조 원의 잠재적 가치, 북한 GDP의 100배 이
상 가치 추정) 및 노동력과 남한의 자본·기술 결합, 북한 지역과 중
국·러시아 등 유라시아대륙으로 시장 확대.

(4) 분단비용과 고통을 잊지 말라.

▶ 남북한 군사비(단위: US 억 달러)

연도	2000	2001	2002	2003	2004	2005	2006	2007	2008	2009
남한	121	140	126	146	158	184	225	258	290	223
북한	13.6	14.7	14.4	17.7	3.9	4.6	4.7	5.1	5.5	5.4
예산 (북)	95.7	97.6	100.3	112.5	25.1	29	29.4	32.1	34.7	35.9

3. 통일은 너무 큰 사회적 혼란과 문화적 갈등을 가져 온다?

(1) 통일 준비를 잘하면 문제없다. ─탈북자 · 조선족과의 통일 연습.

(2) 초반에 갈등이 발생한다 해도, 곧 민족적 자긍심이 크게 높아진다.

① 독일인의 84%는 경제적 격차에도 불구하고 통일이 올바른 결정이
었다고 평가한 반면, 14%는 잘못이라고 응답(공영 ZDF 방송 조사,
2010).

② 독일은 현재 EU의 중심국가로 부상.

4. 우리가 감당할 수 없을 정도의 대량난민이 발생하는 것 아닌가?

(1) 북한 거주에 희망과 이익을 주는 정책을 통해 적정수준으로 관리
할 수 있다.

(2) 일정기간 '이동 허가제'를 채택해야 한다(군정 하에, 특별 행정 · 경제
구역 선포).

(3) 일정기간 배급제를 부활하고, 사유화 과정에서 주거조건 등의 이

익공여 정책을 겸용한다.

5. 통일논의와 통일운동을 하면 북을 자극해 전쟁을 일으킨다?

(1) 그동안 전쟁이 일어나지 않은 건 한국과 미국의 강력하고 우월한 국방력과 안보의식 때문이지, 통일운동을 하지 않아 전쟁이 안 난 게 아니다.

(2) 북의 도발은 햇볕정책 당시에도 지속되었다.

전두환 정부/16건, 노태우 정부/12건, 김영삼 정부/25건, 김대중 정부/23건, 노무현 정부/17건, 이명박 정부/4건(3년)

6. 통일하지 않고 우리끼리 잘 살면 되지 않는가?

(1) 통일을 안 하면 우리끼리 잘 살 수 없다. 우선 통일을 피하면 국경이 38선으로 이동하고, '국가축소'가 발생한다.

(2) 신新냉전 시대의 도래로 미·중 갈등이 격화된다.

(3) 북의 체제위기가 심화됨에 따라 도발 증가가 예상되고, 도발 비용도 크게 증가한다. 국가위기 증대 등, 경제 선진화 자체가 어렵게 된다.

(4) 통일을 이루지 못하고 새로운 분단의 시대가 열리면, 국격이 떨어지고 민족적 자긍심도 크게 훼손된다.

7. 분단관리를 통한 평화유지가 한반도와 동북아 평화에 도움이 된다?

(1) 북한주민들의 인권탄압과 식량난만 더욱 가중된다.

(2) 김정은으로의 정권교체 과정에서 과거와 같은 대량숙청이 예상된
다.

(3) 이산가족을 비롯해, 전쟁포로와 납북자들의 생존 가능성이 갈수록
희박해지고 있다.

(4) 북한의 미사일과 핵무기 등 대량살상무기의 개발 가속화는 동북아
지역 안보에 큰 위협이 된다.

8. 화해 · 협력 교류하면 점진적으로 통일이 된다?

(1) 10년 이상 시도했지만 효과가 없었다. 북의 비핵화와 개혁개방에
진전이 없었으며, 오히려 정반대였다.

(2) 교류 · 지원하면서 북의 변화에 대한 요구도 변화의 검증도 없었다.

(3) 북한은 당 강령이나 헌법에서 한반도 사회주의 혁명의 목표를 수
정한 적이 없다.

(4) 철저히 폐쇄된 사회일수록 교류가 많아지면 그만큼 붕괴 위험이
높다는 것을 북한당국이 더 잘 알고 있다.

9. 통일외교 있었다?

(1) 통일이 이웃나라들에게 이익이 된다는 걸 적극 설득하는 통일외교
가 없었다.

(2) 대통령 해외순방 시, 통일부 장관을 대동해 통일외교를 편 적이
없다.

10. 남과 북의 장점만을 뽑아 제3의 체제를 만들면 좋지 않을까?

(1) 체제 선택에 중간은 없다. 수령독재와 자유민주주의 사이에 중간
은 가능하지 않다. 역사적으로도 이론적으로도 불가능하다.

11. 강대국이 우리의 통일을 반대할 것이고 그러면 불가능하다?

(1) 남한의 국력과 위상이 강대국들이 무시할 정도는 아니다.

(2) 기본적으로 민족자결의 문제라 이웃나라의 개입은 정당성이 약하
다.

(3) 냉전 후 동북아 질서가 아직 확정된 것이 없고, 극히 유동적이다.
그래서 변화 가능성이 크다. 문제는 우리의 단결과 결단이다.

12. 통일은 분단 이전으로 돌아가 통일정부를 구성하는 '재통일Re-Unification'이다?

(1) 21세기 통일은 한반도에 새로운 '통일국가'를 창조하는 '신新통일'
이다.

(2) 통일은 북의 산업화와 민주화, 남의 선진화가 함께 진행됨으로써
가능하다.

(3) 북에는 자유주의에 기초한, 남에는 공동체주의에 기초한 개혁이

324

진행되어야 선진국의 진입이 가능한 통일국가를 창조할 수 있다.

> ※ 통일 한국의 GDP가 통합절차 개시 30~40년 후에는 프랑스,
> 독일, 일본을 추월하고, 2050년(통합시점 2012년)에는 G7국가
> 들과 유사하거나 더 높아질 수 있을 것으로 추정(골드만 삭스).

13. 북한의 핵무기도 통일되면 우리 것이다?

(1) 북한이 핵무기 개발을 서두르는 것은 이를 지렛대로 삼아 체제를
계속 유지하고, 남한을 비롯한 주변국들로부터 더 많은 걸 얻어내
고자 하는 것이다.

(2) 북한의 핵무기 보유 자체가 주변 국가들에게는 용인될 수 없는 사
안이기에, 통일 한국이 핵무기를 보유하게 된다면 도리어 그로 인
해 통일이 더욱 어려워지는 요인이 될 뿐이다.

불교의 선진화, 어떻게 이룰 것인가?

1. 선진불교의 네 가지 목표

불교의 선진화란 무엇인가?

대한민국의 선진화가 선진대한민국을 이루는 것이듯, 불교의 선진화는 선진불교를 이루는 걸 의미한다. 그러면 선진불교란 무엇인가?

선진불교란 '21세기'라는 시간과 '대한민국이라는 공간'에 빛과 광명이 되는 불교를 의미한다. 이 21세기라는 시간대와 대한민국이라는 공간대에 사는 오늘의 우리 중생들이 고민하고 있는 당면 문제들과 어려움을 풀어주는 불교인 것이다.

더불어, 이 시대에 희망과 행복의 구체적인 메시지를 줄 수 있는 불교를 의미하기도 한다. 이 선진불교는 다음의 네 가지 목표를 지향한다.

첫째, 시대불교여야 한다.

부처님은 수많은 진리의 말씀들을 전하셨다. 그중에서 이 시대에 맞는, 이 시대가 요구하는 가르침을 선별해야 한다. 그리하여 이 시대

중생이 당면한 구체적 문제, 이 시대의 시대적 과제에 대한 답을 제공해야 한다. 이 시대의 문제에 답을 제공하지 못하면 그것은 시대적 불교가 아니다. 21세기가 아니라 20세기나 19세기적 문제를 가지고 이야기하면 더 이상 선진불교가 될 수 없다. 부처님께서도 가까이 인연 있는 중생부터 구하라고 하셨다. 그러므로 대한민국의 불교는 우선 21세기를 사는 대한민국 국민들의 시대적 과제들을 푸는 데 광명이 되고 희망이 되어야 한다.

물론 불법佛法에는 시공을 초월한 진리의 가르침들이 많다. 그러나 시공을 초월한 진리를 시공 속에서 구체적으로 드러내는 일은, 그 시대 그 공간 속에서 사는 불자들의 몫이다. 그 몫을 다하는 것이 바로 시대불교를 지향하는 노력이고 불교 선진화의 노력인 것이다.

둘째, 중생불교여야 한다.

시대적 과제를 푸는 불법의 지혜가 가장 용이하고 효과적으로 중생들에게 전달될 수 있어야 한다. 중생을 위한 불교, 이른바 '소비자를 위한 불교'가 되어야 한다는 것이다. 공급자를 위한 불교가 되어선 곤란하다. 그렇다면 전달하는 불법의 내용도, 그 전달방식도 당연히 이 시대에 맞고 이 시대를 사는 중생에게 맞는 내용이고 방식이어야 한다.

즉, 불법의 메시지는 이 시대를 사는 중생의 고苦를 해결해주는, 중생의 구체적 문제에 대한 단순명료한 답이 되어야 하며, 그 전달방식도 중생이 이해하기 쉽고 실천하기 쉬운, 중생 친화적People Friendly이고 소비자 친화적Consumer Friendly이어야 한다. 이해하기 어려운 내용이나 난해한 방식으로 진리를 전달하는 것은 하화중생下化衆生이라고 볼 수 없다. 당연히 중생의 근기에 맞는 내용과 방식의 방편方便 바라밀이 있어야 한다.

셋째, 실천불교여야 한다.

선진불교는 무엇보다도 실천불교여야 한다. 실천이 따르지 않는 종교는 허구이다. 오늘날 우리사회는 두 가지 큰 병을 앓고 있다. 하나는 공리공담空理空談이고, 다른 하나는 언행 불일치言行不一致이다. 학계도 종교계도 예외가 아니다. 거기서 우리 사회의 모든 병리현상이 야기된다고 본다.

이를 광정하기 위해서도 앞으로 우리 불교는 승僧과 속俗이 하나가되어 공리공담을 배제하고, 가장 쉬운 부처님의 가르침부터 매일의 생활 속에서 하나씩 실천하는 데서 출발해야 한다. 반드시 하나의 가르침이 실천된 연후에, 다음 가르침으로 나아가야 한다.

이렇게 모든 가르침에서 실사구시實事求是를 중시해야 하고, 종교생활 전반에 걸쳐 무실역행務實力行을 중히 여겨야 한다. 한마디로 승속이 함께 실천불교, 보살행불교를 지향해야 선진불교가 될 수 있는 것이다.

넷째, 세계불교여야 한다.

21세기 세계화 시대를 사는 중생들의 문제를 풀어가려면 당연히 불교도 세계화되어야 한다. 이제 더 이상 우물 안 개구리로는 안 된다. 그러면 한국불교의 세계화는 어떻게 이룰 것인가? 세 가지 과제가 있다.

(1) 한국불교의 특장特長을 찾아내 이웃나라에 알려주는 일이다. 적극적으로 한국불교의 장점을 이웃에 알려주는 것은 세계화 시대의 중요한 법보시法布施 중 하나이다.

(2) 이웃나라의 불교에 대한 이해를 깊이 하는 일이다. 이웃나라의 불교와 국민을 제대로 이해하지 못하면, 사실 자기 자신을 제대로 알지 못하는 것이 된다.

(3) 이렇게 우리의 특장과 이웃의 장점을 결합하고 융합해 새로운 21세기 세계불교를 만들어내야 한다. 21세기 지구촌의 중생들은 핵테러, 인권·인종 갈등, 빈부격차, 환경파괴, 에너지부족 등등 수많은 새로운 문제들과 도전에 부딪히고 있다. 이런 난제들을 해결하기 위해 전 세계의 지혜를 모아야 하는 것이다.

이상의 세 가지 과제를 풀어내는 것이 바로 불교의 세계화이고, 따라서 그 과정은 지극히 창조적일 수밖에 없다. 즉, 불교의 '창조적 세계화'를 이뤄야 선진불교가 될 수 있는 것이다.

2. 불교 선진화를 위한 두 가지 제도개혁

이상의 네 가지 방향으로 불교를 선진화시키기 위해 무엇을 어떻게 할 것인가? 우선 두 가지 제도개혁이 시급하다고 본다.

첫째, 교육제도의 개혁이다.

승가의 교육제도와 일반불자의 불교 교육제도를 전반적으로 대폭 개선해야 한다. 우선 현재 승가의 교육제도를 근본적으로 개혁하지 않으면, 21세기 새로운 불교인 선진불교를 이끌고 나갈 불교 리더십을 키워낼 수 없다. 새로운 리더십 없이는 새로운 역사를 만들 수 없는 것이다. 몇 가지 개혁방향을 제시해본다.

(1) 불교대학과 승가대학의 교육제도에서 특히 세속의 학문에 대한 체계적·종합적 이해의 기회를 대폭 늘려야 한다. 즉, 불교학 이외에 일반 사회과학(정치·경제 등), 인문과학(문학·역사·철학 등) 그리고 자연과학(과학·생명·환경 등) 교육을 크게 강화해야 한다. 정치와 경제, 사회에 대한 좀 더 체계적인 이해를 통해, 세계화와 정보화의 흐름을 보다 심층적으로 파악해야 한다. 그러지 못하면 이 시대 중생들의 고통과 고민을 제대로 알 수 없다. 중생 삶의 조건을 이해하지 못하면서 어떻게 중생들의 문제를 해결할 수 있겠는가?

선가禪家에 불립不立문자를 내세우는 전통이 있지만, 세속을 외면해 무지한 것이 바람직하다는 의미는 아니다. 세법을 잘 알아야 하화중생을 바로 할 수 있고 그래서 불법을 크게 펼 수 있다고 본다.

(2) 불교대학과 승가대학 교육에 세계화 교육(외국어, 외국역사, 외국문화 교육 포함)과 정보화 교육(IT, BT는 물론이고 첨단 과학기술 교육 포함)을 대폭 강화해야 한다. 그래서 우리 불교의 장점을 세계에, 각국의 언어로 설명할 수 있어야 한다. 더불어 이웃나라의 불교를 그들 나라의 언어로 배우고 소통하고 이해할 수 있어야 한다.

또한 21세기 정보화 시대에 첨단 IT 기술을 활용하지 못하고 외국과 소통도 못한다면 이 시대의 종교 지도자가 되기 어렵다. 따라서 불교대학과 승가대학 교육에서 세계화·정보화 교육을 크게 강화해야 한다.

(3) 불교대학과 승가대학에 '평생교육' 프로그램을 많이 구비해야 한다. 이제는 세상의 변화, 과학기술의 변화가 너무 빠르기 때문에, 단 한 번의 학교 교육만으로는 세상을 따라갈 수 없기 때문이다. 그래서 세속에서도 평생교육 프로그램을 많이 구비해 학교 졸업 후에도 일정 기간이 지나면 반드시 새로운 '향상교육'을 받을 수 있도록 권장하고 있다.

한마디로 21세기는 평생학습Life-Long Learning의 시대인 것이다. 승가도 결코 예외일 수 없다. 승가에서도 불교대학이나 승가대학을 졸업한 후 5년 내지 10년마다 새로운 향상교육을 받을 수 있도록 제도화하지 않으면 중생들과의 소통능력이 크게 떨어질 것이다. 결국 높은 수준의 하화중생의 경쟁력, 섭수攝受중생의 생산성을 갖추기 어려워지는 것이다. 그렇게 되면 중생구제의 대원大願도 요원해질 수밖에 없다.

(4) 교육제도가 성공하려면 반드시 불교 교육제도와 승가 자격제도를 연계해야 한다. 적어도 앞으로는 세계화되고 정보화된 고등교육을 받은 불자, 불교뿐 아니라 세간의 인문사회·자연과학 분야 학문을 일정수준 필한 불자들에게만 승가의 자격이 주어져야 한다. 기존 승려들에게도 앞서 언급한 평생학습 차원에서 새로운 향상교육의 기회가 풍부하게 주어져야 한다.

더 나아가 승가의 자격제도도 보다 세분화할 필요가 있을 것이다. 예컨대 개인수행에 역점을 두는 수행승修行僧과 중생교화에 역점을 두는 법사승法師僧 등으로 나눠, 각기 걸맞은 교육제도와 자격제도를 개발해야 할 것이다. 그리고 이 두 제도를 상보상의相補相依적으로 반드시 연계시켜야 한다. 그래야 새로운 시대를 이끌어 갈 불교지도자들을 많이 배출해낼 수 있고, 따라서 불교의 선진화를 크게 앞당길 수 있기 때문이다.

둘째, 거버넌스Governance의 개혁이다.
불교종단과 사찰의 조직과 운영원리, 즉 불교의 '거버넌스'를 크게 혁파해야 한다. 몇 가지 개혁방향을 제시해본다.

(1) 우선, 종단과 사찰의 조직과 운영을 승속 간의 '일방적·수직적 통
치統治'구조에서 '쌍방적·수평적 협치協治'구조로 바꿔나가야 한다,
21세기 형, '신新불교공동체'로 개조해야 한다는 것이다. 이제까지
의 불교 제도들은 승가 위주로 조직되어 왔기에 일반신도의 참여
는 극히 제한적이어서, 불교 발전이 지지부진한 원인이 되어왔다.
따라서 좀 더 민주화된 '참여·협력 형'으로 바꿔나가야 한다.
물론 불교계에서 승가에 대한 존중과 존경은 기본이고 원칙이다.
대학에서 교수와 학자에 대한 존중과 존경이 기본인 것과 마찬가
지이다. 그러나 이 세상 누구나 잘하는 분야, 못하는 분야가 있다.
각자가 잘하는 분야를 찾아 특화하면 더 많은 성과를 낼 수 있고,
그 성과들이 모여 사회 전체의 몫이 커진다. 이것이 모든 조직의
발전원리로, 특화(분업)와 협력의 원리인 '협치의 원리'라 이른다.
스님들은 수행과 교화에는 전문가이지만 종단과 사찰의 살림살이
에는 전문성이 부족할 수 있다. 그렇다면 살림살이는 신도들 중에
서 그 분야의 전문가(전문경영인, 회계사 등)들에게 맡기는 것이 옳
다. 즉, 종단이나 사찰이 나아갈, 수행과 교화의 큰 방향은 수행스
님들이 정하고, 그것을 효과적으로 추진하고 관리·운영하는 일은
세간법을 좀 더 잘 아는 법사승法師僧이나 일반신도 중 그 분야의
전문가에게 맡겨야 한다.

이처럼 승속 간의 '협치구조'가 확립되어야 불교의 융성과 선진화도 이루어 질 것이다. 오늘날 승가에는 너무 많은 임무(수행 정진, 사찰 운영, 교육기관 관리 등)가 부여되어 있는 반면, 일반신도들 중의 우수한 전문인재들은 제대로 활용되지 못하고 있다. 지니고 있는 인적자원을 효율적으로 활용하지 못하는 조직은 발전이 늦어지게 마련이다.

(2) 이 승속 간의 새로운 협치구조는 먼저 '투명성'과 '설명력'을 최우선으로 해야 한다. 수행승은 수행에, 법사승은 교화에, 그리고 종단과 사찰의 관리와 경영은 전문신도들이 맡아 최선을 다하는 과정과 그 결과가 공동체 모든 구성원들에게 투명하게 보고되어야 한다. 그리고 왜 그런 결과가 나왔는지를 반드시 설명해야 한다. 그래야 진정한 승속 간의 협치와 공동체 전체의 발전이 가능하다. 구성원들이 서로 믿지 못하면 진전한 협치가 이루어 질 수 없기 때문이다.

(3) 새로운 승속 간의 협치구조가 성공하려면, 반드시 승속이 공유하는 불교발전을 위한 '목표와 과제와 전략'이 있어야 한다. 불교를 선진화하기 위한 구체적인 목표와 과제들을 설정하고, 그를 이루어 낼 효과적인 전략을 세워야 한다. 일례로, 우선 급한 것이 평생 수행에만 정진한 청정한 수행승들이 정진에만 몰두할 수 있도록

제도를 정비하고 환경을 조성해주는 일이다.

또한, 티벳 불교나 남방 불교보다 해외 포교가 부진하고, 젊은 세대가 불경이 난해해 잘 이해하지 못한다거나 불교의식들이 고루해 적응을 잘 못한다면 불교 제도의 실책으로, 지도자들이 책임져야 할 문제다.

앞으로 이런 여러 문제들을 해결하려면, 불교발전의 비전과 목적을 확립하고 구체적 전략과 전술을 세워, 승속이 분업과 협업을 통해 한마음 한뜻으로 추진해나가야 할 것이다.

3. 불교의 선진화, 왜 중요한가?: 5대 과제

대한민국의 선진화는 불교의 선진화와 반드시 같이 갈 수밖에 없다고 본다. 불교의 선진화 없이는 대한민국의 선진화도 어렵다고 생각되기 때문이다.

21세기 대한민국이 선진화에 성공하려면 국민들 모두가 21세기 선진국민다운 '정신적 자본(품격)'과 '마음의 자본(마음가짐)'을 갖춰야 한다. 그런데 이 두 요소는 바로 불교가 그 어느 종교나 사상보다도 가장 많이 창출하고 제공할 수 있다. 사실 21세기는 불교의 진리가 가장 잘 발현되는 시대이기도 하다. 이 시대, 이 세계가 어떻게 움직이고 있는지, 어느 때 발전하고 어느 때 퇴보하는지 등을 살펴보면, 불법의 가르침 그대로 움직이고 발전하고 있음을 알아차리게 된다. 이처럼 부처님의 가르침을 잘 실천하는 국가나 조직, 개인은 크게 성공하고 발전하지만, 그 반대인 경우는 퇴보하고 실패하는 시대가 되고 있는 것이다.

우리가 선진국으로 진입하려면 적어도 아래의 5대 과제를 풀어내야 한다. 그런데 이 문제들의 해결에 부처님의 가르침은 타의 추종을 불허하는 핵심적 역할과 적극적 기여를 할 수 있다. 그렇다면 어떤 과제들이 있고, 이 문제에 불교는 어떻게 기여할 수 있는지를 정리해본다.

첫째, 21세기 '상호의존의 시대'에는 '관계성'을 소중히 해야 한다.

21세기는 세계화·정보화로 인해 상호의존과 상호작용이 크게 증대하는 시대이므로, 이를 소중히 하는 개인이나 국가여야 발전할 수 있다. 이제는 남과 어떻게 잘 협조하고, 상대가 필요로 하는 것을 얼마나 잘 제공할 수 있는가가 성공을 좌우하는 시대인 것이다. 한마디로, 남에게 잘해줄수록 자신이 발전하는 시대이다. 세계시장에서의 성공도 지구촌 소비자들에게 얼마나 잘 봉사하고, 보다 좋은 물건을 보다 싸게 공급할 수 있는지에 달려있다.

즉, 세계화 시대의 성공은, 자신의 장점과 이웃의 장점을 잘 결합해 새로운 가치와 사상, 문화와 상품을 창조해 낼 수 있는지의 여부에 달려있는 것이다. 많은 사람들의 장점과 특기를 잘 조합해낼수록, 세계가 요구하는 새로운 가치와 새로운 상품을 창출할 가능성이 높기 때문이다. 그렇게 되면 세계발전에도 기여하면서 개인적으로도 성공할 수 있다. 요컨대 21세기는 타인에 대한 봉사와 협력이 발전과 성공을 결정하는 시대인 것이다.

물론 지난 세기에도 이런 봉사와 협력이 인류발전에 크게 기여해왔지만, 오늘날에는 더욱 중요시되고 있다. 왜냐하면 '시장의 세계화'와 더불어 사람들 간 상호작용의 속도와 규모도 급속도로 확장되고 있기 때문이다.

이제는 남에게 봉사하지 않고 잘 협력하지도 못하면 급격히 퇴보할 수밖에 없는 시대가 되었다. 따라서 21세기에는 이 관계성을 과거보다 더욱 더 소중히 해야, 개인이든 국가든 발전하고 성공할 수 있는 것이다.

그런데 부처님은 이 '관계의 중요성'을, 이미 수천 년 전에 '연기緣起적 세계관'을 통해 너무도 상세히 가르쳐주셨다. 개인이든 국가이든, 계급이든 문화이든 간에 '개체의 절대화'를 항상 경계하라 이르셨던 것이다.

21세기, 세계의 움직임을 주시해볼수록, 그리고 개인이나 국가의 발전과 쇠퇴의 원리를 보면 볼수록 부처님의 가르침이 그대로 생생하게 작동되고 있음을 알 수 있다. 따라서 개인이든 국가든 부처님의 연기설緣起說을 올바로 이해하고 실천하는 길이, 다름 아닌 21세기 대한민국 선진화의 길이 될 것이다.

둘째, 21세기 '창조의 세기'에는 '대자유의 마음'을 키워야 한다.

21세기의 발전원리는 새로운 지식과 아이디어의 창조에서 온다. 지식정보사회에서는 사실 누가 많은 지식과 정보를 가지고 있느냐는 큰 의미가 없다. 인터넷을 통해 기존의 지식과 정보는 얼마든지 순식간에 장소이동을 하기 때문이다. 중요한 건, 새로운 지식과 정보를 창조해내는 일이다.

그렇다면 새로운 지식과 정보는 어떻게 창조되는가? 한마디로 자유에서 비롯된다. 무언가를 창조하려면 우선 '외적 속박'에서 자유로워져야 한다. 즉, 정치적·사회적으로 생각과 표현의 자유가 전제되어야 한다.

다음으로 중요한 것은 '내적 속박'으로부터의 자유이다.

자기 생각과 고정관념 등의 아집에서 벗어나야 새로운 시각과 아이디어를 창출할 수 있다. 뉴턴이 '만유인력의 법칙'을 발견할 수 있었던 것도 '사과는 익으면 자연히 떨어진다'는 고정관념에 얽매이지 않았기 때문이다.

오늘날엔 외적 속박 문제로부터는 비교적 자유롭다. 문제는 내적 속박이다. 그런데 이 내적 속박에서 벗어나 창조적 삶을 지향하라고 수천 년 전에 가르치셨던 분이 바로 부처님이신 것이다. 창조적이지 못하면 부처가 될 수 없다는 가르침이다.

불법의 지향점인 해탈은, 고정관념의 아집으로부터 벗어난 자유로운 경지를 이른다. 아상我相과 법상法相으로부터 벗어나 사물을 '있는 그대로' 여실히 보는 것이다. 이 길이 바로 '선정禪定과 지혜'의 길이고,

새로운 지식창조의 길이다. 최근 미국의 한 연구결과에 의하면, 마음챙김Mindfulness으로 성성적적惺惺寂寂해질 때 창조성도 가장 고조된다고 한다.

이처럼 불법의 가르침을 따라 수행하면 창조력 향상으로 더 많은 새로운 지식과 정보, 아이이어를 생산해내게 되어, 개인과 국가를 성공으로 이끌 수 있다. 대한민국의 선진화도 이렇게 보다 많은 국민들이 기존사고와 고정관념에서 벗어나, 보다 자유롭고 창조적이 될 때 그리하여 세계발전에 크게 기여할 수 있을 때 비로소 이루어질 것이다.

셋째, 21세기 '분열·갈등'의 시대에는 중도中道와 원융圓融을 배워야 한다.

세계화는 발전과 도약의 기회이지만, 동시에 민족·계층·문화·종교 간의 분열과 갈등도 초래한다. 세계화에 잘 적응하는 층과 그렇지 못한 층 간에 경제적 격차가 커지면 사회적 갈등과 문화적 대립으로 정치·안보의 불안을 야기할 수 있다. 그래서 세계화의 흐름을 타면서도 분열과 갈등의 가능성을 줄여, 공동체적 연대나 가치를 잘 유지·발전시키는 게 대단히 중요한 국가 과제인 것이다.

특히 유의해야 할 것은 이런 사회·경제적 분열과 갈등이 쉽게 단순화되면 '사상의 이분법'과 '양극화'를 초래할 위험이 크다는 것이다. 특히 인기영합적인 정치적 선동가가 등장하면 이분법과 양극화로의 단순화가 더욱 가속화된다. 그런 사회는 관리 불가능한 무정부 상태로 빠져들게 되고, 종국에는 좌파나 우파 독재를 불러들이게 된다.

따라서 21세기를 성공의 시대로 이끄는 문제는, 그 사회와 공동체가 이 증대하는 분열과 갈등을 어떻게 잘 수습하고 통합하여 이분법을 극복하면서 원융의 단계까지 승화시켜 나가는가에 달려 있다.

이 점에서도, 불교는 이미 오래전부터 분열과 갈등을 뛰어넘는 진리를 설파해왔다. 우선 초기불교에서는 극단론에서 벗어나는 중도中道를 강조해왔고, 대승불교에서는 중생의 오랜 습성인 이분법의 미망을 깨뜨리라고 불이不二를 가르쳐왔다. 자신의 아상뿐만 아니라 진리라고 생각하는 법상까지도 깨뜨려야 한다는 가르침이다. 한 걸음 더 나아가 원효 스님은 '일심이문一心二門'을 통해 이미 버렸던 비非진리(차별문)와 취했던 진리(진여문)를 다시 하나로 포용하는 '회통'과 '원융무애'의 가르침까지 주셨다.

과연 이 이상 더 사회통합과 국민단합에 기여할 수 있는 가르침이 달리 있을 것인가? 불법의 가르침은 너무 완벽하기에 오로지 실천의 문제만 남아 있다고 본다. 바로 실천불교, 즉 선진불교만 성취하면 되는 것이다.

넷째, 21세기 '정체성 위기의 시대'에는 '주체성'을 바로 세워야 한다.

21세기는 어느 민족·국가이든 정체성이 크게 흔들리는 시대이다. 인적·물적 교류가 증대되면서 기존의 정체성이 흔들리고 새로운 정체성은 쉽게 정립되지 못해, 어느 공동체든 이른바 '정체성 위기'를 겪게 되는 것이다. 그 변화가 너무 급격해 남과 나의 차이가 무엇인지, 아니 무엇이어야 하는지 혼란스러워지기 쉽다. 아니 더 나아가 도대체 남과 나의 차이가 있어야 하는지도 명백하지 않은 상황이다. 그래서 많은 나라들이 국가와 국민의 정체성을 새롭게 재구축하려고 노력하고 있다.

특히 대한민국의 경우는 후진국과 중진국 단계를 지나 이제 선진국 문턱에 와 있기 때문에, 새로운 선진 형 국가·국민 정체성을 창조해내야 하는 시대적 과제가 각별히 요구되는 실정이다. 우선 시급한 것은, 우리의 의식 속에 배어 있는 후진적 의식들 중 하나인 '피해의식'과 '열등의식'에서 벗어나는 일이다. 이웃 강대국들에 대한 피해의식과 구미 선진국들에 대한 열등의식에서 벗어나야 한다. 물론 산업화와 민주화에 성공하면서 이런 의식들을 많이 극복해내긴 했다. 특히 젊은 세대의 경우, 그런 긍정적 징후가 더 두드러진다. 그러나 아직 우리 의식의 심층에는 이 후진적 의식들이 잔존해 있기에, 상황이 변하면 쉽게 공격적 가해의식이나 배타적 우월의식으로 전환될 수 있다. 어느 쪽이든 건강하지 않다.

이를 극복해, 지구촌의 문제들을 해결하고 그 발전에 크게 기여하는 '세계 공헌국가'로서의 새로운 정체성을 세워나가는 데 결정적으로 기여할 수 있는 것이, 바로 불법의 가르침이다. 특히 수은보은受恩報恩 사상이 크게 기여할 수 있다고 본다.

우리가 이웃나라로부터 많은 피해만 입은 민족이라는 피해의식에서 벗어나지 못하면 선진국민이 될 수 없다. 우리가 이웃나라보다 후진하고 처진다는 열등의식으로는 선진국가를 만들 수 없다. 이런 그릇된 의식들에서 벗어나려면, 우리가 다른 나라들로부터 피해만 입은 게 아니라 세계 여러 나라의 많은 도움도 받아왔다는 걸 깨달아야 한다. 6·25 때 16개국의 참전이나, 60년대 초만 해도 국가예산의 35%, 국방비의 75%를 의존했던 미국의 원조가 대표적인 경우이다. 이처럼 오늘의 대한민국이 있기까지 이웃나라들로부터 많은 은혜를 입은 것이 바로 '수은'이다.

그러니 감사의 보답으로 이제부터는 '보은'을 위해 우리보다 어려운 나라들을 도와야 한다. 자신감을 갖고 다른 나라들을 도우며 세계 발전에 적극 기여하는 '수은보은受恩報恩' 사상을 통해 대한민국을 세계 공헌국가로 끌어올려야 한다.

다섯째, 21세기 '리더십 위기의 시대'에는 '올바른 지도자'를 키워야 한다.

21세기는 리더십 위기의 시대로, 특히 우리나라의 상황은 더욱 심각하다. 오늘날 우리 사회는 각 분야의 리더십이 크게 표류하거나 서서히 붕괴되고 있는 듯해 보인다. 가장 큰 이유들 중의 하나는 사회 지도자들에게 진정성·진실성이 부족하다는 점이다. 우선 지도자의 말과 생각과 행동이 일치하지 않는다. 명분과 실제가 너무도 다르다. 나에게 적용하는 기준과 남에게 적용하는 기준이 다르다. 게다가 지도자는 공인인데도 선공사후先公後私가 결여돼, 사가 너무 많고 공이 너무 적다. 그러니 국민들이 지도자를 믿지 않는다. 그 결과가 불신사회이다. 그러니 갈수록 허구와 거짓이 날뛰고 선동과 조롱이 난무하는 것이다.

세계화 시대의 선진화에 성공하려면 뛰어난 지도자를 많이 배출해야 한다. 역사는 국민이 만들지만, 역사를 성공으로 이끌려면 뛰어난 지도자가 있어야 가능하다. 때문에 각계각층에서 선공후사하면서 언행일치하고 무실역행務實力行하는 지도자들이 많이 나와야 한다. 그래서 현재의 '불신 공동체'를 '신뢰 공동체'로 거듭나게 해야 한다. 그러면 어떻게 해야 이 새로운 '선진화 리더십'을 창출해낼 수 있을 것인가?

그 답은 불교의 보현普賢사상에 있다고 생각된다. '보현보살'이야말로 이 시대가 요구하는 선진화 리더십의 표본이라 할 수 있다. '보현'은 거짓을 이야기하지 않는다. 항상 언행일치하고 선공후사한다. 보현은 교만하지 않다. 항상 하심下心하고 선청善聽하고 존현尊賢한다. 보현은 여민동락與民同樂한다. 중생계가 다할 때까지 자신이 서원한 것을 반드시 실천한다.

이 '보현보살'처럼, 우리 사회 각계각층에 보현의 사상으로 무장한 지도자들이 등장해 간단없이 자리이타自利利他행을 실천해나갈 때, 분명 우리 대한민국은 세계에 우뚝 서는 선진국이 될 수 있을 것이다.

4. 새로운 수행법: 불국토佛國土 건설과 노동행선勞動行禪

다시 강조하지만 대한민국의 선진화는 불교의 선진화 없이는 어렵다. 선진화 과정에서 당면할 많은 난제들을 선진화된 불교가 비교적 쉽게 풀어나갈 수 있기 때문이다. 불법의 가르침 속에 그 모든 답이 들어 있다.

즉, 세계화 시대의 '상호의존'을 위해서는 '연기적 세계관'을, 창조와 대자유를 위해서는 '선정과 지혜의 길'을, 분열과 갈등에는 '원융무애와 중도'를 제시해주고 있는 것이다. 또한 정체성의 혼란에는 '수은보은' 사상을, 21세기 리더십의 위기에는 '보현행원의 길'을 가르쳐주고 있다.

따라서 오늘의 우리 불교가 이 시대적 과제에 답하려는 '시대불교', 중생과 소통하는 '중생불교', 공리공담보다는 실사구시의 '실천불교', 그리고 세계화된 '세계불교'로 거듭나게만 된다면, 불교의 선진화는 물론 나아가 대한민국의 선진화에도 크게 기여하게 될 것이라고 확신한다.

대한민국의 이상理想인 '선진화'는 불교적으로 표현하면 '불국토의 건설'을 의미한다. 이를 위해서는 제도개혁과 의식개혁이 함께 이루어져야 한다. 일반적으로 제도개혁만으로는 변화의 1/2정도밖에 이뤄낼 수 없기 때문이다. 대한민국의 선진화가 성공하려면 반드시 국민의식이 선진화되어야 하듯이, 불교의 선진화는 '불자의 마음'이 바뀌어야 한다. 따라서 앞서 언급한 '제도개혁(교육제도와 거버넌스 개혁)'과 더불어 반드시 새로운 수행법을 제시해, 불자들의 마음이 완전하게 개벽되는 '의식개혁'을 일으켜야 한다.

물론 불교 수행법은 다양하고, 새로운 수행법이라고 해도 하늘에서 떨어지는 새로운 것은 아니다. 기존의 여러 수행법들 중에서 이 시대에 가장 적합한 수행법을 찾아내면 그것이 바로 새로운 수행법인 것이다.

그러면 21세기 불교 선진화를 위한 새로운 수행법은 무엇인가? 여기서는 수행승들의 전문적인 수행법이 아니라, 일반 재가불자들을 위한 수행법에 국한하여 논하려 한다.

결론부터 이야기하면, 개인적인 견해로는 21세기 불국토 건설을 위한 재가불자들의 새로운 수행법은 '노동행선勞動行禪―노동염불勞動念佛을 포함한―이어야 한다고 생각한다.

그러면 노동행선이란 어떤 수행법인가? 가사노동이나 직장노동을 하면서, 학생들은 학교공부를 하면서, '지금 이 자리'에서 하고 있는 일(노동)에 모든 정성과 마음을 다하는 수행법을 의미한다. 부처님 앞에 최상의 경배로 불공을 드리듯이, 지극한 정성으로 자신의 노동에 혼신의 노력을 다하는 것이 노동행선이다. 세계적 장인이 최고의 예술품을 만들듯, 오직 성성Mindfulness하게 깨어서 혼을 불어넣듯이 전력투구하는 것이다.

'하는 일마다 불공드리듯 하면 이르는 곳마다 부처를 본다事事佛供, 處處佛像'는 경구와도 일치한다. 그래서 이 노동행선을 통해 재가불자들도 성불할 수 있고, 그 결과 이 땅에 불국토가 완성되면 대한민국의 선진화도 저절로 이뤄질 수 있다고 생각한다.

노동행선은 다음과 같은 장점을 지니고 있다.

첫째, 연기緣起의 소중함을 배운다.

직업노동을 통해 이 사회가 하나의 거대한 분업체계를 이루고 있음을, 그리고 이 사회적 분업체계를 통해 서로 상의상생相依相生의 관계를 이루고 있음을 느끼며 배운다. 세계화 시대에는 더욱 방대해진 세계적 규모의 분업체계 속에서 살아가기 때문에 상의상생과 상호의존의 망이 지구촌 전체로 확대된다. 이렇게 공간적으로 지구촌 전체의 구성원들이 상호 작용하고 의지하고 있음을 직업노동을 통해 절로 배우게 된다.

또한 가사노동을 통해 부모를 모시고 자식을 키우면서 시간적으로 우리의 선조와 후손이 서로 면면히 연결되어 있음을 느끼고 배울 수 있다. 연기적 세계관과 역사관을 직업노동이나 가사노동 등을 통해 몸으로 체득하게 되는 것이다.

둘째, 직업윤리, 노동철학(장인정신), 가족의 가치를 배운다.

나의 노동이 모르는 수많은 중생들에게 얼마나 심대한 영향을 미치는지를 깨닫게 된다. 내가 정성을 드리지 않고 부실하게 만든 자동화 부품 하나가 이 세상 누군가에게 큰 불행을 야기할 수 있다. 이런 사실을 자각하게 되면 자신의 노동에 열과 성을 다하게 된다. 노동의 가치와 직업윤리의 중요성을 저절로 깨치게 되는 것이다. 뿐만 아니라 가사노동을 통해 인류의 역사에도 참여하게 된다. 내가 기른 자손들이 머지않아 이 나라의 주인이 되고 지도자가 될 것이므로, 자손들을 얼마나 정성 드려 훌륭한 인격체로 키웠는지가, 우리의 미래에 심대한 영향을 미치게 되는 것이다.

셋째, 사회적 생산과 가치 창조에 기여할 수 있다.

우선 노동행선은 사회적 생산과 경제발전에 기여한다. 합천 해인사의 팔만대장경이나 경주 불국사의 다보탑도 노동행선의 결과이다. 또한 마음이 가장 성성할 때 가장 창조적일 수 있기에, 노동행선이야말로 창조를 위한 최선의 지름길이 될 수 있다. 그 결과, 노동행선은 새로운 가치 창조와 혁신을 통해 사회적 진보와 경제발전의 견인차 역할을 할 수 있다.

넷째, 허무나 염세에 빠지지 않고 생명력과 활동성을 북돋운다.

만해 한용운 스님은 화두선의 부작용으로, "마음을 고요히 한다고 처소를 고요하게 가지면 염세가 될 가능성이 높고, 몸을 움직이지 않으면 독선에 빠질 위험이 있다"고 지적하셨다. 이런 폐단을 노동행선은 피해갈 수 있다. 복잡스런 생활현장에서 항상 움직여 일하면서 선禪을 하기 때문이다. 노동자체가 바로 선인 것이다.

다섯째, 자리自利·이타利他와 세법·불법이 둘이 아님을 깨닫게 된다.

우리는 직업노동이나 가사노동을 통해 '자리'가 '이타'임을 매일의 노동현장에서 배운다. 일례로, 내가 정성을 들여 좋은 물건을 싸게 만들면 소비자들도 행복해하고 나도 사업이 잘돼 행복해진다. 또, 부모님에게 지극한 효심을 내면 자식들도 보고 배운다. 자리이타의 원리인 것이다.

더 나아가 성성한 마음으로 모든 정성을 다하는 노동(직업노동·가사노동·학업노동 등) 과정을 통해, 일상의 번뇌와 망상에서 벗어날 수 있다. 탐貪·진瞋·치癡에서 벗어나게 되는 것이다. 그리하여 세법과 불법이 결코 둘이 아님을 저절로 매일 느끼고 배우게 된다. 누가 가르쳐주지 않아도 노동행선을 하면 이런 진리를 터득할 수 있는 것이다. 현장에서의 노동을 통해 마음과 물질의 세계를 자유롭게 넘나들게 되기 때문이다. 즉, '존재의 세계'와 '소유의 세계'를, '차별의 세계'와 '진여의 세계'를 자유롭게 넘나들게 되는 것이다. 그리하여 상반되는 두 세계가 실제로는 둘이 아님을 스스로 깨닫게 된다. 한마디로, 불법이 곧 노동이며, 노동이 곧 불법임을 깨닫게 되는 것이다.

5. 맺는말: 22세기를 위하여

대한민국의 선진화와 불교의 선진화는 둘이 아니다. 불교의 선진화

없이는 대한민국의 선진화도 없다. 그래서 이 글에서는 불교의 선진화 방향과 더불어 선진화를 위한 세 가지 개혁전략을 제시하였다.

첫째는 불교의 교육개혁, 둘째는 거버넌스의 개혁, 셋째는 일반불자 수행법의 개혁이었다.

이를 통해 우리 불교가 선진화되면, '공동체 자유주의(연기적 자유주의)'를 앞장서 실천함으로써 대한민국의 지속가능한 선진화와 발전에 기여할 수 있다. 또한 '중도' 사상과 '원융무애' 사상을 통해 사회통합과 국민통합에도 보탬이 될 수 있다. 그리고 '보현' 사상을 통해 새로운 리더십을 창출할 수 있고, '수은보은' 사상을 통해 우리나라를 세계 모범국가로 만들 수 있다. 더불어 '노동행선'을 통해 이 땅을 불국정토로 만들 수 있다.

이 글은 하나의 시론試論에 불과하다. 완성된 안도 최종결론도 아니다. 앞으로 동전의 앞뒷면과도 같은 대한민국의 선진화와 불교의 선진화를 위해, 우리 불교계에서 보다 본격적인 논의가 이어지길 기대한다. 그 일환으로, 이제까지 지적한 문제점들에 대한 대토론회, 일례로, 스님과 신도들이 함께하는 '불교선진화를 위한 대토론회: 비전과 전략'을 제창한다. 과거에 대한 진솔한 성찰과 미래에 대한 뜨거운 열정이 전제되어야 할 것이다. 진지한 난상토론을 통해 불교 선진화의 비전과 전략에 대한 승속 간의 새로운 사회적 합의가 도출될 수 있기를 기대해본다. 그렇게 되면 공동실천의 문제만 남는다.

불교 선진화에 성공하게 되면 백 년 전부터 우리 선조들이 고대하던, 대한민국을 세계 상등국가로 만드는 꿈, 즉 선진화의 꿈은 앞으로 10~15년 내에 반드시 이루어지리라 확신한다. 그래서 다시 백 년 후, 22세기에 사는 우리 후손들은 자신들이 선진국에 살게 된 것에 대해 자랑스러워하며 선조들의 선진화 노력에 감사하게 될 것이다.

'한국불교학회' 초청기념 강연문(2008년)에서 발췌
— 편집자